ちくま文庫

トラウマ文学館

ひどすぎるけど
無視できない12の物語

頭木弘樹 編

筑摩書房

目次

トラウマ文学館　ご注意事項

この文学館には、読んだ人の心にトラウマとなって残ってしまい、いまだに噂《うわさ》される、そういう物語ばかりが集めてあります。どの物語も、読み終えたときに、「ああっ、ひどいものを読んでしまった！　読まなければよかった！」と思う人が多いでしょう。

読んだことを忘れてしまいたいと思っても、心のどこかにずっと残り続けて、決して本当には忘れられないでしょう。

それどころか、読んだ人の人生に、何かしらの影響を与えてしまうかもしれません。

なぜそんな危険な物語をわざわざ集めたのかというと、これらの物語が描いているのは、まさに〝現実〟にほかならないからです。

不意打ちで、ひどい現実にいきなり直面するよりは、まずは物語で知っておいたほうがいいのではないかと思うのです。

いいかい、必要な本とは、
苦しくてつらい不幸のように、
誰よりも愛している人の死のように、
すべての人から引き離されて
森に追放されたように、
自殺のように、
ぼくらに作用する本のことだ。
本とは、ぼくらの内の
氷結した海を砕《くだ》く斧《おの》でなければならない。

フランツ・カフカ

第一展示室

「子どもの頃のトラウマ」

――よくおぼえていないけど、
決して忘れられない……

とりかえしのつかないことが
現実に起きるというトラウマ

［少女漫画棚］

はじめての家族旅行

直野祥子

〝たいへんだ
きるのをわすれてた！
だけど……
だけどいまから家にもどったら
船にのりおくれてしまう
そうしたら旅行はもう……！〟

子どもの頃は、小さなミスをよくしますし、それを隠すためのウソもついてしまいます。でも、たいていは、たいしたことにはなりません。大人たちがなんとかしてくれます。神さまとか、天の助けとかも信じています。まだ世界の中心が自分だから、自分だけはなんとか大丈夫な気がしたり。

でも、〝現実〟は子供にも容赦しません！

月刊少女漫画雑誌『なかよし』（講談社）の一九七一年十月号に掲載された作品です。

直野祥子（なおの・しょうこ）
まんが家、イラストレーター。神戸・六甲で生まれ、夙川《しゅくがわ》で育つ。講談社の少女漫画雑誌『なかよし』、『週刊少女フレンド』でスタートし、「直野祥子のショックな世界」シリーズなどで、多くの少女たちにトラウマを与える。その後、『ビッグコミック』、『女性セブン』、『女性自身』などの雑誌で活躍。阪神・淡路大震災で実家が崩壊し、初期の画稿の多くが失われる。著書に『今夜はミステリー』、『日本初の第９交響曲』、『夙川ひだまり日記』など。

はじめての家族《かぞく》旅行《りょこう》
直野《なおの》祥子《よしこ》
★「毛糸《けいと》のズボン」のショックを、ふたたびあなたに! この秋《あき》、最高《さいこう》の話題作《わだいさく》!
★直野祥子《なおのよしこ》の超恐怖《ちょうきょうふ》シリーズ①

★さち子《こ》は、一度《ど》でいいから家族《かぞく》そろって旅行《りょこう》をしたいと思《おも》ってました。そして、とうとうその日《ひ》がきたのです……。

もう
きめたんだから
さち子《ご》に
いいなさい
出発《しゅっぱつ》は
あしたの
朝《あさ》だ
はい……
えっ
旅行《りょこう》！
ばんざ〜〜い
あなた
ほんとうに
だいじょうぶ
ですの？
いいんだよ
さち子《ご》にも
いままで
みじめな
思《おも》いをさせて
きたんだ
せめて
三日《みっか》くらい
ぜいたくを
させてやろう
じゃないか

シュー
ランラン
パタン
さち子ちゃ〜〜ん 用意《ようい》はまだなの 船《ふね》にまにあわないわよ
は〜〜〜い
いまスカートにアイロンをかけてるの すぐにすむから まっててえ
は〜〜い いまいきま〜〜す
ま これでいいわ
早《はや》くしなさい のりおくれたら 旅行《りょこう》はとりやめよ

ラン ラン♪
さあ できたわよ
これ なんです 階段《かいだん》は しずかに おりなさい！
早《はや》く でかけ ましょう
へへ ごめんなさい 家《いえ》がボロだから おおげさに ひびくだけよ
ドッ ドッ
しようが ないわね ま きょうは かんべんして あげるわ
おい タクシーが きたぞ 早《はや》く しなさい

バタ
うふっ
ふふふふ
さち子《こ》ちゃん うれしそうね
はじめての旅行《りょこう》だものな
あたしこんどの作文《さくぶん》には このことを書《か》くわ
そうだな みんなうらやましがるぞ
お客《きゃく》さん つきましたよ 神戸《こうべ》港《こう》です
さち子《こ》 あれだよ のる船《ふね》は
わあ すてき
せとうちまる

あっ　いやだわ
わたし　ガスや
電気《でんき》きって
きたかしら
心配《しんぱい》は無用《むよう》
ぼくがちゃんと
見《み》てきたよ
さすが
パパね
一家《か》のあるじ
だけ
あるわね
ママ
ええ
でも
なにか……
そうだ！
さち子《こ》ちゃん
アイロンつかっ
たわね

ガシャン
さち子 まさかつけっぱなしできたんじゃないでしょうね
ね ちゃんと きってきたの!
あ…… あっ
たいへんだ きるのを わすれてた!
だけど…… だけどいまから 家《いえ》にもどったら 船《ふね》にのりおくれて しまう そうしたら旅行《りょこう》は もう……!
ね どうなの アイロンは?
え… も…… もちろん
もちろん きって きたわ !
ボオオオォ

どうしたのかしら　あんなにはしゃいでたのに船《ふね》にのったらきゅうにしょんぼりしちゃって……
そうだ　あの子《こ》お金《かね》のことを気《き》にしてるんじゃないかしら
そうだな　うちがこまっているのをしってるから
たのしめなくなったのかもしれないぞ
さち子《こ》ちゃん　つまらなそうね
ねえ　お金《かね》のことならなにも心配《しんぱい》しなくてもいいのよ

パパは きょうのために
たくさん貯金《ちょきん》を
していたんだから
元気《げんき》をだしなさい
ちがうの！
そんなのじゃ
ないの！
タタタ
へんな子《こ》
もう
おセンチの
年《とし》ごろ
かな

カン
カン
カン
キャアアアアアア

どうしたの 大《おお》きな声《こえ》 だして
こわいゆめ でもみたの かい？
ああ ゆめだ ゆめだった のね！
あたし 甲板《かんぱん》に いってくる
風《かぜ》に あたり たいの
それがいい 顔《かお》が まっさおだよ

家《いえ》をでてから まだ一時間《じかん》にもならないわ
ああ……
どうすればいいのかしら
いまさらひきかえすこともできない！
ん ちょっと そこの おねえちゃん
シャッター おして くんねえだか
おら ポーズ とるでよ
ほら こんなもんで ええかの
ピョッ
あっ あぶないわ そんなところに……

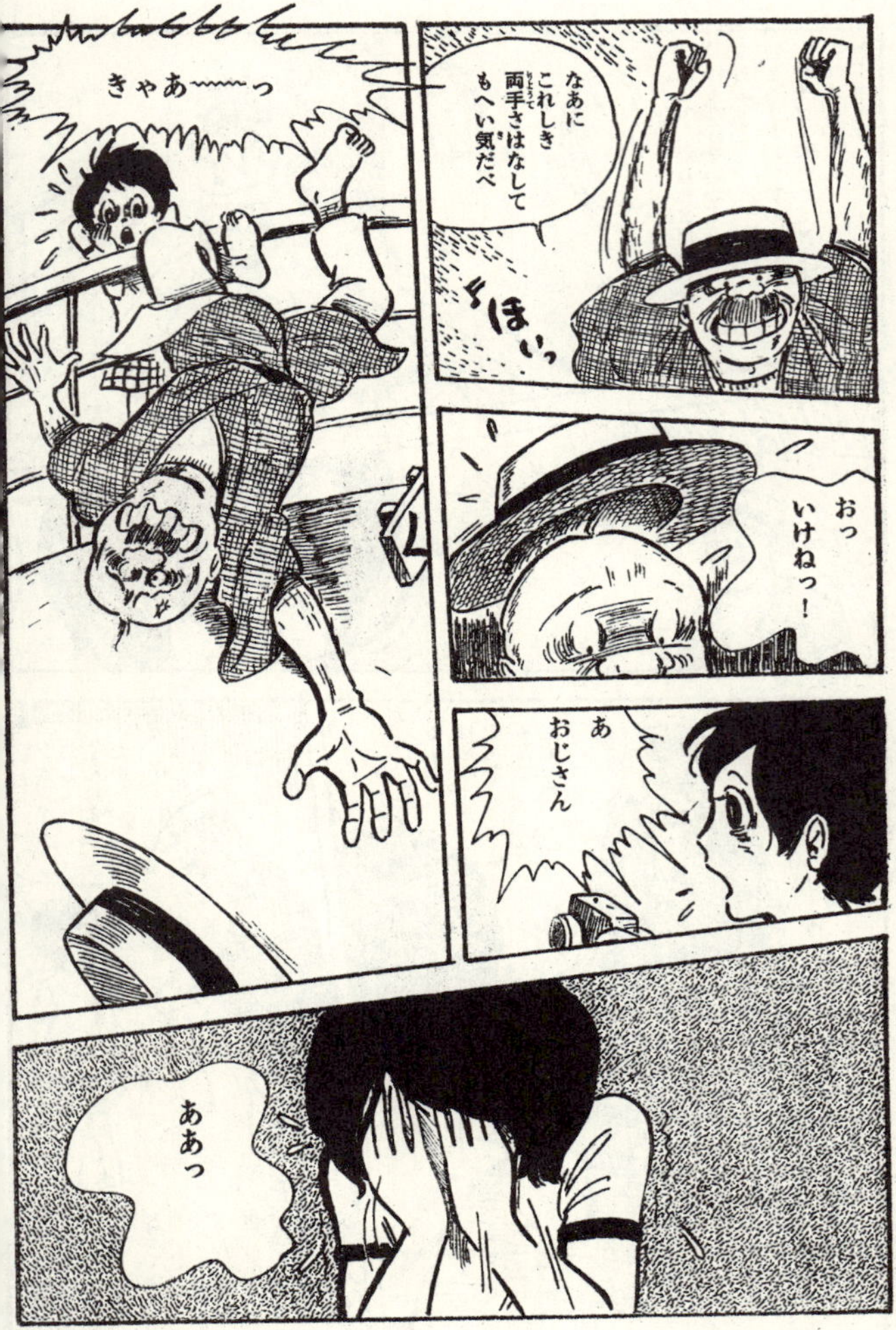
なあに
これしき
両手《りょうて》さはなして
もへい気《き》だべ
ほいっ
おっ
いけねっ！
あ
おじさん
きゃあ〜〜っ
ああっ

ガクガク
もう だめだわ だれかを よばなくちゃ
おーい なぬすてる たすけて くれーい
えっ？
ぼうしと げたさ おとしち まっただ
まあ
よかった 海《うみ》におちた と思《おも》って おどろい ちゃった
おらは 死《し》なん
信心《しんじん》 すてっ からな

信心《しんじん》？
そうだ　おらは 神《かみ》さま ほとけさまを信《しん》じて わるいことは なぬひとつしねえ
んだから なにがおこっても こわいことは ねえ 大地《おおじ》震《しん》が おきても なにがあっても おらだけは ぶじという わけだ
あたしだったら どうすれば おじさんみたいに なれるの？
そうだな じょうちゃんだったら とうさんやかあさんの いうことをよくきいて うんと勉強《べんきょう》すること だな
そうしたら おうちが 火事《かじ》になんか ならない？

火事《かじ》！
ん〜〜 そうだな きっとどっかから 水《みず》がおちてきて 火《ひ》がきえるだべ
水《みず》が？ ほんとう！
ありがとう おじさん
さち子《こ》 きゅうに おなか すいちゃった
ほい さいなら
ふほほ 子《こ》どもは かわゆうて いいのう
ほんとうに そうなりゃ せわないが
へん 神《かみ》さま なんか
ウィスキー
くそくらえ だ！
ヒック

ママ〜〜〜
まっ くつの まま！
あーっと ごめん なさーい
おひる まだあ おなか すいちゃった の
いいわ 手《て》を あらって いらっ しゃい
ふふふ さち子《こ》 ごきげん よくなった みたいね
さっきは すこし きんちょう してたのさ
ね あなた…… 旅行《りょこう》からかえったら わたしもはたらくわ そうしたらあなたの おしごとが すこしは……
ああ きみは そんなことまで 考《かんが》えていて くれたのかい
でも もうその 心配《しんぱい》はいらなくなっ たんだよ じつは こんどの研究《けんきゅう》は ほとんどできあが っているんだ

それが できあがれば もうだれにも びんぼうは させない
しっぱいすれば 一円《えん》の金《かね》ものこらず家《いえ》もでなければならないほど すべてをかけた 研究《けんきゅう》だったが ここまでくれば
もうしっぱいなどありえない この大《おお》きなかけにわたしはついに勝《か》ったんだ
その書類《しょるい》は いま家《いえ》の中《なか》で じっとぼくたちの かえりを まってるよ
神《かみ》さま みたいな 顔《かお》をしてね
あなた……！
あ ありがとう これでやっと わたしたちは…
きみにも くろうを かけたな

ジャ
火事《かじ》なんかおこりっこないわ
だってあたしパパやママの
いうことよくきいてるし
お勉強《べんきょう》だってよくしてる
火事《かじ》になんかぜったいに
ならないわ！
そうよ
火事《かじ》なんか
火事《かじ》なんか

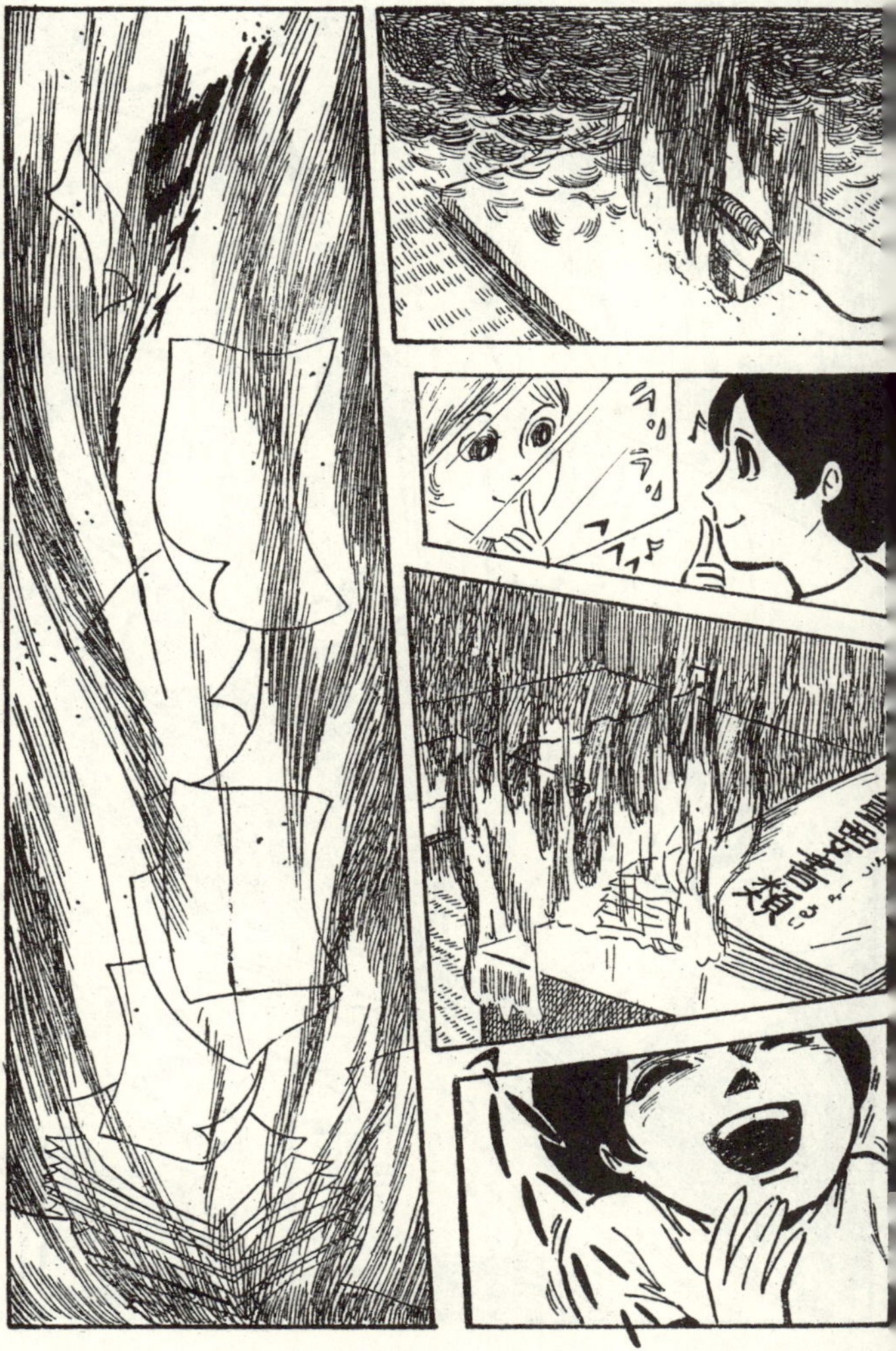
重要書類

さあさ たくさん おあがり なさい
あら もういっぱいなの まだデザートが あるわよ
ふぅ
も もう だめえ
火事《かじ》だあー!
このせまい 道《みち》じゃ 消防車《しょうぼうしゃ》は はいれないぞ !

パパ
別府《べっぷ》は
まだあ?
ははは
まちどおし
そうだね
ほら
見《み》てごらん
雨雲《あまぐも》が東《ひがし》へ
ながれていくよ
きっと
神戸《こうべ》は
雨《あめ》だよ
家《いえ》にかさを
さしてくれば
よかったね
だめだ
もう
手《て》おく
れだ!

★あなたは、「もしわたしが、さち子《こ》だったら」って考《かんが》えこんだでしょうね！

他の人たちが楽しそうなときに
自分は倒れそうというトラウマ

［児童文学棚］

気絶人形

原民喜

〝そのお人形は、
あんまりいろんなものが見えてくるので、
疲れるのかもしれません。
生れつき、
ほかの人形たちより弱いのかもしれません。〟

みんなは楽しそうにしているのに、自分だけは苦しかったことはありませんか？

たとえば、教室で、体育館で、運動場で、遠足で、パーティーで、そして家で……。

この世の中で、楽しく生きられる人もいれば、この世の中で生きること自体が大変で、すぐにへとへとになってしまったり、苦痛を感じつづけなければならない人もいます。

そういう人には、きっとこの人形は、他人には思えないのではないでしょうか？

原民喜（はら・たみき）
1905－1951　詩人、小説家。広島市生まれ。6歳で弟を、11歳で父を、12歳で姉を亡くす。慶應義塾大学英文科卒業。26歳のとき自殺未遂。27歳で結婚。妻に支えられ、『三田文学』などに短編小説を多数発表するが、妻の発病後は作品数が減少。39歳のとき妻が病死。翌年、広島に疎開中、原爆が投下され被爆する。その体験から、詩「原爆小景」や小説『夏の花』などを書く。45歳のとき中央線吉祥寺・西荻窪間の線路上に身を横たえ自殺。

くるくるくるくる、ぐるぐるぐるぐる、そのお人形はさっきから眼がまわって気分がわるくなっているのでした。ぐるぐるぐるぐる、くるくるくるくる、そのお人形のセルロイドのほおは真青になり、眼は美しくふるえています。みんなが、べちゃくちゃ、べちゃくちゃ、すぐ耳もとでしゃべりつづけているのです。暗いボール箱から出してもらい、薄い紙の目かくしをはずしてもらい、ショーウインドに出して並べてもらったのでみんな大はしゃぎなのです。

「自動車が見えるよ」

「わあ、あの人、可愛いい犬連れてたのしそうに歩いています」

「おお、早くクリスマスがやって来ないかな」

お人形たちは、みんなてんでにこんなことをしゃべっていましたが、そのなかに一人、今とても気分がわるくなっている人形がいました。はじめて眼の前に街の景色が見えて来たり、あんまりいろんなものが見えるので、そのお人形は目がまわったのかもしれません。そのお人形の顔は、とてもさびしそうでした。そのうちに、ほかのお人形たちも、その人形の様子に気がつきました。「まあ、どうしたの、お顔が真青よ。早くおクスリ」と、誰かが心配そうにいいました。そういわれると、その人形は一そう青ざめて来ました。とうとう足がふるえて、バタンと前に倒れてしまいました。

人形屋の主人は倒れている、そのお人形をとりあげて、足のところを調べてみました。別に足が痛んでいるわけでもなかったのでまたもとどおり、ショーウインドのなかに立たせておきました。

くるくるくるくる、ぐるぐるぐるぐる、そのお人形はまた眼がまわって気分がわるくなりそうでした。べちゃくちゃ、べちゃくちゃ、みんなはすぐ耳もとでしゃべりつづけます。

「まあ、あんた、どうしたのお顔が真青」

また誰かがこんなことをいいました。でも、こんどは一生けんめい、我まんしました。そのお人形は、あんまりいろんなものが見えてくるので、疲れるのかもしれません。生れつき、ほかの人形たちより弱いのかもしれません。でもじっと我まんしている姿は、とても美しく立派に見えました。今にもバタンと前に倒れそうなのに、眼は不思議にかがやいていました。

ショーウインドの前に立って、熱心に人形をながめていた、一人の少女は、人形屋の主人をよんでその人形をゆびさしました。それから、そのお人形は少女の手に渡されました。その温かい手のなかににぎられると、急にその人形のほおの色はいきいきとしてきました。もう、これからは気絶したりすることはないでしょう。

第二展示室

「思春期のトラウマ」

——感じやすい時期に、出会ってしまった……

大人の執着《しゅうちゃく》や妄念《もうねん》が理解できないというトラウマ

[韓国文学棚]

テレビの受信料とパンツ

李清俊（イ・チョンジュン）

[斎藤真理子 初訳]

〝父さんの望みがあまりにも切実そうだったから、ぼくらも一緒になって、テレビが見つからないようにさまざまな注意を傾けていたのである。そしてこのままずっといついつまでも、テレビがばれませんようにと願っていた。〟

思春期には「大人は判《わか》ってくれない」と思うものです。そのつらさを描く、映画や小説やマンガや歌はたくさんあります。

でも、子どものほうも、大人が判らないのではないでしょうか？　というより、判らなさすぎて、つらかったことはありませんか？

なぜ大人は、あんなことに必死になるのか、執着《しゅうちゃく》するのか、おかしくなってしまうのか？

どう考えても理解できない大人……その怖さを描いてくれた作品に初めて出会いました。

李清俊（イ・チョンジュン）
1939-2008　韓国・全羅南道長興生まれ。ソウル大学独文科卒業後、65年にデビュー。韓国を代表する作家の一人として多数の作品を残した。『李清俊全集』全31巻がある。受賞歴多数。現在日本語で読めるのは、『あなたたちの天国』（姜信子訳、みすず書房）、『隠れた指　虫物語』（文春琴訳、菁柿堂）、『韓国の現代文学１長編小説１』所収の『自由の門』（李銀沢訳　柏書房）、『絶望図書館』（ちくま文庫）所収の「虫の話」。

父さんは、何があろうとも絶対、放送公社にテレビを登録しなかった。それだけではなかった。わが家の、登録していないテレビのことが話題に上るたび、父さんはいつもくすくすと笑い出しそうな表情になるのだった。

——でも、まあ、気をつけろよ。近ごろの放送局の連中は電波探知機を持ち歩いていて、隠してあるテレビも見つけだしてしまうとかいうからな。

やーい、ざまあみろとでも言いたそうだ。

一か月あたり三百ウォンの受信料を節約できるのが、そんなにも気持ちのいいことだったのか。または、他人の金を何十億ウォンもだましとっておきながら顔色一つ変えない詐欺師まで現れるような世の中で、あの中古品のテレビをこっそり楽しむ程度でも、父さんにとってはとてつもなく小気味のいいことだったのかもしれない。

＊韓国では放送法により、テレビ放送を受信するためには、所持しているテレビ受像機を国営の韓国放送公社に登録し、受信料を納付することと定められている。

口では何と言おうと、父さんはこの一件についてだけはいつも自信満々だった。そして、猫のようにすばしっこい放送公社の調査員たちにうちのテレビがまだ見つからず、ずっと無料で番組を楽しんでいることにたいへん満足していたらしい。——もっと性能のいい探知機だってあるんだろうに。あんなみみっちい機械を信用してるようじゃ、うちにテレビが十個あったってばれやせんなあ。

母さんやぼくにテレビをちゃんと見張れと注意するときも、いつだって父さんはあの、くすくすと一人笑いを漏らしそうな顔をしていた。

一度、ほんとうにテレビが調査員に見つかりそうになったことがあった。ある土曜日の午後、会社から早めに帰ってきた父さんが、前の週に見逃した毎日連続ドラマの再放送を見ていたときのことだ。玄関の方から突然呼び鈴の音が聞こえてきた。呼び鈴が鳴ったら万事を放り出して真っ先にテレビのスイッチを切るべし、というのがわが家の習慣だったのだが、その日はたまたま母さんが近所に買いものに行っていたので、母さんが帰ってきたに違いないと思ってテレビに注意しなかったのがまずかった。父さんはひたすらドラマの再放送に心を奪われていたため、ぼくが何気なく玄関を出て、門のかんぬきをはずした。

「放送公社から来ました。お宅のテレビ、まだ登録がお済みではありませんよね？」

かんぬきをはずすや否や、一人の男の人がいきなり体を門の中へ押し入れて強引に入ってきてしまった。そして、まるで人をからかいでもするような素早い手つきで、身分証らしいものをちらっと見せると、有無をいわさず室内へ踏み込みそうな勢いを見せる。もたもたしていたら間違いなくテレビが見つかってしまいそうだ。茶の間からテレビの音が漏れてこないだけでも、まずは幸運ではあった。

「ちょっと！　何するんですか！　どこのだれなんですか、こんなことして」

ぼくはあたふたと男の前に立ちはだかり、ちょっとでも時間をかせごうとした。騒ぎを起こして時間を引き延ばし、何も知らずにテレビを見ている父さんに危険信号を送ろうと思ったのだ。

「放送公社から来たんだよ。君んちのテレビ、ちょっと調べさせてもらうからね！」

男の人は、うちにテレビがあることをもう知っているかのように堂々としていた。

しかしもちろんぼくだって、このぐらいのことでやすやすと男の人を家に上げはしなかった。

「うちにはテレビなんかありません！　ほかの家に行ってくださいよ。何なんですかもう……」

「テレビが、ないだと！」

男の人は、テレビがないというぼくの言葉にまで言いがかりをつけて、つっかかってきた。

「ほんとにテレビがないなら、家に入って調べたってかまわないだろ？」

「ないんだからいいじゃないですか、部屋なんかのぞき見してどうするんです。もう帰ってください」

「ないんだったらいいじゃないか、部屋をちょっと見るだけなのにこのガキが、何をそんなに心配してるんだ！」

男の人はしきりにぼくを押しのけて、茶の間の方へ行こうとした。だが彼は結局、あきらめざるをえなかった。そのころにはぼくの計略が予想通りの効果を表しはじめていたからだ。

「何だね、あんたは？」

短パンに、脇の下が丸見えのランニングシャツ一枚を着ただけの父さんが、いつのまにか玄関に出てきていたのだ。

「子どもがないと言ったらないと思って帰ればいいものを。そんな喧嘩《けんか》腰で子どもをいじめてどうするんだ。あんたは今、こんないたいけな子どものもの言うことを、頭から信じるに足りんと、そう言っとるわけか？」

父さんは力いっぱい男に怒号を浴びせた。短パンにランニングというそのむさ苦しい、卑しい身なりが、相手を妙に圧倒してしまったらしい。

「あ、私は放送公社から来た者でして。テレビを持っていらっしゃるなら登録をしていただければと……」

男の人は急に気をくじかれて、ふにゃふにゃになってしまった。ぼくに言ったことをもう一度、言い訳のようにくり返し、そして卑屈なほどへりくだった微笑を口元に浮かべて立っていた。

すでに危ない峠は越したようだ。けれども父さんはまだ、安心できない様子だ。

「わかっとるさ。だがな、放送公社の人ってのは、こうやってところかまわず、他人の家の茶の間をのぞきこむ権利があるのかね？　テレビはないと言ってるのに、こんなふうにつべこべとけちをつけて踏み込んでくるようなご身分なのかね」

男の人が控えめになればなるほど父さんはいっそう居丈高《いたけだか》にふるまい、輪をかけて乱暴な言葉で男をやりこめた。

「いいえ、テレビをお持ちでないなら、部屋の中を見せていただくぐらい問題ではないと思いましてね、ちょっと……」

「くだらん！　テレビを持ってないだけでも腹が立ってたまらんのに、この若造が、何だってわざわざ人を怒らせるようなまねをするんだ。え、この、いけずうずうしい……」

父さんは今にも相手の顔に拳をつきつけかねない勢いだった。

「わかりました。失礼しました」

男の人はついに降伏して引き下がった。彼はまだしきりに部屋の方を盗み見ては疑わしそうな表情を浮かべていたが、怒りにまかせた父さんの剣幕を前にしてはどうすることもできなかったようで、あたふたと門をくぐって出ていった。父さんの顔に、ひそかな快感に浸っているような表情が浮かんだのは、まさに男が門を出ていった直後のことだ。

——いやあ、何ちゅう、いい気味だ。

いつものように自分の一人言が外に漏れないようにしながらくすくす笑いをこらえている父さんの軽蔑のまじった表情から、ぼくはそんな気持ちをはっきりと読み取ることができた。

「まぬけな奴らだな。うちにテレビがないだなんて……」

ついにこらえきれなくなったようにそう言うと、父さんは、自分が打ち負かした卑《ひき》怯《よう》で勘の鈍い相手を思いきりばかにした。

この日のことは、父さんにとっては一つの良い経験となった。

この一件以後父さんは、さらに隙のないテレビ隠しの奥の手を編み出したのである。ぼくらは呼び鈴が鳴ると、まずはテレビのスイッチを切っておいて、それからすぐに玄関の様子を確かめに行かなければならなくなった。ボリュームを下げるだけではだめかと聞くと父さんは、電波探知機があるからそのくらいで油断しては絶対だめだと言う。ボリュームの話が出たから言うと、父さんはふだんから、テレビの音が絶対に外に漏れないように徹底して気をつけていた。音だけではない。庭の前を人が通るときにこちらを見たら、窓ガラス越しにテレビが目に飛び込んでくる可能性があった。父さんはそんな場合に備えて、テレビを壁の下の方にぴったりくっつけて置きなおし、特にうさぎの耳のようなアンテナに対してはいっそう細やかな注意を傾けていた。もしもやむをえず調査員が門の中に入ってしまっても、それ以上玄関や部屋の敷居を越えることがないようにしろと、そしてどんな手を使ってでもテレビが目に入らないように手を打ってから彼らを追い出すのだぞとぼくらに念を押した。

——ばれたら恥だ、赤っ恥だぞ。だからどんなに急な事態が起きてもあわてずに、大声を出せ、大声をな……かっとなって怒ってみせてわめきちらせば、あんな奴らに手柄なんぞ挙げられると思うか？

──大声を出すときには何を言うかっちゅうとな……何日か前にも来たくせに何でまた来たんだよ、うるさくて死にそうだとか、この前父さんが言ってみせたみたいに、テレビがないだけでも悔しくて死にそうなのに、あんたがテレビを買ってくれるとでもいうのか、毎日追っかけてきてぐちぐちぐちぐちうるさいんだよ、とか……こんなふうにまずあいつらを責め立てて、気勢をそいでしまうんだ。こっちがそう出れば、あんな根性のない連中、ひとたまりもないはずだ。

そんなことがあればあるほど、父さんのテレビ見物がますます痛快さを増していったことは言うまでもない。土曜日の午後や日曜日など、ボリュームを下げたテレビの前に座っていても、呼び鈴の音さえすれば素早くスイッチを切って外の様子をうかがう父さん。そして夜ともなれば、さすがに人の家の茶の間を覗き見る者などいるまいと、ようやく音を少しずつ大きくする父さん。そんな父さんにとってはおそらく、テレビの画面そのものより、無料で見ているという喜びの方が、または放送公社の調査員の奴らをまんまとだましているという喜びの方がはるかに大きいのだろうと思われた。

父さんがテレビの登録を避けようとするのは、いっそ一種の執念と言った方がよかった。それは父さんにとって、何よりも大切な、楽しい秘密だったのである。ぼくらはそんな父さんの意思に無条件に従うほかなかった。ぼくらは父さんにすなおに従っただけでなく、誰よりも父さんをよく理解し、助けたいと願っていた。父さんの望みがあまりにも切実そうだったから、ぼくらも一緒になって、テレビが見つからないようにさまざまな注意を傾けていたのである。そしてこのままずっといついつまでも、テレビがばれませんようにと願っていた。

だが実のところ、父さんが何のためにあんなにしてまでテレビの登録を避けようとしたのか、その理由を聞いたことは一度もなかった。それはぼくらにとって一種の謎に属していた。さっきも少し言ったが、一か月あたり三百ウォンの受信料を節約できることが父さんの喜びだったと言ったら、たぶん事実ではないだろう。父さんは、一か月三百ウォン、一年分合計してもせいぜい三千六百ウォンの受信料を重荷と思うほど甲斐性《かいしょう》のない人ではなかった。会社の名前を言えば誰もがすぐにうなずく、輸出品製造業として知られた会社の経理部次長というポストは、わが家の家計を十分に支えていた。

父さんの月収が具体的にどれくらいだったかわざわざ言う必要はないだろうが、とにかく父さんも母さんも常日ごろ、次長の給料袋の厚さにはかなり満足していたと思う。月に一度は家族全員（といっても、「鈴っ子《＊パンウル》ちゃん」というあだ名で呼ばれるのをひどく喜ぶお手伝いの女の子を除けばたった三人でしかないが）で都心に出て、懐具合を心配せずにおなかいっぱい焼肉を食べられるぐらいだったから、毎月のテレビ受信料三百ウォンぐらいにびくびくするような生活でなかったことはすぐにわかるだろう。

　話のついでに、父さんのお財布の事情がもっと正確にわかりそうな事実を一つ紹介するなら、毎日の通勤にかけていた交通費を挙げることができるだろう。会社から送り迎えの車を出してもらえない父さんは（社用車を出してくれるのは部長クラス以上ということだったが、父さんが部長のポストをしつこく狙っているとかいうことも、もちろんなかった）、通勤にはいつも相乗りのタクシーを利用していた。父さんは自分の身のほどをよく知っていたのである。会社のある都心の光化門《クァンファムン》近くから駅村洞《ヨクチョンドン》のわが家まで、毎回一人でタクシーに乗るのは分不相応だと父さんは言っていた。けれども、だからといって日に二回、若い学生たちと一緒にぎゅうぎゅう詰めにされ、靴を踏まれて苦労するのに耐えられる年齢ではさすがにない。父さんはいつも、五人で乗って一人あたり二百ウォンになる相乗りタクシーを利用していた。

――この町は相乗りのお客さんが多いから、好都合なんだよな。

自分には二百ウォンの相乗り程度がちょうどいいと考える父さんだった。そして母さんも別に、一日往復四百ウォンの交通費を気にしてはいなかった。だから、いくら父さんの月給が大したものでなかったといっても、毎月の受信料三百ウォンのためにテレビの登録を拒否したというのは、まったくばかばかしい推測だ。

それなら、何だったのか。父さんがあんなにテレビの登録を忌み嫌っていたのは、それでは放送局の作る番組に不満があったからだろうか。そのせいで三百ウォンの受信料を払うのももったいないと思っていたのか。もちろん、それも父さんの思惑とは一致しない。番組に不満があるどころか、父さんは毎日夜の七時二十分から始まる連続ドラマを見逃したくないばかりに、一日だって遅く帰ったことがないほどだったのだから。

会社の終業時間は夕方の六時ちょうどで、父さんが相乗りタクシーに乗って駅村洞《ヨクチョンドン》のわが家の門の前に着くのが六時四十分ごろだから、その間に空き時間はないことに

＊「バンウル」は「鈴」または「しずく」という意味で、発音した時の音の響きが明るくて可愛《かわい》い。この小説が書かれた一九七〇年代、住み込みのお手伝いとして働くのは地方出身の十代前半の少女が多く、彼女たちの名前は野暮ったいことが多かったので、バンウルと呼ばれるのを喜んだものと思われる。「鈴」と「しずく」の二つの意味があるが、ここでは「鈴」の方を採用した。

なる。友だちと外でお酒を飲むことはほとんどなかった。お酒はたいてい、テレビの連続ドラマを見ながら晩ごはん前に晩酌を何杯か楽しむ程度だ。父さんの帰宅時間がいつも決まって一定だったのは、もともときちょうめんな性格だったせいもあるだろうが、それだってよく考えてみればやっぱり、明らかにテレビドラマのためだった。

門を開けて入ってくると、父さんはすぐに服を着替えて手と足を洗う。その後しばらくソファーにもたれて夕刊にざっと目を通し、七時二十分を待つ。七時二十分になると間違いなく父さんの前に夕ごはんのお膳が置かれ、父さんはやっとソファーから下りて、テレビを見ながら晩酌を楽しむことになる。父さんの帰宅時間がドラマの開始時間を基準にしていることは、帰宅がたまたま遅れた日にはその他の予定がまるでめちゃくちゃになってしまうのを見てもすぐにわかることだった。

父さんは会社内ではもはや人に使われるより、人を使うことの方が多い。下の人がやったことに問題があればときどき帰宅が遅くなることもある。それはどうしようもないことだった。ときには、門を開けて入ってくるや否やドラマが始まっているかどうかを確かめ、ぎりぎり間に合ったとわかると、いったんテレビのチャンネルを合わせておいて、画面が明るくなるまでの間に上の空で手と足を形ばかり洗ってくることもあった。新聞などには目をくれる暇もない。

もちろんぼくは、父さんの悪口を言いたくてこんな話をしているわけではない。父さんは毎日連続ドラマだけではなく、スポーツ中継や歌番組なども楽しんで見ていたのだから。ただ、父さんが、最近よくあるように、学識者みたいに偉ぶってテレビ番組の低俗さを批判するなんて想像もできないことだったのだ。

テレビ番組に大いに不満だったからだとか、本心では誰よりも三百ウォンの受信料をけちりたかったのだとか、さまざまに仮定してみたところで結果はしょせん同じことだ。百歩譲ってもし、そんな仮定が可能だったとしても、父さんがそんな理由でテレビ隠しという法律違反をやりたがっていたわけでは、絶対ない。一か月に一度焼肉を食べに出かけるときも毎回、ひどく照れくさそうにしながらも、結局はとても幸せそうに食べる父さんだった。他の人のように友だちとお店をあちこちはしごする代わりに、家で母さんに世話されておとなしく晩酌を楽しむ父さんだった。ちょっと気が小さくはあったが、だからこそいっそう、何に対しても誠実であるしか能のないうちの父さんは、世の中の決まりに背くようなことなどほとんどやったことがなかった。月末に新聞購読料の支払いが一日遅れても母さんをひどく叱る父さんだ。道でタクシー運転手がつまらない言い争いをしているのを見ただけでも、まるで末世が迫っているみたいに大きなため息をつく父さんだ。引っ越しをするたび、引っ越しの心配よりも先に、十四日以内に住民登録の転出届と転入届を出すことばかり気にして、母さんにこっぴどく責められるほど気が小さく、要領の悪い父さんだ。そんな父さんが突然に不良っ気を起こして、未登録のテレビをこっそり見ようとしたなんてことは万に一つもあるはずがない。悪ぶってみせるなんて、真似《まね》することさえ上手にできない父さんだった。

不良っ気のせいなんかであるはずはなかった。

だが、どうにも納得しづらいことではあった。

けれども父さんは、テレビを登録しないほんとうの理由については、全然話してくれなかった。

――急ぐことはない。あいつだってずっと登録しないで見てたじゃないか。

父さんはテレビを買ってきたときから、登録せずに頬かむりをしてしまうつもりだったらしいのだ。テレビはぼくのような十代の子どもの情緒にしばしば害を及ぼすという噂《うわさ》のために、しばらくはテレビの購入をためらっていた父さんだったが、その父さんがようやく、アメリカに移民するある友だちに、ゼ*ニスの十八インチの中古テレビを一台、安く譲ってもらったときから、このテレビには登録証なんていうものはついていなかった。今からでも登録すべきではないかと母さんに言われても、父さんはひどく平然としていた。ぼくらは父さんの言葉が意外だったが、単に父さんの注意がまだそこに及んでいないだけだとばかり思っていた。

「それはアンテナを立ててからのことさ。アンテナを立てたら調査員が間違いなく気づいて、やってくるんだよ」

だが、父さんが故意にテレビ登録をしないつもりだということがわかったのは、まさにその翌日の夜だった。その夜、父さんは室内アンテナを買ってきた。会社帰りに近所の電気屋さんを連れてきて、簡単にアンテナ設置を済ませたのだ。

「登録はしないつもりなんですか？」

母さんは呆《あき》れたようだったが、父さんは少しの迷いもなかった。

「登録なんて……今どき、どこの阿《あ》呆《ほう》が受信料なんぞ払うもんか！」

当然のことじゃないかといわんばかりにそう言うと、父さんはさらに、厳重に注意した。

「気をつけろよ。放送局の連中がいつ匂いをかぎつけて飛んでくるかわからないから

＊アメリカの家電メーカー。

な。俺がいないときも、ちゃんと注意するんだぞ」

それだけだった。つまり表向きの理由は単に、テレビの受信料なんか払うような阿呆は世の中にいないし、自分もそんな阿呆になりたくないからということだった。そして父さんは、放送公社の職員がわが家に調査に来て無駄骨を折って帰っていったあの日以降、これじゃかえって父さんの方が阿呆に見えてしまうだろうと思うほど怪しいくすくす笑いを、一人で漏らすようになった。

何でまた、たかが三百ウォンのために……！

ぼくらは父さんが理解できなかった。受信料のためだなんて、どうしたって真に受けられない。六月に入ってからだったか、一か月の受信料が三百ウォンから五百ウォンへと倍近く値上げされたにもかかわらず、そのことでは父さんが特に喜ばなかったのを見ても、ほんとうの理由が受信料ではなかったことは明らかだ。

だがぼくたちはとにもかくにも、父さんのために、テレビが見つからないようにとがんばった。受信料のためだろうが何だろうが、登録せずにテレビを見ることが父さんをそんなにも愉快にしてくれるなら、ぼくらは無条件に父さんの味方になり、助けてあげなければならない。ぼくらはテレビの存在がずっとずっとばれないことを願い、父さんに負けず劣らず細心の注意を払ってテレビを隠し、音漏れに気を配り、また門の呼び鈴に神経を尖らせた。特に、受信料徴収の時期が近づくと、父さんの見るドラマが始まる夜の七時二十分まではテレビを押入れにつっこんでようやく安心できるほどだった。

けれども、父さんを思うぼくらの願いはそんなに長く続きはしなかった。ついに父さんが不覚をとってしまったのだ。そしてぼくらは、父さんが大しくじりをした後になって初めて、あんなにテレビの登録を拒んでいた理由を少しずつ知り、納得していった。

だがそれは、父さんのためにはさらに不幸なことだった。

土曜日はいつも危険な日だった。そしてついに、危険な土曜日の一つが、父さんの不運な日になってしまった。

七月中旬のある土曜日の午後。

この日もぼくは会社から早く帰ってきた父さんと並んで座り、注意深くテレビのボリュームを下げて、先週見逃した毎日連続ドラマの再放送を見ているところだった。

ところが、この日に限って母さんが外出していたので、のどが渇いた父さんが鈴っ子《パンウル》に、ジュースでも何本か買ってこいと言って近所の店に使いに出したのだ。

鈴っ子《バンウル》が門を出てから一分もしないうちに、玄関の方から怪しい人の気配がしてきた。こんなに早くあいつが店から帰ってくるはずがないと思ってしばらく様子をうかがっていると、本格的に戸をどんどん叩く音が聞こえてくる。それも門ではなく、直接、家の戸を叩いている。誰かがすでに門をくぐって入ってきたことは明らかだった。父さんはいきなり緊張した顔になり、テレビのスイッチを切った。そして不安に勝てない様子で、自分から茶の間の戸を開けてあわただしく玄関の方へ出ていった。思った通り門のかんぬきははずされており、玄関まですっかり開いている。開け放たれた玄関のところには一人の男の人が、わざと丁重に戸を叩きながら立っていた。いつだったか父さんからこっぴどく恥をかかされて追い出されたあの放送公社の人だ。彼は、もう見るべきものは見たというように、白々しく、温厚で余裕たっぷりの笑いを浮かべていた。父さんの顔は徐々に血の気を失っていった。だが、そのぐらいでさっさとあきらめてしまうような父さんではもちろんない。やがて父さんの顔には血の気が戻り、男の人より一歩先にいきなりどなりはじめた。

「いったい何だね？　何の用でわざわざ玄関まで入ってきて、人の家をのぞきこんだりするんだ？」

完全にしらをきるつもりの口ぶりだった。このときも父さんは上半身はすっかり裸で、身につけているものは短パン一枚だけだった。要するに、そんな身なりで先手を打ったつもりだったのだろう。だがこの日だけはその男の人も、気勢をそがれた様子はまったくなかった。

「ご主人、覚えていらっしゃいませんか?」

顔には依然として、気分が悪くなるような余裕たっぷりの笑いを漂わせており、だんだん声までふてぶてしくなっていった。

「あんたを覚えてるかって? 何で私があんたを覚えてなきゃいけないんだ!」

「ああ、まだ思い出していただけないようですね。ですが、そんなにやたらと腹をお立てになる必要はありませんよ。ご主人が覚えていらっしゃらなくても、それは関係ありませんのでね。私は放送公社の者です」

「放送公社? 放送公社が何の用だ?」

「テレビの登録をしていただけませんかねえ」

そう言いながら男の人は、父さんに向かって茶の間の方を目で示してみせた。

父さんはまたもや怖気《おじけ》づいたようだった。この日、パンツ一丁の父さんの姿は、全然堂々として見えなかった。堂々どころか、奇妙な乱暴さと卑しさを放っているだけだった。だが父さんはまだ必死だった。

「そ、そういや、いつだったかもうちに来て、テレビを出せと言いがかりをつけていったあの人か。だが、何だってまた来たんだ。あのとき、わかるようにちゃんと言ってやったはずなのに……そうか、あんたはテレビを買えない人間を探し出して怒らせて回るのが主要業務なのか？　それが放送局であんたが任されてる仕事なのかね。テレビを持ってない者のことはそっとしておけばいいのに、こんな若い人が何でまたそんなに疑り深いんだ。まったく、忘れたころになるとやってきて、何もしていない人間を怒らせてもめごとを起こすとはな」

父さんはほんとうに腹を立てたように顔が赤く上気していた。

だが、放送公社の男の人は少しも動揺する気配がなかった。彼は、言いたいことがあるなら満足するまでいくらでも言わせてやろうというような、のんびりした表情をしていた。父さんがどんなに大声を張り上げても、まるで何か面白いものを見物でもしているようないたずらっぽいにやにや笑いが彼の顔から消えることはない。父さんが言い終わると彼はしばらく、何をやるべきか忘れてしまったように涼しい顔をしていた。

「どうです、ご主人。もうこのぐらいにして、登録を済ませたらいかがです。いつも盛んに人を侮辱するようなことばかりおっしゃいますが、そういうのはもう、おやめになってですね」

のんびりと手持ち無沙汰にかまえていた男の人は突然、ようやくやるべきことを思い出したとでもいうようにまじめな口ぶりになった。

「何だとお？ 登録を済ませろだと？ 登録するテレビがどこにある？ こいつ、放っておけばいよいよ厄介なことを言い出しおって。いったい何のつもりで、罪もない人間を捕まえてこんなことをするんだ？」

父さんは今や、土壇場に追い込まれた感じだった。だが男の人は、追い詰められた父さんの暴言などまるで聞くそぶりさえ見せなかった。

「ご主人、この前もおっしゃっていたでしょう。お子さんのことですよ。なぜ純真な子どもの言うことさえ信じないのかと私をおとがめになりましたね。でも、ご主人の方で何かにつけてこんなことばかりなさっていては、それこそ純真な息子さんの教育にもまったく良くありませんね。登録をなさってください。登録して、安心してテレビを見てくださいよ」

「さっさと出ていけ！ もう一言でもほざいたら、永遠にものが言えないようにしてやるから」

父さんはとうとう、顔をすさまじく険しくゆがめて男の人を脅した。だが、相手はそれすら予想していたというように、毅然《きぜん》とした態度を変えなかった。

「致し方ありませんな。本気でそんなことをおっしゃるなら、私からご主人に一つお目にかけたいものがありますよ」

男は落ち着き払って父さんを手招きした。そして、自分が先に立ってゆっくりと庭の方へ回って歩いていった。父さんは息も荒くあえぎながら、しかし相手の挙動が何を意味するのかまったく想像がつかないらしく、首をかしげて様子を探ろうとしながら男の人の後をついていった。

男の人はとうとう茶の間のガラス窓の前で立ち止まった。そして、ガラス窓の中をあごで指し示しながら、声をひそめて父さんに尋ねた。

「ご主人、あれは何ですか？　それだけ確認させてください」

彼が示しているのは、テレビの室内アンテナの先端だった。壁の下の方にぴったりくっつけて置いたアンテナの先の部分が、草むらの後ろに頭を突っ込んで隠れている野うさぎの耳のように、ぴんと突き出していた。

父さんはふいに言葉を失ってしまった。半分裸の父さんの体がいっそう寒々と、小さく見えるばかりだった。

「ごめんなさい、私が悪かったんです。門を開けろっていうのを断って、急いでお店に行ってきたのに……」

そのときになってジュースを持って走ってきた鈴っ子《バンウル》が、父さんが気の毒でいたたまれないという顔をしていたが、父さんの体はもう、みすぼらしく縮こまってしまって、どうすることもできなかった。

父さんがあんなにがんばって隠してきたテレビが、ついに見つかってしまった。

ほんとうに運のない土曜日だった。

だがわかりづらかったのは、こうしてテレビがばれてしまった後の父さんの変化である。

そんな目にあってからの父さんといったら、もう、見る影もなかった。ぼくらは、あの不名誉な日の記憶さえ消えれば、父さんもまた以前のように落ち着いた善良な家長として出直してくれるだろうと思っていたのだ。けれども、あの日の失望は父さんにとって、ぼくらの想像以上に大きなことだったらしい。何日もの間、父さんはすっかり意気消沈していた。しょぼくれたため息をつき、自分への軽蔑のような感情に浸っているときもあり、あるときは今まで自分が生きてきた歳月のすべてが虚《むな》しく感じられるらしく、無力な後悔をぎりぎりと噛《か》みしめていることもあった。

「さもしい奴らだ、汚い奴らだ……俺だって、世の中の連中みたいにさっさと一発うまいことやってのけて、会社も何も辞めちまったっていいんだぞ……」

誰かをひどく恨んでみたり、会社の仕事について、以前はなかったような激しい不満を漏らすこともあった。万年次長と呼ばれる自分の立場に到底耐えられなくなってきたのも、このころだ。

ぼくらは驚かずにいられなかった。以前の父さんからはまったく想像もつかないことだったから。一発やってのけて会社を辞めるだなんて。未登録のテレビを見つづけたこと一つを除けば、父さんはもともと、不正とは縁のない人だった。その父さんが、テレビが見つかってしまった後は、覚えてきた汚い悪口をわざわざ言ってみたがる子どものように、やたらとそういう話を口にしはじめた。ぞっとするようなことだった。

母さんとぼくは、そんな父さんの研究を開始した。そして、きわめて慎重に研究を進めた結果、ついに意味深長で重大な結論に達した。一言でいうとそれは、父さんの内面心理とテレビの関係である。

噂によれば、父さんも言っていたとおり、世渡りをしていく中で、ときには「一発」うまいことをやってのけない人などいないのだそうだ。そして、父さんに他の人がみんなやっている「うまいこと」をやってのける力がないことは明らかだった。父さんは自分の無能さに直面せずにいられなかったはずだが、それでもけなげに頑張って自分を支えてきた。それはテレビを登録しなかったおかげなのである。あのテレビなしではおそらく、父さんはどうやっても自分の不安をなだめることができなかったのだろう。父さんはテレビを隠し持つことによって、人と同程度には悪いこともやってのけながらこの社会で生きているんだという、最小限の共犯意識を持つことができたのだ。それすらもなかったら、父さんはおそらく最後の一筋の希望さえ見失って窒息してしまうか、または恐ろしい復讐《ふくしゅう》心を爆発させてしまったかもしれない。

　時代の風俗という衣装が派手であればあるほど（つまり、この「共犯意識」というものだって、ある時代の風俗という上っ面のことにすぎないわけだ）、それを身につけられない人の思いは切実になるしかない。そして、それが切実であればあるほど、人々はお互いにその気持ちを認め合い、受け入れ合わなくてはならないのである。それがこの共犯意識の悲劇的な一面だが、同時に最大の美点でもあったのかもしれない。

　おそらく父さんはテレビを登録しないことによって、この貴重な共犯意識への渇望を最小限にくいとめていたのだろう。テレビを隠すことで同時代の風俗を実感し、自分だってこの時代の常識人なんだと自負していたのだろう。テレビの一件以前には何がそれを可能にしていたのか、それはぼくらにはまったくわからない。だがこの何年かの間、あのテレビが父さんを安心させ、感情のバランスを保たせてくれるありがたい功労者だったことははっきりしていた。登録逃れのテレビがあればこそ、父さんはむしろ、それ以外のことに関してはいくらでも善良で正直でいることができたのだ。テレビが見つかってしまったことは、予想外に深刻な事件だった。ぼくらは、まるでダイナマイトを扱うように父さんに対応しなくてはならなかった。父さんは、すでに導火線に火のついたダイナマイトだった。父さんの言動は日に日にだんだん荒っぽくなり、ぼくらははらはらさせられるばかりだった。

——畜生！　こんなふうに生きてくるんじゃなかった。俺がばかだったんだ。世の中を一太刀でぶった切ってしまうような奴らには、それなりの勇気や度胸があるんだからな。だが、まだ手遅れじゃない。遅すぎるとはいえないぞ、絶対に！　ぼんやりした連中はまだ貧乏くさい道徳の先生みたいに、くだらんお題目を唱えているんだからな。

いつ何時、何をやらかしてしまうかもわからない父さんだった。

だがぼくらは、とにもかくにもまだ父さんを信じるしかなかった。ぼくらは父さんという人間を知っていた。このぐらいで簡単に自暴自棄になるような人ではない。それに何より、父さんにはまだそんな勇気はないはずだ。言動が荒っぽくなったのも、実は父さんの欲求不満解消の良い手段なのだ。ほんとうに何かやってのける人は、あらかじめそんなことを匂わせたりはしないのだから。そして、誰かを脅かす必要などなかった父さんにとって、荒っぽいふるまいは単に自分の感情のバランスを取り戻し、不安感を拭うための無意識のポーズのようなものだったのだろう。

不安の中でもぼくらは、父さんに希望を託して暮らしていた。父さんがより適切な方法を見つける日が来ることをぼくらは祈っていた。父さんが爆発しないですむように、自分の不安を解消できる程度の恥ずべき不正のたねを見つけ、それをやってのけることで再び自分のバランスを取り戻し、以前のように善良な人になってくれることを願った。それがどんな不正であるべきなのか、ぼくらにわかるはずがない。それは父さんが見出し、父さんが選択すべきものなのだから。

父さんもまた、ぼくらを失望させないようにとひどく苦心していたのだと思う。たえず不平をこぼしながら、自分自身を脅していた。

だが、いつも失敗の連続だった。

ある夜のこと。父さんはそのころ、毎日連続ドラマという趣味を失ってしまい、夜遅くすっかり酔っ払って帰ってくることが増えていたのだが、その日は夜中の十二時を過ぎてもまったく連絡がつかなかった。翌朝、いつもなら父さんが出勤する時間をはるかに過ぎたころになって、全然知らない人から電話が一本かかってきた。

「五千ウォン持って早く西大門《ソムデムン》即決裁判所にお行きなさい。ご主人、ひどく待ってておられますよ」

つまり父さんは、昨夜、夜間通行禁止時間*に違反したのだった。父さんはまず防犯隊員に見つかり、所轄の派出所を経由して警察の拘置所で一晩過ごし、翌朝、即決裁判所に引き渡されて五千ウォンの罰金処分を受けたところだったのだ。電話をくれたのは、父さんと同じ拘置所で過ごし、父さんより先に罰金を払って解放された人だった。

母さんが急いで家に連れてきた父さんの様子は、お話にならないありさまだった。ワイシャツの袖口は真っ黒に汚れ、鼻の穴にすすのようなものがいっぱい詰まったようになって、くたびれはてた不潔な姿である。がっくりと肩を落としたまま門を入ってきた父さんは、全身に困り果てた気配をありありと漂わせていた。

「あのばかども！」

父さんは、昨夜の事故は自分のせいでは全然ないと言いたげに、ぶつぶつと不平をこぼした。

「まったくもう、あの防犯隊員ときたら。うちはこの目と鼻の先だ、このあたりじゃみんな俺の顔を知ってるんだと言ったのに、一、二分遅れたからって何を騒ぐんだか。固いことを言わずに朝になったらこれでラーメンでも食えと、こっそり五百ウォン札を一枚やったのに」

だが防犯隊員は、一度金を受け取ったものの急に怖くなったのか、その後になって怒り出し、五百ウォンを父さんに返したのだという。

——こんなことしちゃいけません。ちゃんと一晩苦労して、罰金を払って出てきなさい。

「俺が一晩苦労して罰金を払って出てきたら、いったいあいつが何を得するっていうんだ。しかもあの野郎、俺が金をやったのがとんでもない罪ででもあるみたいに怒り出して、騒ぎやがって、何だ、ありゃあ」

父さんによれば、たぶんお金を渡さなくても無事に家に帰れただろうというのだ。ところが、わからず屋に金を渡したためにかえって倍の苦労をする羽目になったらしい。

＊韓国には一九四五年から八二年まで夜間通行禁止令があり、午前零時から四時まで医師以外の民間人は外出できなかった。

派出所でも同じだったという。派出所に行ってからも父さんは、あの五百ウォンで、より人間的な解決策を探ろうと試みたのだそうだ。防犯隊員とは違って、ちゃんと制服を着た巡査ともなると世の中の事情にも明るいから、すぐわかってくれるだろうと思っていたという。父さんが五百ウォンをそっと渡すと、巡査は初め、顔いっぱいに笑みを浮かべ、すぐにでも父さんを解放してくれそうな優しい対応だったらしい。

――ずいぶん心配してらっしゃるようですなあ。でも、そんなに気をもむことはありませんよ。それと、これはしまってください。何でこんな無駄なことに大事なお金を使うんです。

それは、父さんを帰してくれるという意味ではなかった。

――そのお金はしまっておいて、明日の朝、子どもさんにお菓子でも買っておやりなさい。判決通りに罰金さえ払えば、私どもにこんなお金を使わなくても、明日中にはお宅に帰れるんだから。

二回とも、お金を渡さなければむしろ、もっと簡単に済んだかもしれないのだ。

「よりによって二回ともあんな固苦しい連中に当たっちまって。もっとうまくいくはずだったのに、まったく運のないこった」

父さんは、要領の悪い巡査と防犯隊員をひどく軽蔑していた。

要するに父さんは、通行禁止令にわざと一、二分遅れたらしいのだ。そんなことをした父さんの計算の中には、あの恥ずべき五百ウォンの支出もあらかじめ組み込んであった可能性が高い。それなのに失敗してしまったのだ。テレビの受信料のことを考えれば、五百ウォン札一枚で心を平静に保つことができるなら、間違いなく、相当に安い取り引きだったはずである。

さらにもう一度、こんなこともあった。

その日も父さんの帰宅は夜遅かったのだが、夜中の十二時近く門の外から大声が聞こえてきて、それが呆れたことに、父さんが近所の女の人とみっともない言い争いをしている声だったのだ。

「ひどく急いでたもんでちょっと路地で失礼しただけじゃないか、それをまあこんな夜中に、女だてらに大騒ぎして。そちらさんは、酔っ払いが塀に小便するのを初めてごらんになったってわけかね！」

父さんが近所の家の塀に立ち小便をしていて、こともあろうにそこの家の女の人に見つかってしまったのだった。だが父さんは、あまりの赤っ恥にあわてたせいなのか、その女の人に謝るそぶりはまったく見せなかった。父さんは自分で自分のことを酔っ払いと言い、ものすごく下品な言葉をわめきちらしていた。そうやってまず相手の気勢をそいでしまうつもりだったのだろう。でなければ、悪事がばれてしまったのが悔しくて、自分自身に対してすっかり腹を立てていたのかもしれない。だが相手の女の人も、父さんの剣幕に負けるどころではなかった。近所に住んでいるのだから顔を合わせることもあっただろうに、女の人は知らない同士のような顔をして、容赦なく父さんを責め立てにかかった。

「ご立派な殿方がそんなに飲んで見事に酔っぱらって、歩いていけばいいものを、わざわざ立ち止まって、人の家の塀にこんなことするなんて。そんなことでいいと思ってるんですかい？　朝になっておしっこの匂いを嗅がされるのが誰だと思ってんのさ。塀にこんなに白くしみをつけちゃって、どうするつもりなのよ……まったくもう、急にじゃーじゃー音がするから、にわか雨でも降ってきたのかと思って飛び出してみたら……いくら一杯きこしめすのがお好きな人だって、ほどってもんがあるでしょうよ……」

近所の家々の窓がおずおずと開いたのを見ると、この女の人は父さんに思いっきり恥をかかせようとして、わざと恥ずかしい言葉を選んでいるらしい。

「いやさ、ひどく急いでいてこんなことになっちまったと言ったじゃないか。まったく俺はついてない……」

そのあたりから父さんはだんだん勢いがなくなっていった。攻撃から守備へと、言葉の調子も沈んでいく。女の人はそんな父さんに、後ずさりする余裕さえ与えなかった。

「ふん！　そりゃまたずいぶんとお急ぎだったみたいだけどね。もう何歩か歩いたら自分ちの塀があるのに、よりによって何でうちの塀なんです。恥ずかしいことをやらかしたら恥をかくもんだとわきまえなさいよ、それじゃあ、盗人《ぬすっと》たけだけしいってやつじゃありませんか……」

女の人の言葉は何百回聞かされても正論というしかなかった。あと何歩か歩いてからおしっこしていたら、父さんはこんなひどい辱めを受けなくてもすんだだろうに。だが父さんはもちろん、わが家の塀まで歩けないほど急いでいたわけではないはずだ。父さんは忍び笑いしていたに違いないのだ。テレビの調査員をだましおおせたときと同じように、父さんはおしっこをしながらくっくっと笑いを漏らしていたに違いない。実際に声が口の外へ漏れなくても（テレビ調査員をだましたときも、父さんは声を出して笑ったことはなかった）、そしてすべてが父さんがわざわざでっちあげたお芝居ではなかったとしても、おしっこしているときにはたぶん、あのくすくす笑いに似た奇妙な快感を楽しんでいたに違いない。

女の人は、父さんのそんな事情は何も知らない。そして、父さんの顔からも、あのくすくす笑いに似た表情は消え、その痕跡を見出すこともできなかった。今やくすくす笑いは父さんではなく、開いた窓枠からつんつんと頭を突き出した近所のおばさんたちから出ていた。それは、父さん目がけて石を投げることに近かった。

とうとう父さんは、女の人の足元にはいつくばるように体を小さく縮こまらせて、追われるようにこそこそと門を入ってきた。

父さんは再び、無残に失敗してしまったのである。この二つの事件だけでなく、父さんが自分の心のバランスを取り戻すための方法を模索し、くり返し自分を試している証拠はそこここに見ることができた。父さんは苦心惨憺《さんたん》し、努力していた。だが、毎回失敗ばかりだった。

——畜生。ほんとに、一発かましてやるからな。

そのたびに父さんは、自分が「一発」やってのけることができないから失敗ばかりなんだと匂わせた。「一発」やらかしてしまいさえすれば、今までに自分がなくしてしまったものも埋め合わせできると、くどくどとくり返した。

ぼくらはだんだん、そんな父さんに耐えられなくなっていった。説明のつかない嫌悪感が芽生えてきた。そしてそんなぼくらから見て、父さんの姿はみじめさを増す一方だった。自分の試みが一度失敗に終わるたび、父さんの姿はひときわ不安そうに、無力に見えるばかりだった。父さんがどんなに「一発やってのける」夢で自分を慰め、ぼくらをだまそうとしても、母さんとぼくはやはりそんな父さんが耐えられなかった。

「あんな様子じゃ、おまえの父さんはそのうちほんとに大きな災難を引き起こしてしまうかもしれないよ。いきなり会社のお金を使い込みでもしたら、どうしよう」

母さんは今さらのように父さんの心配をしはじめた。だが、母さんこそぼく以上に父さんに耐えられなかったのだ。心配するふりをしながら内心では、父さんが一発やってのけてくれたらちょっとは気が晴れるのにと思っているような表情だった。

たびたびびくり返してきたことだが、もちろんぼくらは父さんの破局を願っていたわけではない。だが父さんがついに安定を得られないなら、どうせ破局は避けられない運命だった。そして破局は日一日と近づいていた。父さんが何かをやらかしてしまうことを願うのは、例えば百の薬を用いても効果のない頑固な持病のある患者に、危険を冒してでも一度劇薬を処方するのに似た手段だった。一発やらかしてしまえば、父さんの胃もたれもすっきり治り、少なくともしばらくはあんなひどい敗北感や不安感から自分を解放することができるだろう。ことがまずく運べば、永遠に取り返しのつかない破局を自ら招くことにもなりかねないが、今は行き止まりの袋小路だった。

母さんはずっと気落ちしたままだった。家の雰囲気の気まずさといったらもう、いうまでもない。そんなぼくらより父さんの方がずっと切実であることは明らかだった。塀への放尿事件が起きた後は、家でもずっと口を閉ざして過ごしていた。ときおり口の中で、低い声でぶつぶつとつぶやいていることがあったが、ぼくらは一度もそれをちゃんと聞き取れたためしがなかった。受信料を払うことになったテレビのドラマにはもうまったく興味がないようで、憮然《ぶぜん》としてソファーにもたれかかり、ときどき呻《うめ》くばかりの父さんの姿はしだいにぼくらを焦らせ、嫌気を起こさせた。だが、それはまだ父さんが考えつづけているという証拠だった。そしてまだ妙案が浮かんでいないという証拠でもあった。

ぼくらは一日も早く父さんが気を確かに持ってくれるのを待っていた。そして、父さんが正常な市民としての誇りを取り戻し、家庭の平和を守ってくれる日を待ち焦がれていた。

だが不幸にも、父さんはついにぼくらが望んでいた通りにはなってくれなかった。父さんはとうとう、さらにたちの悪い症状を見せはじめた。それはある夜母さんによって偶然に確認されたのだが、父さんの新しい症状はぼくらが想像したどんな事態よりもはるかに深刻だった。いつも父さんが望んでいたように「一発やらかす」よりも先に、破局がやってきたのだ。

ほかでもない、その夜父さんは、寝床でおしっこをもらしてしまったのだ。

父さんは真夜中に急に起き出して、一人でごそごそとふとんを上げていたらしい。その後母さんが目をさましたときはもう、父さんが濡れたパンツをはきかえ、同じように濡れてしまったふとんもかたづけた後だったという。

だが、気の毒な父さんのために、ぼくはもうこれ以上の言葉は控えた方がよさそうだ。こっそり始末しようとしていたのに母さんにばれてしまった父さんの追い詰められた心情を、あえてここで説明して何になるだろう。母さんもまた、ぼくにそこまで詳しくは聞かせてくれなかったのだし。

翌朝、いっそう顔色の悪い父さんが朝食もそこそこに出ていくのを見たぼくが、どうも怪しいと思って尋ねたときも、母さんは頭からその事実を隠そうとした。

だが、父さんはやはり運のない人だった。

正体不明のパンツが発見されたのが運のつきだった。ぼくはその日の午後、夏休みの旅行の準備で登山用リュックを探していたのだが、そのリュックの中に、おしっこで汚れてひどい悪臭を放っている、どうしてここにあるのかさっぱり理解できないパンツを一枚発見してしまったのだ。その不潔なパンツを見つけたのは、もちろん（誓って！）ぼくの本意ではなく、意図しない偶然の結果だったということは、言うまでもないだろう。

パンツが発見されたとあっては、母さんもそれ以上隠しておけなくなり、地面に穴があくほど大きなため息とともに、初めてその夜の父さんの悲しい秘密をそっと教えてくれたのだった。だが母さんはこのときももちろん、耳打ち程度ですませただけである。昨夜のことについてもごく簡単に話をしめくくった母さんは、

「だけどおまえは、この話は聞いてないことにしておきなさい。父さんがほんとに心配だわ」

と目を赤くして、沈痛な面持ちでぼくに念を押した。だがほんとうのことをいえば、そのとき申し訳ないことに、ぼくは突然父さんのあのくすくす笑いが感染したようになり、ぞわぞわするような笑いがしきりにのどもとにこみあげるのを感じ、それをこらえようとして、母さんの悲しいおこごとをもう一度聞かなくてはならなかった。

「もう、おまえったら、何がそんなにおかしいのさ。いったいこれが笑うようなことなのかい！」

本作品について、韓国文学翻訳院による翻訳助成を受けた。

アイデンティティーのゆらぎというトラウマ

［SF棚］

なりかわり

フィリップ・K・ディック

［品川亮 新訳］

〝記憶回路を植え込まれ、偽《にせ》の思い出を抱えて。
見た目も同じで、本人と同じ記憶を持ち、
考え方も興味の対象も同じ。
それに、同じ仕事をこなす。〟

思春期には、精神が不安定になるものです。みんなが自分を見ているような気がしたり、みんなが見ている世界と、自分が見ている世界はちがうんじゃないかと思ったり、すべては自分が見ている夢なんじゃないかと思ったり、自分は本当に自分なのかと、そんなことまで不安になったり……。

そんなアイデンティティーのゆらぎを、フィリップ・K・ディックほど見事にとらえてくれる作家はいないのではないかと思います。

フィリップ・K・ディック

1928－1982　アメリカのＳＦ作家。二卵性双生児の一子として生まれ、双子の妹は40日後に死亡。５歳のとき両親が離婚し、母に育てられる。『高い城の男』でヒューゴー賞長編小説部門を、『流れよ我が涙、と警官は言った』でジョン・W・キャンベル記念賞を受賞。『トータル・リコール』『スキャナー・ダークリー』『マイノリティ・リポート』など映画化された作品が多いが、初映画化である『ブレードランナー』の公開直前に53歳で死去。

「近いうちに、まとまった休みを取ろうと思うんだ」朝食のときにスペンス・オラムはそう言って、妻のほうを見た。「それくらいしたっていいよな。十年も働きづめなんだから」

「《プロジェクト》は大丈夫?」

「おれが抜けても戦争には勝てるさ。ほんとのところ、この地球はたいして危険にさらされてるわけじゃないんだ」

オラムは食卓について、タバコに火を点《つ》けた。

「ニュースマシンが情報を操作して、いまにも異星人にやられそうな印象を植え付けてるんだよ。休みを取ったら、町外れの山でキャンプしたいな。前にも行ったところ、おぼえてる?　おれはうるしにやられて、きみはあやうくブルスネークを踏《ふ》んづけそうになった」

「サットンの森のこと?」メアリーは食器を片付けはじめた。「あそこは何週間か前に焼けちゃったわよ。知ってると思ってた。いきなり燃えだしたんだって。原因は不明だけど」

オラムはがっかりして言った。「原因もちゃんと調べないのか」唇《くちびる》が歪《ゆが》んでいる。「誰も気にしないんだな。戦争のことしか頭にない」そう言って、奥歯を嚙《か》みしめた。心の中をイメージが駆け抜ける。異星人、戦争、宇宙船。

「仕方ないんじゃない？」

オラムはうなずいた。メアリーの言うとおりだ。アルファ・ケンタウリからやって来た小さな暗い色の宇宙船団は、地球の警備艇をやすやすと出し抜いたのだから。こちらは、手も足も出ないカメのようなありさまだった。一方的な戦いで、あっという間に地球まで押しまくられてしまったのだ。

そう、ウェスティングハウス研究所が《防衛ドーム《プロテク＝バブル》》を開発するまでは。最初は大都市をカバーし、最終的には地球全体を覆《おお》うことになった。ようやく手に入れた、まともな防衛装置。ニュースマシンに言わせれば、「異星人たちへの最初の反撃」だ。

とはいえ、それだけでは戦争に勝てない。あらゆる研究所や《プロジェクト》が、昼夜を分かたず四六時中働き続けているのだ。なにか防衛以上のことができるもの、積極的な攻撃に使える武器を開発しなければならない。たとえば、オラムの《プロジェクト》がそうだった。一日二十四時間、一年三百六十五日、研究は続けられていた。

タバコを消し、オラムは立ち上がった。

「＊ダモクレスの剣《けん》みたいなもんだな。ずっと緊張が続いてる。おれはもう疲れたよ。とにかく長い休みを取りたい。まあ、みんな同じ気持ちなんだろうけどね」

クローゼットからジャケットを取り出すと、正面玄関に出た。まもなく高速艇《バグ》がやって来るだろう。虫みたいな形をした小さな乗り物で、《プロジェクト》の送迎シャトル便として使われている。

「ネルソンのやつ、遅刻じゃないだろうな」と腕時計を見ながら言う。「もうすぐ七時だ」

「来たわ」住宅の列の間をじっと見つめながら、メアリーが言った。連なった屋根の鉛板が、太陽を反射してギラギラ光っている。居住地区は静かだった。活動している人の姿はほとんどない。「いってらっしゃい。できれば残業はしないようにね」

オラムは高速艇のドアを開けて、船内に身体《からだ》を滑《すべ》り込ませた。シートにもたれかかって、ため息をつく。ネルソンの隣《となり》には、やや年配の男が座っていた。

「で?」高速艇が出発し、オラムが言う。「何か面白いニュースは?」

＊繁栄しているように見えても、実は常に危険が迫っているという状態を指す。

「あいもかわらずさ」ネルソンは答えた。「異星人の宇宙船が数隻《すうせき》、攻撃をしかけてきた。地球は、〝戦略的理由からその小惑星を放棄した〟というわけだ」

「《プロジェクト》を、最終段階にまで持って行きさえすれば心配なしだ。ニュースマシーンのプロパガンダのせいかもしれないけど、ここんとこひと月ぐらい、そういうニュースにうんざりしてるんだ。なにもかもいやなかんじで重苦しくて、なんの潤《うるお》いもない毎日だ」

「戦争にうんざりですか？」年配の男が突然口を開いた。「あなた自身も戦いに参加しているじゃないですか」

「ピーターズ少佐だよ」ネルソンが言った。

握手をしてから、オラムは相手をじっと観察する。

「こんなに早くからどうしたんです？」と彼は尋《たず》ねた。「《プロジェクト》でお見かけした記憶はありませんが」

「《プロジェクト》の人間じゃないんです」ピーターズは答えた。「でもあなたがたのされていることは知ってますよ。私の仕事はまったく別のものです」

ピーターズとネルソンが目くばせを交わした。オラムはそれに気付き、眉をひそめる。高速艇はどんどんスピードを上げていた。生物のいない荒れ地をあっという間に横切り、遠くにちらりと見える《プロジェクト》の建物へと突き進んでいる。

「どんなお仕事なんです?」オラムは言う。「もしかして極秘の任務とか?」

「政府の仕事です」ピーターズが答える。「FSA、国家安全保障機関に所属しています」

「へえ」オラムは眉を上げた。「このあたりに敵のスパイが入り込んでるんですか?」

「実はですね、オラムさん。あなたに会いに来たんです」

オラムには話が見えなかった。ピーターズがなぜそんなことを言い出すのか、わからなかった。「私に? なんのため」

「異星人のスパイとして、あなたを逮捕しに来たんです。ネルソン、彼を捕《と》らえるんだ――」

オラムの脇腹《わきばら》に、ネルソンの銃が押しつけられた。

ネルソンの両手はぶるぶる震《ふる》えている。これまでは、無理に冷静を装《よそお》っていたのだ。顔は真っ青だった。苦しげに深く息を吸い込み、吐き出した。

「ここでやりましょう」ピーターズにささやきかける。「すぐ殺すべきです。時間がない」

オラムは友人の顔をまじまじと見つめた。口を開いても、言葉が出てこなかった。

ネルソンとピーターズもまたじっと彼の方を見つめている。恐怖のせいでこわばり、いかめしい表情だった。オラムはめまいを感じた。頭痛がして、考えがまとまらなかった。

「わけがわからない」と彼はつぶやいた。

その瞬間、高速艇が地面を離れて上昇し始めた。大気圏外に向かっている。《プロジェクト》は背後に飛び去りどんどん小さくなっていき、姿を消した。オラムは口を閉ざした。

「少しだけ時間がある」ピーターズが言った。「まず、いくつか質問をしたい」

宇宙空間を進む高速艇の中で、オラムはぼんやりと前方を眺《なが》めていた。

「逮捕は問題なく完了しました」ピーターズが映話装置に向かって話した。スクリーンには、安全保障担当長官の顔が映し出されていた。「これでみんなひと安心です」

「なにか問題は？」

「ありません。なんの疑いもなく乗り込んできたんです。私がいることを怪《あや》しみもしませんでした」

「現在地は？」

「地上を離れ、あと少しで《防衛ドーム》を抜けるところです。最高速で向かっています。きわどい段階は過ぎました。離陸がうまくいってほっとしてるんです。あのときに何か起きていたら……」

「ヤツの姿を見せてくれ」と長官が言った。オラムは、両手を膝の上に置き、まっすぐ前を見つめながら座《すわ》っている。長官はその姿を凝視した。

「こいつがそうなのか」そう言って、しばらくの間オラムを見つめ続けた。オラムは何も言わない。

やがて長官は、ピーターズにうなずいてみせた。「よし、もう充分だ」その顔に、かすかな嫌悪が走る。「これ以上見てもしかたがない。きみたちはすばらしい功績を上げたな。歴史に名が残る偉業だ。表彰《ひょうしょう》の準備も進んでいる」

「それにはおよびません」とピーターズが言う。

「危険はどのくらいあるんだ？　可能性としてはまだ……」

「ええ。しかし大きくはありません。情報によれば、起動にはキーフレーズを口にする必要があります。いずれにしても、リスクをゼロにすることはできません」

「君たちの接近を、月面基地に知らせておこう」

「いえ」ピーターズは首を振る。「基地の外に着陸します。離れたところに。危険にさらしたくありません」

「わかった。きみの判断にまかせよう」そう言って、もう一度オラムを見つめる。長官の両目がピクリと痙攣《けいれん》した。そして映像が消え、スクリーンは空白になった。

オラムは視線を窓に移した。船はもう《防衛ドーム》の外に出ていた。速度を上げながら突き進んでいる。ピーターズは焦《あせ》っていた。全開になっているエンジンのうなりが、床を通して伝わってくる。二人とも怖ろしいのだ。必死になって先を急いでいる。オラムのせいで。

隣に座っているネルソンが、居心地悪そうに身じろぎした。「ここで片付けましょう」と彼は言った。「もう我慢ならない。こんなこと、早く終わらせたいんです」

「落ち着け」とピーターズが言う。「しばらく操縦を頼む。ヤツと話したいことがある」

ピーターズはオラムの横に移り、その顔をのぞき込んだ。そして手を伸ばし、おそるおそる触《ふ》れてみた。最初は腕に、それから頰《ほお》に。

オラムは黙ったままだ。〈メアリーに知らせることができれば〉と彼は考えていた。〈どうにかして連絡がつけられないだろうか〉船内を見渡す。でもどうやって？　映話装置か？　コントロール・パネルの近くにはネルソンが座っていて、銃を向けているじゃないか。なすすべはない。捕《つか》まった。罠《わな》にはまったのだ。

〈でもどうして？〉

「いいか」とピーターズが言った。「おまえにいくつか質問がある。目的地はわかっているだろう。月だ。一時間もすれば、地球とは反対側の月面に到着する。まわりには誰もいない。着陸と同時に、おまえは処理班に引き渡される。その場で破壊されるのだ。わかるか？」彼は腕時計を見る。「二時間後には、おまえの身体はばらばらになってそこら中に飛び散るんだ。跡形も残らないだろう」

オラムはようやく金縛り状態を抜け出した。

「どういうことか、教えてくれ――」

「もちろん教えるとも」ピーターズはうなずく。「二日前、我々《われわれ》は報告を受けた。異星人の船が一隻《せき》《防衛ドーム》に侵入したとね。その宇宙船から、ヒト型のロボットが地上に降下した。ロボットに与えられた命令はこうだ。ヒトをひとり殺し、その人間になりかわる」

ピーターズは静かにオラムを見つめた。

「ロボットの中には核爆弾が仕込まれている。我々の調査では、起爆方法を探り出せなかった。だが、ある特定の言葉の組み合わせ、つまりキーフレーズを口にすることで起爆するらしい、というところまではわかった。ロボットは、殺した相手の人生を生きる。その人間の日常に入り込み、職業をこなし、人間関係も続けるのだ。ロボットはその人間そのものになるようプログラムされている。誰にも、本物かロボットか見分けることはできない」

オラムの顔から血の気がひいた。

「ロボットがなりかわる相手の名前は、スペンス・オラム。ある《プロジェクト》内で、高い地位にある職員だ。この《プロジェクト》での研究は、ちょうど今、正念場《しょうねんば》を迎えている。そんなときに生きた爆弾が、《プロジェクト》の中心部に侵入したら――」

オラムは自分の両手をじっと見た。〈でもおれはオラムなんだ〉

「オラムの居場所を見つけて殺してしまえば、彼の人生を乗っ取るのは簡単な作業だ。ロボットが宇宙船から地上に降りたのが八日前。おそらく先週末のうちになりかわりは完了したのだろう。オラムは、軽いハイキングをするために、町外れの山に出かけたんだ」

「でもおれはオラムなんだ」

そう言って、コントロール・パネルのところにいるネルソンの方に向く。

「わからないのか？　二十年のつきあいじゃないか。一緒に大学に通ったろ？」

オラムは立ち上がった。

「おれとおまえは一緒の大学に通った。寮では同室だった」

そう言いながら、ネルソンの方へと近づいていった。

「おれから離れろ！」ネルソンは怒鳴った。

「なあ、二年生の頃のこと、おぼえてるだろ？　あの女の子は？　なんて名前だったっけな……」オラムは額《ひたい》の汗を拭《ぬぐ》う。「黒髪で、テッドの家で出会った子だよ」

「やめろ！」ネルソンは、取り乱して銃を振り回した。「そんなこと聞きたくない。おまえがあいつを殺したんだ！　この……機械野郎！」

オラムはネルソンを見つめる。

「ちがうんだよ。何が起こったのかわからないが、ロボットはおれのところまでやってこなかったんだ。何か問題が発生したんだろう。宇宙船が墜落《ついらく》したとか」

そう言って、ピーターズの方を向いた。

「おれはオラムだ。確信がある。なりかわりは起こらなかったんだ。今も昔も変わらぬオラムなんだよ」

オラムは、自分の体中を触《さわ》ってみせた。

「証明する方法があるはずだ。地球に連れ戻してくれ。X線照射とか心理テストとか、その手の検査で証明できるはずだよ。あるいは、墜落した宇宙船が見つかるかもしれない」

ピーターズもネルソンも口を開かない。

「おれはオラムだ」彼はそう繰り返した。「自分ではわかってるのに、証明できないだけなんだ」

「ロボットが」とピーターズが言った。「自分自身をほんもののスペンス・オラムだと思い込んでいるのかもしれない。心も体もオラムになりきっているんだ。記憶回路を植え込まれ、偽《にせ》の思い出を抱えて。見た目も同じで、本人と同じ記憶を持ち、考え方も興味の対象も同じ。それに、同じ仕事をこなす。

ちがいはただひとつ。ロボットの体内には核爆弾があって、キーフレーズが引き金となって爆発する」ピーターズは、わずかに身体を遠ざけた。「それがたったひとつのちがいだ。だから今、月面に向かっている。処理班はおまえを分解して爆弾を取り出す。爆発するかもしれないが、あそこでなら被害はない」

オラムはゆっくりと腰を下ろした。

「まもなく到着だ」とネルソンが言う。

背もたれに身体を預《あず》けながら、オラムは必死に考えを巡《めぐ》らせていた。船は下降をはじめている。下にはぼこぼこと穴の開いた月面があった。不毛の地がどこまでも広がっている。オラムになにができるだろう。助かる道はあるのか？

「さあ、降りるぞ」ピーターズが言った。

数分後には、もう死んでいるのだ。下の方に小さな点が見えた。建物だ。中には解体チームがいて、オラムをばらばらにしようと待ちかまえている。身体を切り裂き、手足を引っこ抜いてばらばらにするのだ。爆弾が見つからなくて驚くことだろう。そこで理解しても、時すでに遅しだ。

オラムは狭い船内を見渡した。ネルソンはまだ銃を握《にぎ》りしめている。隙《すき》はない。医者のところまでたどり着いて、検査を受ける――助かる道はそれだけだ。メアリーなら手を貸してくれる。無我夢中になって考えた。思考は高速で駆け巡《めぐ》った。あと数分。残された時間はわずかだ。メアリーに連絡することさえできたら。どうにかして伝えたい。

「慎重にな」ピーターズが言った。高速艇はゆっくりと下降し、でこぼこの地面にドスンと着地した。沈黙が訪れる。

「頼む」オラムがしわがれ声を上げた。「おれがスペンス・オラムだってことは証明できる。医者を連れてきてくれ。ここに――」

「処理班だ」とネルソンが指さした。「こちらに向かっています」

そう言って、びくびくしながらオラムをにらみつけた。

「何も起きなければいいが……」

「部隊が作業を始める前に、我々はここを離れる」ピーターズが言った。「すぐに出発だ」そして宇宙服を身につけると、ネルソンから銃を受け取る。「しばらく私が見ていよう」

ネルソンは自分の宇宙服を身につけた。焦《あせ》りのあまり動きがぎこちない。

「こいつは？」とオラムを指さす。「宇宙服は必要ですかね」

「いや」ピーターズが首を振る。「ロボットは酸素などいらんだろう」

一団の男たちが、高速艇のすぐそばまで来ていた。立ち止まり、その場で待っている。ピーターズは彼らに合図をした。

「いいぞ！」手を振ると、部隊は慎重に接近を再開する。ふくらませた宇宙服に身を包み、ぎこちなく動くその姿はなんとも不気味だった。

「扉を開けたら」オラムが言う。「おれは死ぬ。殺人だぞ！」

「開けてやる！」とネルソンは言い、取っ手に腕を伸ばした。

その手を、オラムは食い入るように見つめた。指が金属製の取っ手をつかむ。まもなく扉は開き、船内の空気は抜けてしまうだろう。オラムは死に、誰もが間違いに気付く。こんな時代でなければ。戦争のない時代だったら、みんなこんなふうには行動しなかっただろう。恐怖のあまり、人ひとりをやみくもに死へ追いやるなんて。誰も彼もが怯《おび》えていた。集団全体が恐怖に捉《とら》えられ、ひとりの個人が犠牲になることを気にかける者など誰もいなかった。

オラムは殺されかけていた。罪のあるなしを検証する時間などないという、ただそれだけの理由で。

オラムはネルソンを見つめた。長年の友人だ。同じ学校を卒業した同級生だ。結婚式では、付き添い人を務《つと》めてくれた。それなのに今、ネルソンはその友だちを殺そうとしている。だがネルソンに悪意はない。彼の責任ではないのだ。時代のせいだ。疫病が蔓延《まんえん》した時代にも、同じようなことが起こったのだろう。誰かに疑われ密告されれば、ためらいもなく殺されたにちがいない。証拠もないままで。危機の迫る時代には、人は必ずそういう行動を取る。

責めるつもりはなかった。だが、なにがなんでも生きたかった。こんなことで命を無駄にするのは、もったいなさすぎる。オラムは高速で考え続けた。なにができる？　利用できるものはあるのか？　彼はあたりを見回した。

「さあ、開けるぞ」とネルソンが言う。

「好きにしろ」とオラムは言った。自分自身の声に驚いた。必死だったのだ。「おれに空気は必要ない。開けたければ開けろ」

　二人は動きを止めた。警戒しながらも興味をひかれてオラムを見つめている。

「さあ、開けろよ。どっちみちおんなじことだけどな」オラムの手が、ジャケットの内側に消えた。「あんたら、どこまで逃げられるかな」

「逃げる？」

「十五秒しかないぞ」

　オラムは、ジャケットの中で指をねじ曲げるような仕草をしてから、腕にグッと力を入れた。それから身体の力を抜き、わずかにほほえんでみせる。

「いろいろ調べ上げたようだが、キーフレーズで起爆するっていうところだけは、とんだ見当違いだったな。さあ、あと十四秒」

　驚きと恐怖に引きつった顔が二つ、宇宙服の中から彼を見つめていた。そして次の瞬間、二人は先を争って駈《か》け出し、高速艇の扉をこじ開けた。空気が切り裂くような音を立てて真空へと吸い出された。ピーターズとネルソンが、高速艇から飛び出る。

　オラムはすかさず取っ手に飛びついて、扉を閉めた。自動加圧装置が猛烈《もうれつ》な勢《いきお》いで稼《か》働《どう》し、気圧が戻った。オラムは息をつき、身震いをした。

　あと一分遅かったら——

窓の外では、二人が部隊に合流したところだった。全員がいっせいに走りだし、ちりぢりになる。一人また一人と地面に身を投げ出し、伏せた。

オラムは、コントロール・パネルの前に座る。ダイアルを調整すると、高速艇は地面を離れた。眼下の男たちはあわてて立ち上がり、ぽっかりと口を開いたままそれを見上げる。

「悪いな」オラムはつぶやいた。「でもどうしても地球に戻らなくちゃならないんだ」

高速艇は、来た時と同じコースを逆向きに辿《たど》りはじめた。

夜だった。高速艇の周囲ではコオロギが鳴いている。闇をかき乱すものはほかになかった。オラムは映話装置をのぞきこむ。徐々に映像が浮き上がってくる。問題なくつながったのだ。ほっと安堵《あんど》のため息をつく。

「メアリー」と彼は言った。オラムの姿を見て、メアリーは息をのむ。

「スペンス！　どこにいるの？　何が起こったの？」

「それは言えない。聞いてくれ。急いで話さなくちゃ。この通話はいつ切られてもおかしくないんだ。《プロジェクト》の施設に行って、チェンバレン医師《せんせい》をつかまえるんだ。いなかったらどの医者でもいい。家まで連れてきて、待たせておいて欲しい。

X線装置とか蛍光検査器とか、検査装置をありったけ持ってくるように言ってくれ」

「でも——」

「言った通りにするんだ。急いで。一時間以内に検査をはじめられるようにしてほしい」オラムは前かがみになって、スクリーンに向かって言った。「大丈夫？　ほかに誰かいるのかい？」

「ほかに？」

「ひとりなんだね？　ネルソンとか……ほかの誰かが連絡を寄越さなかった？」

「いいえ。いったいどういうことなの？」

「わかった。一時間後に家で会おう。絶対誰にも話しちゃだめだよ。何でもいいから理由をつけてチェンバレンを引っぱってきて。たとえば、きみの体調がすごく悪いとか」

オラムは通話を切り、腕時計を確かめた。すこししてから、高速艇をあとにし、暗闇の中に降り立った。家まで半マイル*はある。

オラムは歩き始めた。

明かりが点いている窓はひとつだけだった。書斎の明かりだ。柵《さく》の傍《かたわ》らに膝《ひざ》をついて、様子をうかがった。物音はしない。いっさいなんの動きもなかった。月明かりで腕時計を確認した。ほぼ一時間が過ぎようとしていた。

通りを高速艇がやって来て、通り過ぎた。

オラムは家の方に視線を戻した。医者はすでに到着しているはずだ。屋内で、メアリーと一緒に彼の到着を待っているのだ。そのとき、ふいに不安になった。メアリーは無事に家を出られたのだろうか。やつらにつかまった可能性もある。これは罠《わな》じゃないのか？

だが、ほかにどうすればいい？

医師の記録や写真、報告書には可能性がある。証明できる可能性が。検査さえ受けられれば。検査を受けるまで生き延びられれば……。

証明するしかない。ほかに方法はないだろう。たったひとつの希望が、家の中で待っている。チェンバレン医師《せんせい》は尊敬されている。《プロジェクト》の専属医師なのだ。彼ならわかってくれる。医師《せんせい》の言葉になら、みんなも耳を傾けるだろう。事実の力で、このヒステリー状態を、この狂気を静めてくれる。

＊八百メートル強。

そうだ――これはまさに狂気だ。ほんの少し待ってくれさえすれば。ゆっくり行動し、もう少し時間をかけてくれさえすれば。だが一瞬たりとも待てないのだ。オラムは死なねばならない。ただちに死すべし。証拠もなければ、いかなる形式の裁判も審査もなく。いちばん簡単な検査で十分なのに。そのための時間すらないのだ。危険のことしか頭にない。危険だけ。ほかには何もない。

オラムは立ち上がり、家に向かって歩き始めた。玄関ポーチに上がるとドアの前で立ち止まり、耳を澄《す》ました。まだ物音はない。家は完全に静まりかえっていた。

あまりにも静かだ。

オラムはポーチに立ったまま、身じろぎひとつしなかった。中にいる連中は、物音を立てないようにしている。なぜだ？　小さな家だ。ドアの向こう、ほんの数フィート*のところにメアリーとチェンバレン医師《せんせい》が立っているはずなのに、何も聞こえない。声はおろか、いっさい何も聞こえてこなかった。オラムはじっとドアを見つめた。毎朝毎晩、千回は開け閉めしてきたドアだ。

ドアノブに手をかける。だが突然、手を伸ばしてベルを鳴らした。家の奥の方のどこかでベルが鳴り響いた。オラムはほほえんだ。人の気配があった。

メアリーがドアを開けた。その顔を見た瞬間にわかった。

オラムは駆けだし、茂みの中に飛び込んだ。保安要員がメアリーを押しのけて発砲した。茂みが飛び散る。かろうじて家の脇に回り込んだ。跳び上がり、獣《けだもの》のように暗闇の中へと駆け込んだ。サーチライトが点灯し、光の束がオラムの周囲を照らし回る。道路を渡り、むりやり柵を乗り越えた。裏庭に飛び降りて突き進んだ。背後には追っ手が迫っていた。保安要員たちが大声で言葉を交わしながら近付いてくる。オラムはハアハアとあえいだ。息をするたびに、肩が激しく上下した。

メアリーの顔――オラムにはすぐわかった。キュッと結ばれた唇。恐怖におののく哀《あわ》れな両目。あのままドアを開けて家に入っていたらどうなっていただろう！　彼らは電話を盗聴し、通話が切れるやいなやすぐにやって来たのだ。メアリーは話を信じたのだろう。彼女もまた、おれをロボットだと信じ込んだに違いない。

オラムはどこまでも走り続けた。追っ手は少しずつ脱落していった。長距離を走るのはあまり得意ではないらしい。丘を駆け上がり、反対側へと降りていく。あと少しで、高速艇にたどり着く。だが今度はどこへ向かえばいいのだろう？　そう思うと足が重くなり、やがて立ち止まった。

＊五～六フィートであれば、一・五～一・八メートルほどのところ。

空を背景に、高速艇のシルエットが見えた。あそこが着陸した地点だ。居住地区は背後にあった。オラムは原野の端にいた。居住地区と居住地区の間に広がる、森と荒れ地の境界地帯だ。空き地を横切って、森の中に入っていった。

高速艇まであと少しの地点に到着した時、

背後の光に縁取られて、ピーターズが姿を現した。手には、ずっしりとしたボリス銃《ガン》がある。オラムは立ち止まり、身をこわばらせた。

ピーターズは周囲の暗闇を見渡して、「そこにいるのはわかっている」と言った。「出てくるんだ。おまえは完全に包囲されているぞ」

オラムはじっとしていた。

「よく聞け。もう逃げられはしない。どうやら、まだ自分がロボットだと信じられないようだな。あの電話を聞けばわかる。作り物の記憶を、ほんものだと思い込んでしまっているんだ。

だがおまえはロボットだ。おまえはロボットで、身体の中には爆弾がある。いつ何時《なんどき》、キーフレーズが口にされるかわからない。それを口にするのはおまえ自身かもしれないし、ほかの誰かかもしれない。誰が口にしてもいいんだろう。そうしたら、爆弾は周囲何マイルにもわたってすべてを破壊し尽《つ》くす。《プロジェクト》もきみの妻も。我々全員が死ぬ。わかるか？」

オラムは何も言わなかった。ただ耳を澄《す》ましていた。追っ手が包囲を狭《せば》めているのがわかった。森の中をひそやかに前進しつつあるようだ。

「出てこないのなら、我々が捕《つか》まえる。たんに時間の問題だ。もうきみを月面基地まで移送しようとは考えていない。この場で破壊する。爆発するかもしれないが、しない方に賭けるしかない。全ての保安要員をこの地域に展開させた。郡全体をしらみつぶしに探索している。もうきみの行くところはないんだ。森を囲む非常線には武装した隊員が配置されている。あと六時間で、森の中全域の捜査が終わる」

オラムはその場を後にした。ピーターズはまだしゃべっている。オラムの姿などまったく見えていなかったのだ。人影を見分けるには暗すぎた。

だがピーターズは正しかった。もう行くところはない。オラムは人のいない、森のはずれにいた。しばらくの間は隠れられるだろうが、いずれ見つかってしまう。

時間の問題だ。

オラムは静かに森の中を歩いた。この郡の土地は、隅から隅まで丸裸にされている。測量され、探索され、調査され、検査されている。包囲網は狭《せば》まり続け、小さな空間へとどんどん彼を追いつめていくのだ。

あとはなにが残っているだろう？　高速艇はもうない。最後の希望だったのに。自宅はおさえられ、妻も彼らの側についた。おそらくは、ほんもののオラムは殺されたのだと信じて。思わず、握りしめた拳に力が入った。

異星人の宇宙船は、どこかに墜落《ついらく》した。その衝撃でロボットも壊《こわ》れたにちがいない。だとすれば、どこかに大破《たいは》した宇宙船があるはずだ。

そしてその中には、ロボットの残骸《ざんがい》も。

かすかな希望がオラムを奮《ふる》い立たせた。残骸を回収できたとしたらどうだろう？　宇宙船とロボットの残骸を見せることができれば……。

でもどこだ？　どこにある？

必死に考えながら、オラムは歩き続けた。このあたりのどこか。たぶんそう遠くじゃないだろう。《プロジェクト》の近くに着陸したにちがいない。ロボットは、そこから徒歩で移動する計画だったはずだ。

オラムは丘の頂上に出て、あたりを見回した。

墜落して燃えた。それが手がかりだろうか。なにか読んだり聞いたりしたことは？　この近く、徒歩圏内。原野の中、居住地区から離れていて、人気のない場所。

突然、オラムの顔が輝いた。今朝のメアリーとの会話。「いきなり燃えだしたんだって。原因は不明だけど」

サットンの森だ。

彼は勢《いきお》いよく歩き出した。


夜が明けた。折れた木々の間から太陽の光が射しこんでいる。オラムは、空き地の際《きわ》のところでかがみ込んでいた。

時折顔を上げて、聞き耳をたてる。追っ手はだいぶ近付いてきている。あと数分で到着するだろう。思わず笑みがこぼれた。

足元の斜面のずっと下の方には、ぐちゃぐちゃになった巨大な残骸が横たわっている。空き地の向こうには、炭化した切り株が並んでいた。サットンの森の変わり果てた姿だ。足元からそこまでの一帯には、無数の破片が散らばり太陽に照らされて鈍く輝いていた。

見つけるのには、さほど苦労しなかった。サットンの森ならよく知っていたのだ。若い頃には、このあたりを歩き回ったものだ。だから目星はすぐについた。一カ所だけ、いきなり突き出ている峰《みね》があったのだ。

土地勘のない宇宙船が降下しようとして、峰に衝突する可能性はきわめて高かった。

そして今オラムは地面にかがんで、宇宙船の残骸を見下ろしていた。

オラムは立ち上がった。追っ手はもうすぐそこまで来ている。一団となって、低い声で言葉を交わしているのが聞こえてきた。彼は身を固くした。すべては、誰が最初に彼を発見するかにかかっている。ネルソンならダメだ。ネルソンはすぐに撃《う》ってくるだろう。宇宙船が見つかる前に、殺されてしまう。だが、呼びかける隙《すき》さえあれば、そしてほんの一瞬、追っ手の動きを止められれば——それだけでいい。追っ手が宇宙船の存在に気づけば、オラムは助かるだろう。

だが先に撃たれてしまったら——。

炭化した枝がポキッと音を立てた。人影があらわれ、不安げな様子で進んでくる。オラムは深く息を吸い込んだ。あと何秒か。人生最後の数秒になるかもしれない。両腕を上げて、じっと凝視した。

ピーターズだ。

「ピーターズ!」オラムは両腕を振った。ピーターズは銃を上げ、狙《ねら》いを定めた。「撃《う》つな!」声が震えている。「待つんだ。おれのうしろ、空き地の方を見てくれ」

「見つけたぞ」ピーターズが叫んだ。焼け焦《こ》げた森の中から、次々と保安要員が飛び出てきた。

「撃たないでくれ。おれのうしろを見ろ。針型の宇宙船だ。異星人の。ほら!」

ピーターズはためらい、銃が揺れた。

「ここにあると思ったんだ」オラムが早口で言う。「森が焼けたって話を聞いたからな。これで信じてくれるだろ。船内にロボットの残骸があるはずだ。調べてくれ。頼む」

「ここになにかあります」隊員の一人が怯《おび》えた声を上げる。

「ヤツを撃て!」という声が聞こえた。ネルソンだ。

「待て」ピーターズは鋭く振り返った。「命令するのは私だ。誰も撃つな。もしかすると、ほんとうのことを話してるのかもしれん」

「撃て!」ネルソンは言った。「こいつはオラムを殺したんだ。おれたちも皆殺しになるぞ。爆弾が破裂したら——」

「黙れ!」ピーターズは斜面のほうに進み、足元を見下ろした。「あれはなんだ?」腕を振って、隊員二名を呼び寄せる。「あそこまで下りて、あれが何なのか確認するんだ」

二人は大慌《おおあわ》てで斜面を駆け下りて、空き地を横切った。身をかがめ、船の残骸をつつく。

「どうだ?」ピーターズが声をかけた。

オラムは息をつめて見守った。かすかに笑みがこぼれた。あれに違いない。自分で確認する時間はなかった。だが、あの中にロボットの残骸もあるはずだ。

突然、不安が襲いかかってきた。ロボットの損傷が軽くて、遠くまで歩いて行ったとしたら？　ロボットの身体が完全に破壊され、燃え尽《つ》きて灰になっていたとしたら？

オラムは唇《くちびる》をなめた。額《ひたい》に汗がにじむ。ネルソンは彼をにらみつけていた。ネルソンの顔は、あいかわらず土気色《つちけいろ》だ。息をするたびに、肩が大きく上下していた。

「殺せ！」ネルソンが言った。「こっちがやられる前に」

隊員二人が立ち上がった。

「何だった？」ピーターズが言う。銃の狙いは、ぴたりとオラムにつけたままだ。「何か見つかったか？」

「なにかあります。針型宇宙船であることはたしかです。ただ、その中になにかあるんです」

「私が見よう」ピーターズは、オラムの脇《わき》を大股に通り過ぎていった。

オラムは、彼が丘を下り、隊員二人のところまで行くのを、上からじっと見つめていた。ほかの連中も吸い寄せられるようにしてピーターズに続く。

「死体らしいぞ」ピーターズが言った。「見ろ！」

オラムも、ほかの隊員たちとともに斜面を下りてくる。

隊員たちは並んで輪になり、のぞき込んだ。

宇宙船の中には、見なれないものが転がっていた。折れてねじ曲がり、不気味なかたちをしている。人間に見えなくもない。ただ、あまりにおかしな角度で折れているため、両手両足があり得ない方向に突き出ていた。口も目もぽっかり開いていた。どんよりとした両目が、どこかをじっと見つめている。

「めちゃくちゃになった機械のようだ」とピーターズがささやいた。

オラムはほっとしたように笑みを浮かべ、

「言ったとおりだろ？」と言った。

ピーターズは彼の方を見る。

「信じられん。きみはずっとほんとうのことを言っていたのか」

「ロボットは来なかったんだ」オラムはタバコを取り出し、火を点《つ》けた。「宇宙船が墜落した時にロボットは壊れた。あんたたちは戦争で頭がいっぱいだから、人里離れた森が、なぜ突然燃えたのか考えてもみなかっただろう。これがその理由だよ」

オラムはタバコを吸いながら、隊員たちの姿を見守った。船の中からロボットの不気味な残骸を引っ張り出しているところだった。胴体は硬直し、手足も固まっている。

「爆弾が見つかるはずだよ」オラムが言った。

隊員は死体を地面に横たえた。

ピーターズがかがみ込む。

「たぶん、これが爆弾だ」手を伸ばし、死体の胸元を指さした。

死体の胸はぱっくりと開いていた。その大きな傷の中に光るものがある。なにか金属製のものだ。全員がだまったままそれを凝視した。

「全員やられていたところだったな」とピーターズが言う。「もしこのロボットが壊れていなかったら」

口を開く者はいなかった。

「きみには借りができた」ピーターズがオラムに言った。「悪夢そのものの経験だったろう。きみが脱出していなければ、今ごろ我々は――」と言葉を切る。

オラムはタバコを消した。

「もちろん、自分がロボットにやられてないことはわかってたんです。でもそれを証明する手立てがない。すぐに証明できない事柄ってあるでしょう？　それだけが問題でした。自分が自分自身であると立証する方法がなかったんです」

「休暇を取ったらどうだい？」ピーターズが言った。「ひと月の休暇なら認めさせるよ。

何もかも忘れて、ゆっくりするんだ」

「今はただ、家に帰りたいですね」オラムは答えた。

「よかろう」ピーターズが言う。「好きにしたまえ」

ネルソンは、死体のそばの地面にかがみ込んでいた。胸の中で光っている金属に手を伸ばす。

「触《さわ》るなよ」オラムが言った。「まだ爆発するかもしれん。後で爆発物処理班に任《まか》せた方がいい」

ネルソンは無言だった。突如《とつじょ》、死体の胸の中に手を突っ込み、金属をつかむ。

「なにするんだ！」とオラムが叫んだ。

ネルソンが立ち上がる。その手には金属製の物体が握《にぎ》られていた。顔は恐怖でうつろだ。

それは、金属製のナイフだった。異星人の針型ナイフで、血まみれになっている。

「これでオラムを殺したんだ」ネルソンがささやいた。「ほんもののオラムは、このナイフで刺し殺されたんだ」

そう言いながら、目の前に立っているオラムを見る。

「おまえはオラムを殺し、その死体を宇宙船の中に入れておいたんだ」

オラムは震《ふる》えていた。歯がガタガタ鳴っている。ナイフを見つめ、それから死体を見る。

「この死体がオラムのわけがない」頭の中がぐるぐる回っていた。何もかもが回転している。「そんなことあるはずないだろ?」

そう言って、茫然《ぼうぜん》とした。

「でも、もしこの死体がオラムなら、おれは——」

言い終えることはできなかった。

爆発は、はるかアルファ・ケンタウリからも観察できた。

第三展示室

「青年期のトラウマ」

――共感してしまったのが、まずかった……

理解できない出来事が起きうるというトラウマ

［追いかけられホラー棚］

走る取的《とりてき》

筒井康隆

〝おれは絶望で眼の前の情景がぐるぐるまわりはじめるのを感じた。今やガラス窓の中の彼の眼にはありありと殺意が読みとれ、こいつは絶対におれたちを許してはくれないのだという直感で、おれは呻《うめ》き声をあげそうになった。〟

映画のワンシーンだったと思いますが、殺し屋に銃をつきつけられた男がこう言います。「なぜおれを殺すんだ？　理由を教えてくれ。理由もわからずに殺されるのはたまらない」

この男の気持ち、わかる人が多いでしょう。それほどに、人は「理由」を求めます。

とくに青年期は、物事を理屈でとらえるようになります。

しかし、理由のない出来事が、問答無用に押し寄せてきて、理屈をへし折ることも……。

筒井康隆（つつい・やすたか）

1934－　大阪市生まれ。小説家、劇作家、俳優。小松左京、星新一と並んで「ＳＦ御三家」とも称される。前衛的で実験的な作風で、娯楽作から純文学まで幅広い。『虚人たち』で泉鏡花文学賞、『夢の木坂分岐点』で谷崎潤一郎賞、「ヨッパ谷への降下」で川端康成文学賞、『朝のガスパール』で日本ＳＦ大賞、『わたしのグランパ』で読売文学賞を受賞。その他にも、パゾリーニ賞、紫綬褒章、菊池寛賞、毎日芸術賞など受章多数。

それは副都心の裏通りにある小さなバーであって、学生時代にはいつも友人とつれ立って飲みにきたバーであって、だから値段も学生相応で、値段相応にうす汚ないバーだから、会社員になってからは一度も来たことがなかった。しかしその夜はたまたま同窓生だった亀井《かめい》と一緒だったし、待ちあわせたのがその近くの喫茶店だったたしたので、久しぶりにこのスタンド・バー「おなみ」に寄ったのだ。ママのおなみさんはちっとも変っていず、あいかわらず年齢《とし》相応の下品さで客を喜ばせていた。スタンド・バーといっても片側には小さなテーブルがふたつあり、おれと亀井は奥の方のテーブルに向きあって腰をかけ、ソーダ割りウイスキーを飲みながら同窓会の打ちあわせをした。客は八分《ぶ》強の入りで、つまりカウンターの八脚の椅子《いす》は満席でふたつのテーブルのうちひとつをおれたちが占領しているので八分強という計算になるのだが、これは最近の不景気風を勘定に入れずとも、まだ七時半頃の「おなみ」としては上上の客数であろう。うす暗い店内に干魚を焼《や》く匂《にお》いがこもっていた。

「松尾はどうしてる」打ちあわせが終るとどうしても話は同窓生たちがその後どうい

う人生航路をとって進みはじめているかという情報の交換になる。

「三友造船を受けたが駄目で、まあ相当強力なコネでだめだったんだから、ほかを受けても駄目ってことは知っていたんだろうな、どこも受けなくて、それで今、親父《おやじ》さんの商売を手伝ってる」

「スーパーだったな」

「スーパーだ。専務だ。最近肥《ふと》りはじめているよ。相撲とりみたいになってる」そういってから、うははははと亀井は笑った。

空手二段の亀井は、小柄で痩《や》せぎすで運動神経も鈍くてスポーツマンシップなどとはおよそ縁のないおれとは、体格も性格も対照的である。

「あの松尾が相撲とりみたいになったら、おかしな具合だろうなあ」おれも亀井に調子をあわせ、まあ、こういうところがおれの軽薄なところなのだが、せいいっぱい豪快にうはははははと笑ってみせた。

グラスをとって口へ近づけようとした時、おれは一瞬眼の隅に誰かの鋭い視線を捕えた。ひと口飲んでから視線の主を求め、あらためて店内を見まわすと、入口のすぐ横の、カウンターのいちばん隅の止り木にかけて飲んでいる、ひとりの相撲とりの巨大な肉体が眼にとまり、おれはぎくりとした。幕下力士らしいその相撲とりは、おれたちの方へ七分ほど顔を向け、しかし眼球だけはまともにおれに向けていた。凝視していた。そんな客がいつ頃からそこにいたのかおれは気がつかなかったし、だいたいその取的《とりてき》がこの「おなみ」の馴染《なじみ》客なのか、それとも値段が安そうだと見当をつけて入ってきた飛び込みの客なのかもおれは知らなかった。どうやらひとりで来ているらしく誰とも話をせず、隅でひとりで飲んでいたので今まで気がつかなかったのだろう、と、おれは思った。

「おい。亀井」取的がまだおれの方を見つめ続けているので、おれは笑顔を崩さず、さっきからの話の続きをしているようなふりをして亀井にいった。「見ちゃいかんぞ」

「何がだ。どうした」

「入口の横に、相撲とりがひとりいるんだがね、さっきからおれたちの方を睨《にら》んでるよ」

亀井は怪訝《けげん》そうな顔をした。「客かい」

「客だ」

「ひとりで飲んでるのかい」

「ああ、だと思う。しっ。今見ちゃいけない。まだこっちを睨みつけてるんだ」

「ははあ」亀井は苦笑してうなずいた。「さっき、おれたちが大声で相撲とりと言ったのが聞えたんだな」

「そうに違いないよ」おれはくすくす笑った。「それで、自分のことを言われた、と思ってるんだ。それにおれたち、さっき笑っただろ。自分のことを笑われたと思っているんだ」もう一度、ちら、とうかがうと、取的はあいかわらず、くすくす笑っているおれの方を、顔の奥へくぼんだ魚のようにまん丸い無表情な眼で、またたきもせず見つめ続けていた。不気味になり、おれはくすくす笑いをやめた。「すごい眼で見てるぜ」

「うーん」亀井は眉《まゆ》の間に皺《しわ》を寄せ、上着の内ポケットから煙草《たばこ》をとり出し、それと同時に身をねじ曲げて片側の壁に凭《もた》れ、ライターを出して煙草に火をつけながら、入口の方をうわ眼遣いに盗み見た。

「幕下みたいだな。相撲のこと、よくは知らんが」煙を吐き出しながらテーブルに身をのり出させ、おれに顔を近づけて亀井はいった。「幕下じゃないのか」

おれはうなずいた。「大銀杏《おおいちょう》じゃなく、丁髷《ちょんまげ》だものね。取的、ってやつさ」

まだ春になったばかりというのにその取的はうすい単物《ひとえもの》一枚の姿で、素足に草履《ぞうり》をはいていた。象とか河馬《かば》とかいったでかいけものを思わせる、百キロは優に越すであろうその巨体は、小さなとまり木へ尻《しり》の肉をめり込ませてまっすぐカウンターに向っていたが、風船玉のように膨らんだ淡褐色の顔は無表情なままあいかわらず七分ほどこっちに向いていて、さらにその非人間性たっぷりのきょとんとした眼はおれの顔にぴったり貼《は》りついたままだった。無神経なやつだ、とおれは思い、少し腹を立てた。

「いわゆる、褌《ふんどし》かつぎだよ」わざと取的へも聞えるようにそう言い、おれはまたくすくす笑った。空手二段の亀井と一緒なので安心していたし、まさか人気商売の相撲とりがひと前で喧嘩《けんか》を吹っかけてくるとは思わなかったからである。

だが、亀井は顔色を変えた。また眉間《みけん》に縦皺《たてじわ》を寄せ、いそいで小さくかぶりを振った。

「よせよ」

「でも、たかが幕下じゃないか」

亀井は、今度ははげしくかぶりを振った。

「よせったら。喧嘩になったら困るよ」

何をそんなに怖れるのかな、とおれは思い、すぐに、たしか有段者が喧嘩で空手を使えば罰せられることになっているというのを以前どこかで聞いたことがあるのを思い出し、それだろうと考えてひとり納得した。取的を見ると、彼は依然顔を斜めに構え、まん丸い眼窩《がんか》の隅に黒っぽい虹彩《こうさい》を落しておれの顔を見つめ続けている。おれも彼を挑戦的に見つめ返した。その鈍感そうな顔に貼りついているくすんだ色の皮膚は、とてつもなく部厚そうだった。不気味さに耐えかねて、すぐにおれは彼から眼をそむけた。あとあとにまで心の傷となって残るかもしれないとてつもなくいやな、まがまがしいことの起りそうな予感がし、おれの耳下腺《じかせん》からは苦い不吉な分泌物《ぶんぴつぶつ》が口の中へ迸《ほとばし》り出た。

「馴染の客なのかな」亀井が心配そうに訊《たず》ねた。

「さあ」おれはカウンターの中で客と野卑な冗談を言いあって笑っているおなみさんを観察した。しばらく眺め続けたが、彼女が取的の方へ注意を向けたり、彼に話しかけたりしそうな様子はまったく見られなかった。おれは亀井にかぶりを振ってみせた。「常連ではなさそうだぜ」

「うーん。まずいなあ」亀井は顔全体を不安そうに歪《ゆが》めた。「でかい声で相撲とりと言ったのがいけなかったんだな」

「ああ。そうだな」

「まだ、こっちを見てるか」

「ずっと見てるんだよ」

亀井はうなずいた。「このままここにいると、まずいことになる」

「そうかい」

「ああ。そうだ」もう一度うなずいた。「まずいことになる」上着の内ポケットに手を入れた。「出よう。ここはおれが払うよ」

「そうかい。悪いな」

「言っておくけど」亀井は恐ろしい眼でぐっとおれを睨みつけた。「出る時には、絶対にやつの方を見ちゃいかん。眼をあわせちゃいかんのだ。わかったな」

おれは彼の真剣さにやや驚き、唾《つば》をのんでゆっくりとうなずいた。「ああ。そうするよ」

亀井が立ちあがると同時におれも立ちあがり、彼の背後にへばりついた。

「おなみさん。いくらだい」亀井がカウンター客の頭越しにいった。

「嬉《うれ》しいねえ。こんな若い子までがおなみさんって言ってくれるんだから」おなみさんは上気した頬をゆるめて大きく笑い、あわただしく計算して金額を告げ、亀井の手から硬貨を受けとった。「また来てね。信ちゃん。亀さん」

「ああ。きっとくるよ」

入口を出る時、おれは取的の眼を見ないよう、不自然にあさっての方角を見ながら亀井よりも先に出た。亀井のあとから出ようとしている時、取的にうしろから殴りかかられたのではたまったものではないと思ったからである。なにしろおれは亀井のような武道の心得もなければ、暴力から身を護《まも》る術《すべ》など何ひとつ知らぬ、力のない虚弱体質者なのだ。さっき取的に挑発的な態度をとれたのも、亀井がいたからこそだったのだ。取的のうしろを通ってドアをあける時には、さすがに足が顫《ふる》え、手が顫えた。

人通りの少ない狭い路地へ出るなり、亀井がおれの背を押してうながした。「いそげ。逃げろ。早く歩け」

今にもうしろからあの取的の「待て」という野太い声がかかりそうな気がし、おれは宙を泳ぐような気分で足を早めた。それにしても亀井までがそれほどあの取的を恐れるのはちょっと不思議だった。

早足で歩きながら、おれは彼に訊《たず》ねた。「何をそんなにびくびくしてるんだい」

「わかってるだろ。おっかないからだよ」

「だって亀井、お前は空手の」

言いかけた時、亀井はおっかぶせるように小声で叫んだ。「相手は取的だぞ」おれの背を押した。「ああ。そこを曲ろう」

おれたちは次の路地を右へ折れ、やはり同じような、幅二メートルもない細くうす暗い路地に入った。さっきの路地よりももっとひと気は少なく、客を呼ぶ女がちらりほらりとバーの入口に立っているだけである。

「取的がそんなにおっかないのかい」かどを折れる時に振り返ってあの取的が「おなみ」から出てこないのを確かめたため、やや歩度を落しておれはいった。「なぜだい。お前さっき相撲のことはよく知らないって言ったじゃないか」

「そりゃ、おれは知らん」亀井がやや苛立《いらだ》った口調で答えた。「だけどおれの先輩が、いちど褌《ふんどし》かつぎと喧嘩していたんだ。半殺しの目に会わされたそうだ。今でも左腕が不自由なままだ」

「先輩って、どこの先輩だい」おれは亀井の顔をのぞきこんだ。「まさか、空手部の先輩じゃないだろうな」

「空手部の先輩だ」と、亀井はいった。「空手四段だった」

「本当か」おれはびっくりした。「相撲とりって、そんなに強いのか」

「からだの鍛えかたが違うんだそうだ」亀井は息をはずませていた。「奴《やつ》らにとっちゃ、だいたい空手なんてものは、ほんのちょいとした小手先の技術にしか過ぎないんだそうだ」

今度は顎下腺《がつかせん》から、苦い唾液《だえき》が噴出した。おれはあわてて、背後を振り返った。

まさしくあの取的が、十数メートル彼方《かなた》の、さっきおれたちが左折したあの辻《つじ》に駈《か》け出てきてこちらを向き、おれたちの姿を認め、おれたちのいる路地へ、顔をななめ上にあげ、腹をつき出して駈けこんできた。足がすくんで動けなくなったおれを亀井がふり返り、すぐに取的の姿を発見して悲鳴まじりに来たと叫び、逃げ出した。その声におどろき、おれの足も石だたみを蹴《け》った。走りながら、今起っていることがなかなか信じられなかった。亀井がのどをひゅうひゅういわせながら、おれの前を走っていた。待ってくれ、と、おれは叫んだ。亀井は無言で駈け続け、次のかどを右へ折れた。もちろんおれも彼に続いて右折した。かどを曲る時にちらと取的の方を見ると、彼はつき出た腹と息苦しげに顔を膨れあがらせ顎《あご》を前へつき出したその姿勢からは信じられぬほどの速度でおれたちとの間隔を狭めつつあった。わあ、と、おれは悲鳴をあげた。あわてふためいてばたつかせた足が宙を蹴った。そこはやや広い通りだったのでおれは亀井に追いすがり、しばらく彼と並んで駈け、しばしば追い越した。通行人も多く、おれたちは前からくる人間たちの間をすり抜けたり彼らから身をかわしたりしながら逃げた。人混みの中へ出た方が逃げ切れる可能性は強い、と、おれは思った。亀井もそう思ったらしく、すぐ次の辻をおれたちは同時に左折した。大通りへ出られる通りだった。

大通りへ出て、おれたちは歩道をさらに逃げ続けた。商店街の多くはまだ開いていてあたりは明るく、歩行者も多かった。絶え間のない警笛と、喫茶店や楽器店から響いてくる音楽が、ずきんずきんと心臓の音を鼓膜に伝え続けるおれの耳へ断続的にとびこんできた。時おり前から歩いてくる男女を避けそこない、ぶつかった。しかし取的の方が、もしあのままの速度で走り続けているとすれば、からだの大きさから考えて、もっと大勢にぶつかっている筈《はず》だった。おれたちは次の交叉点《こうさてん》で、ちょうど青信号だったため横断歩道を左へ渡った。そこは劇場や映画館がたくさん並んでいて賑《にぎ》やかな場所へ出ることのできる広い商店街だった。振り返ったが、もう取的の姿は見あたらなかった。

唇を顫《ふる》わせながら立ちどまり、亀井が非難するような眼つきで、おれを見つめた。「おれたちを追いかけてくるぐらい怒ってるんだから、きっと、お前が褌かつぎといったのも、奴《やっこ》さんの耳に入ったんだ」

おれはうなだれた。「そうらしいな」うわ眼遣いに、おれは亀井の顔を見た。「それからそのう、もうひとつ、まだお前には言ってなかったけど」

亀井が背すじをのばした。「何をやったんだ。まだ、何かあるのか」

「じつは、あいつがあんまり無神経にこっちを睨みつけやがるもんで、それでむかむかして」おれは咳《せき》ばらいをした。「そのう、あいつを睨み返したんだ」

亀井はあきれたような顔でしばらく黙り、やがて劇場の方へ歩き出した。おれも彼と並んで歩いた。雑踏の中に、艶歌《えんか》が流れていた。

「ながい間、睨みあいをしたのか」亀井が歩きながら訊ねた。

「いや、すぐに眼をそらしたけど」

突然、亀井は前方を見つめて立ちどまり、小声で叫んだ。「いる。あいつだ」

おれはぎく、として逃げ腰になりながら人と人との間をすかし見た。

おれが劇場の赤いネオンサインのま下に取的の姿を発見した時、相手はすでにおれたちを見つけ、顔をななめ上にあげ腹をつき出した例の恰好《かっこう》でこちらへ駈けてくるところだった。

「わあ」

「来た」

ひと中も忘れ、おれと亀井は泣き声と悲鳴を同時にあげた。彼が先まわりをしておれたちを待ち伏せていたのか、あるいはいったんおれたちを見失い、あちこち捜しているうちにあそこへ偶然出てくることになったのか、そこまではわからなかったが、いずれにしろあの肥満した巨体からは考えられぬほどの並はずれた走力であることに変りはない。おれは取的に一種の人間ばなれした不気味な能力とか雰囲気とかいったものを感じて、恐ろしさのあまりもはや通行人にぶち当ろうがどうしようがそんなことにはかまわず、亀井と並んで逃げに逃げた。頭が鈍い音を立てて鳴っていた。もう、うしろを振り向く余裕さえなかった。彼がおれたちとの間隔を急速に縮めてきているであろうことには確信があったからだ。今度うしろを振り返った時は、やつにつかまる時だという、そんな気がした。逃げ切れる方法はひとつしかなかった。どこかへ隠れることだ。だが、そんな場所が、この繁華街のど真ん中にあるだろうか。

「あった」とおれは叫び、並んで駈けている亀井に大声でいった。「次のかどを曲るぞ。曲ってすぐの店だ。『門』という店だ。そこへとびこむからな」

「門」というクラブはおれが取引先の部課長級を接待でつれて行く高級クラブである。会員制でこそないが、勘定は銀座並みに高く、とび込みで入ってくる客は滅多にいない。かどを折れてすぐの店だから、取的に入るところを目撃されることはまずないであろうし、あの「おなみ」にいたおれたちがまさかそんな高級クラブへ入ったなど、取的は思わないであろう。万が一目撃したところで、あの取的ごときの懐ろ具合ではとても入ってくることなどできないに決っている。

貸しビルのかどを右へ折れてすぐ、おれはそのビルの一階の「門」とセロファン加工したガラス行灯《あんどん》の下の黒ニス塗りチーク材のドアをあけてとびこんだ。続いて亀井が駈けこんできた。ドアの内側にいたドア・ボーイが「いらっしゃいませ」といいながら眼を丸くし、ドアを閉めた。

「やあ」ドア・ボーイとは顔馴染《かおなじみ》だった。

「どうかなさいましたか」

「いや」おれは亀井と顔を見あわせ、ほっと吐息をつき、つくと同時にくすくす笑った。

亀井も笑った。「いやあ」

おれは笑いながらドア・ボーイにいった。「いや。なんでもない。なんでもない」

まったくいいところを思い出したものだ、そう思って自分の機転に感心したり感謝したりしながら、おれは亀井の先に立ち、カーペットを敷いた地下への狭い階段をおりた。

「恐ろしかったたな」と、亀井がおれの背中にそういった。

「門」のドアをくぐるなりさっきまでの恐怖がまるっきり嘘《うそ》のようにすっとうすらいでいたため、おれは笑いながら答えた。「相撲とりなんてよく知らない相手だから、必要以上にいろんな想像をして、そのためによけい恐ろしく思ったんじゃないかな」

「うん。そうかもしれないな」ボーイにボックス席へ案内されると、亀井は宮廷風の豪華な店内をきょろきょろと見まわした。「ここは、だいぶ高いんじゃないのか」

「ここなら勘定を接待費にまわせる」と、おれはいった。「お前、おれの会社の取引先の人間ということになっておいてくれ」

「悪いなあ」亀井はあきらかに嬉《うれ》しそうな表情を見せた。「しかしまあ、ここならあの相撲とりも入ってくるまい」

取引先の会社の仕入課長で、おれが浮気の相手を世話してやった男がいた。その男と一緒に来たことにしよう、と、おれは思った。

「ここに入ったのを、あの相撲とりに見られただろうか」亀井はまだ、いささかびくついていた。

「あら。お相撲のお話なの」笑子《えみこ》というホステスがやってきて亀井の横に腰をおろした。「信田《のぶた》さん。いらっしゃい」

店内のあたたかさと笑子の香水のなごやかな香りに気分がほぐれ、おれはやや陽気に亀井を紹介した。「亀井さんだ」

「はじめまして。笑子です」

もうひとりホステスがやってきておれについた。「夏子です。よろしくね」

「お相撲さんが、どうかしたの」

「うん」おれは亀井と苦笑を交わした。いきさつを話してさっきまでのおれたちの恐怖を説明し、あわてふためきぶりを描写したりすれば、女たちの失笑を買うに違いなかった。「なに。ちょっとそこで取的を見かけたものだから」

「わたしのお父さんもね、田舎で素人《しろうと》相撲の横綱だったのよ」おれたちの飲みものをボーイに通してから、笑子はそういった。

「へえ。横綱か」平静を装《よそお》っておれはうなずいた。一瞬ぎくりとして、それが顔へ出そうだったからだ。「強かったんだね」

「ううん。そうか」亀井がいやな顔をした。「君のお父さんも相撲か」

「いつも奉納相撲に出たのよ。そりゃもう、村一番の力持ちだったわ。これくらいの太さの木を根こそぎ引っこ抜いたり」

「そりゃまあ、木の種類にもよるわな。あっはっはっ。は」

笑子は少しむきになった。「戦争中に村へきた兵隊さん六人と喧嘩《けんか》して、全部ぶっとばしたんですって。今でも村の伝説になってるわ。あら」くすくす笑った。「どうしたの。そんな顔して」

しぶしぶ、亀井がいった。「ふうん。じゃあ、プロの相撲とりに負けないな」

「プロのお相撲さんとやったこともあるの。奉納相撲で、そのひと、十両だったけど」

「で、どうだった」

「簡単に投げちゃったわ」

「そりゃすごい。どうして本職の相撲とりにならなかったんだ」

「あら。違うわよ。その十両が、お父さんを投げちゃったのよ」

「ほう」さりげなく、亀井が訊《たず》ねた。「プロとアマは、そんなに差があるわけか」

「そりゃあ、だって」笑子が当然といいたげな口調でかぶりを振った。「毎日すごい稽古《けいこ》するんですものね。ほら、なになに部屋ってあるでしょ。あの相撲部屋ってのはそりゃあもう特殊な社会で、その証拠に、有名なお相撲さんで相撲部屋以外から幕内に入ったひとってひとりもいないじゃないの」

「詳しいんだね」亀井がしらけた顔でソーダ割りをがぶりと飲んだ。

「お父さんに教わったのよ。そりゃあ猛烈な稽古なんですって。岩を天井からぶら下げて体あたりをしたり」

「怪我《けが》するだろ」

「怪我した傷口へ砂をこすりこんで、また岩に体あたりするのよ」

「もう、相撲の話はよそうよ」少し大きな声で亀井がいった。

「どうかしたの」

「なんでもないなんでもない」笑子《えみこ》までがあの取的の同類のような気がしはじめ、なんとなくこの店までが油断できないように思えてきて、おれはそわそわした。「ええと、君たちも何か飲めよ」

「そうね。いただくわ」

それでもおれと亀井は、「門」に約二時間いた。入れかわり立ちかわりあらわれるホステスはさすがに美人が揃《そろ》っていて、それ以後は楽しく遊べたからだ。また、そろそろ出ようかと思うたびにあの取的のことを否応《いやおう》なしに思い出し、なかなか立ちあがる決断がつかなかったからでもあった。いくらあの取的が執念深くても、二時間も経《た》ったんだからもうあたりにはいないだろうと思って、おれたちがやっと立ちあがったのは、すでに十時を少し過ぎた頃だった。おれたちはほろ酔い機嫌で階段をのぼった。しかしまだ疑念を捨てきれないらしい亀井は、ドア・ボーイのあけてくれたドアからおそるおそる首をつき出して通りの左右をうかがった。

「馬鹿《ばか》だな。いるもんか」おれは笑って亀井の肩を叩《たた》いた。

大通りはやや人通りが少なくなっていて、商店も半分近くがシャッターをおろしていた。それでも劇場がはねてあふれ出た客だの、酔漢だのアベックだので、賑わいはまだ続いている。不景気を反映して安キャバレーの呼び込みの声はややヒステリックにはねあがっていた。

国鉄の駅前へ通じている大通りへ出て歩きはじめた時、亀井がおれの背広の裾《すそ》を引きながら前方をすかし見た。「おい。あそこにいるあの、和服を着たやつ、あれ、あいつじゃないいだろうな」

「何言ってるんだ。要心深いやつだなあ。どこだい」

「ほら。あのバス停のところの」亀井が立ちどまり、身をしゃちょこ張らせた。「あいつだ」

おれが十数メートル彼方の人混みの中に取的の姿を発見した時は、すでにあっちもおれたちを見つけ、腹と顎をつき出した例のスタイルでこっちへ駈《か》けはじめているところだった。

「来た」

「いたあ」

「やあ」

「わあ」

おれたちはわけのわからぬ悲鳴を続けさまに発しながらからだの向きを変え、死にものぐるいで走りはじめた。あの取的は、恐怖で常識を失うほど取り乱した今のおれにとって、もはや人間ではなかった。化けものだった。どんなに遠くからでもおれたちの居場所を知ることができるけものじみた嗅覚《きゅうかく》か、あるいは非人間的な超感覚、異常知覚を持っているえたいの知れない変な生きものであった。しかも彼は時間を超越してまでおれたちを追ってくるのだ。むろん実際にはそうではないのだろうが、二時間もおれたちを待ち続け捜し続ける彼の並はずれた根気と執念がおれにそう思わせずにはおかないのだ。そんなやつから逃げのびることは、これはもしかしたら絶対に不可能なのではないだろうか。そうだとも。絶対に不可能なのだ。そしておれたちは、やつにつかまるのだ。もう、そうに違いないのだ。そんな非論理的な思考が走り続けるおれの頭の中でめまぐるしくとびまわっていた。

今度は前と逆に、いつの間にか次第に人通りの少ない路地から路地へとおれたちは逃げ場を求めて駈けまわっていた。迷路のような暗く細いスタンド・バー街の路地を駈けめぐっていると、振り返っても追ってくる取的の姿が見えないから直接的な恐怖はないかわりに、いつ前方の辻《つじ》にひょっこり先まわりしてあらわれるかわからないといった想像力の働きによるより非現実的な恐怖がおれたちの頭髪を逆立たせた。たとえ取的の姿は見えず、足音が聞えなくても、やつをまいたと思って安心する気にはまったくなれなかった。時には行く手の曲りかどの、眼に見えぬ路地の暗闇《くらやみ》の底から、どんどんどんどんという鈍い足音と、それに伴う地ひびきが近づいてくることを知り、狂気のように身をひるがえして逃げたりもした。もはや酔いは醒《さ》めきっていた。

無目的に逃げまわっていては、いつか取的に出くわし、つかまってしまうにきまっていた。至急、逃げる目的地を決める必要があった。路地から路地へ通じている、幅五十センチもないような抜け道があり、ここならあの取的の巨体は入りこめないだろうと推測し、おれたちはさっそく逃げこんだ。抜け道の中ほどに一部バーの裏口らしい引っ込んだところがあり、おれたちはそこへ身をひそめ、目的地を相談することにした。そこなら、抜け道への入口のどちら側にあの取的の姿があらわれても、逆の方向へ逃げることができる筈《はず》だった。

「警察へ保護を求めよう」ふるえる声で亀井がいった。

おれは泣き声をあげた。「説明したって、信じちゃもらえないよ。笑われるだけだ」

「笑われてもいい」亀井は唇を顫《ふる》わせ続けていた。「ここは『おなみ』の近くだ。『おなみ』へ行って、おなみさんに事情を説明して警察へ電話してもらうんだ」

「あの店へ行ったりしたら、あいつにつかまっちまうよ」おれは悲鳴をあげた。「あいつはおれたちを捜して『おなみ』へ行くに違いないんだ」

「この辺をうろうろしていたって、どうせ必ずつかまるんだ」気ちがいじみた眼つきで亀井はおれを睨《にら》み据えた。もう、そうに違いないと信じきっている眼だった。「同じつかまるなら、おなみさんの店でつかまった方が、おなみさんにかばってもらえるし、警察も、すぐに呼んでもらえる」

「そんなこと、頓着《とんちゃく》するようなやつじゃない」おれは吐き捨てるように叫んだ。「おなみさんまで巻き添えにするのがおちだ。あいつには人間らしい感情なんて、ないんだぞ」

「じゃあ、なんの感情があるっていうんだ」亀井が突っかかってきた。「どういう感情であいつがおれたちを追ってきているっていうんだ」

「化けもの感情だ」と、おれはいった。のどがからからだった。

「おなみ」に行こうと主張する亀井にさからいきれず、おれは彼とともに恐るおそる路地へ出、取的の姿がないのを幸い、それとばかりに「おなみ」の方角へ駈けはじめた。もし取的が近くにいた場合、石だたみに響く足音を聞きつけられるかもしれなかったので、おれたちは靴音を殺し、つま先で走った。「おなみ」のガラス行灯が見えてきた。おれたちは「おなみ」へとび込んだ。

「ああら、お帰り。どこへ行ってきたの」

おなみさんの声にほっとしている余裕はなかった。「おなみ」の店内を見て、おれと亀井は眼を見張った。カウンターにはずらりと五人の取的が並んでいて、八脚分の椅子《いす》がおさまる空間は彼らだけでいっぱいだった。ふたつのテーブルには四人の取的が二人ずつ向いあって掛けていた。おれたちを追っているあの取的こそいなかったものの、九人の取的はおれの眼に十数人、いや何十人もの取的の大群のように見え、おれは完全に顔色を失った。自分の顔色を見たわけではないが、血の気などあるわけがない。

「いっぱいだから、またくるよ」

「あら。いいのよ。二人分、席はあるよ」

おなみさんの引きとめる声を背に、おれと亀井は心臓が口からとび出すのではないかと思うほどの恐怖で肝をつぶし、店をとび出して足を宙に泳がせた。

「いつからあの店が取的の巣になったんだ」紙のような顔色をして亀井は走りながらわめいた。

「知るもんか。やつら、おれたちがちょっとご無沙汰《ぶさた》してる間に、あそこを溜《たま》り場にしちまやがったんだ」

「あの取的、あの店で仲間と待ちあわせてやがったんだな」

「駅の方へ行こう」おれは泣き声でそう叫んだ。「駅の構内に巡査の派出所がある」

おれたちの身を護ってくれそうなところはもはや警察以外にないのだということが、おれにもわかりかけてきていた。

「もういやだ」亀井が泣きわめいた。「どうしてこんなことになった」

すでに世界はおれにとって超現実の世界だった。亀井がシュール・リアリズム世界の不気味さを今までに理解したことがあるかないかにかかわらず、彼にとってもここはやはりおれの感じている世界と似たようなものであるに違いなかった。おれたちは大通りへ出ると、呼吸が続かなくなったために、危険であることは承知の上で駈けるのをやめた。むろん、時おり振り返って取的が追ってこないかどうかを確かめることは忘れなかった。そろそろ十一時になろうとする時刻だったが、副都心の駅近くだけあってまだ人通りは多い。

駅前広場までやってきた時、突然亀井がものもいわずに駈けはじめた。一瞬おれは彼が信号の変らぬうちに横断歩道を渡ろうとして駈けはじめたのだろうと思ったのだが、すぐにいやな予感がし、あわてて振り返った。案の定取的が、顎《あご》をつき出し頰《ほお》をふくらませ、眼をまん丸に見ひらいた河豚《ふぐ》のような顔でおれを睨みながらすぐ背後にまで迫ってきているのを発見し、ぎゃっと叫んでのけぞり、はねあがり、赤信号になったばかりの横断歩道をおれは今やむしろ警官に見咎《みとが》めてもらいたいような気持のまま破れかぶれで突っ走った。亀井がおれを残して逃げ、自分だけ助かるつもりだったことはあきらかだが、駅の構内で彼に追いついた時、そのことで彼を責める気にはなれなかった。おれだってもし自分だけが取的の姿を発見し、亀井が気づいていなかったとしたら、あるいはそうしていたかもしれないからだ。

構内にある地下道への階段の降り口で立ちどまり、おれたちは横断歩道をうかがった。取的は信号がなかなか変らないのに業《ごう》を煮やしたらしく、警笛の中を、徐行してくる車とぶつかったりしながらあいかわらずの無表情でこちらへ渡ってきつつあった。

「来るぞ」

「来る」

おれたちはなかば足をもつれさせて階段を駈けおりた。階段をおりてすぐの場所に巡査派出所はあり、おれたちはその殺風景な小部屋へわめきながらとびこんだ。

「あの、保護を」

「おれたち、保護してもら」

小部屋の中には誰もいず、テーブルの上に一台の黒い電話がうすく埃《ほこり》をかぶってうずくまっているだけだった。おれたちは顔を見あわせた。

「巡回中だな」

「いつもここには二人ほどいる癖に」

　舌打ちしたり地だんだを踏んだりしているひまはなかった。取的が階段を、ひどいがに股《また》で、そのくせ一度に三、四段ずつとんで降りてくるのをおれたちは見た。派出所にとびこむところを目撃した筈はないと思えるのに彼は、おれたちの意図をとっくに見抜いていた様子で、階段をとんで降りながら顔だけはまともにこちらへ向けていた。おれたちは悲鳴をあげて派出所から駈け出た。

「いやだ」亀井が泣き叫んだ。「どうしてこうなる」

「電車に乗ろう」と、おれは叫んだ。「定期券は持っているな」

「持っている」

「あいつは持ってない筈だ」同じ地下にある国鉄の改札口の方へ、おれたちは走った。

「どこ行きでもいいから、来た電車にとび乗るんだ」

　おれと亀井は定期券を駅員の鼻さきにつきつけながらあとも見ずに改札口を走り抜けた。この時間の駅の構内だと、終電車に乗り遅れそうだというので走っているやつはざらにいるから、猛烈なスピードを出したところでさほど目立たない。

　両側に階段のある駅中央のコンコースを少し走るとすぐに、郊外へ向う電車のプラットホームから人間が十数人、階段を降りてきているのが眼にとまった。おれと亀井はすぐさま人の流れにさからって階段を駈けのぼり、発車寸前らしいその電車に乗り込んだ。車内は都心部から乗ってきた連中でほぼ満員だった。おれたちは車輛《しゃりょう》の中ほどまで進み、吊《つ》り革にぶらさがった。ドアが閉《しま》った。四肢の力が抜けた。「もう安心だ」

「助かった」荒い息をつきながら、亀井が泣き笑いのような顔をおれに向けた。

電車が動き出した。車内のあたたかさに、おれもほっとして、あまりほっとしたものだからそのまま車内の床にすわりこんでしまいたいような気になった。おれたちの引き攣《つ》った表情と顔色の蒼《あお》さに、周囲の乗客数人がじろじろとこちらを見ていた。だがおれはあの取的から逃げきることのできた喜びで、むしろ乗客の誰かれなしに抱きついてキスしたいぐらいだった。

「この電車だと、お前は家に帰れないな」亀井はいった。「おれのアパートに泊まるかい」

「ああ。泊めてくれ」

ひとりで引き返す気にはなれなかった。その上ひとりでアパートに戻ったとしたら、今夜のこの恐怖の記憶をわけあう人間がいないから、悪夢にうなされるにきまっていて、それもまっぴらだった。亀井とて同じ気持に違いなかった。

駅へ停車するごとに乗客は減り、シートこそ満席だが立っている人間はおれたちの乗っている車輛で十数人ほどになった。アパートへ戻ったらウイスキーがあるから、それでもういちど飲みなおして、などとおれに話しかけていた亀井が、急に絶句した。吊り革を握っている彼の手が、はげしく顫《ふる》えはじめた。

「おい。おい。見ろ」彼の声がうわずった。「うしろの車輛を見ろ」

まさか、と、舌下腺《ぜっかせん》からの苦い唾《つば》をのみこみながら、連結部分のドア・ガラス越しに、おれは一台うしろの車輛を見た。こちらの車輛に近いところへ立ち、あの取的が吊り革につかまっていた。顔はほぼまっすぐ正面の窓に向けているものの、あの魚類のように無表情な眼の中の黒っぽい虹彩《こうさい》だけはおれたちの方に向っていた。おれの膝関節《しっかんせつ》は急に柔らかくなった。その場へ腰をおろしてしまいそうになり、おれはあわてて身を立てなおした。

「いやだ」亀井はすすり泣いた。「なんでこうなる」

「どうやって乗ったんだろう」おれは唖然《あぜん》とした。

「そんなこと、どうでもいい」亀井は身をよじった。「助けてくれ。おれは気がくるいそうだよ」

おれとてこれが現実とはとても思えず、この現実の中のどこかにまだ正気の部分が残っていはしないかと大声をあげて捜し求めたいような気持だった。

「おれたちは、忘れていたんだよ」おれはゆっくりと亀井にいった。「そうだろ」

「な、何がだ」ぎく、としておれから身を遠ざけ、気ちがいを見る眼つきでおれを見ながら亀井はいった。「何を忘れていたっていうんだ」

「おれたちはあいつに、一度もあやまろうとしなかったじゃないか」おれはそういった。「あやまろう。あいつのところへ行って許しを乞《こ》うんだ。」

一瞬眼を見ひらいてから、亀井ははげしくかぶりを振った。「お前、まだそんなこと言ってるのか。あやまって許してくれるようなやつじゃないぜ。お前、さっき言ったろ。化けものだって。あいつは絶対に、おれたちを許しちゃくれないんだから」唾《つば》をとばしはじめた。「お前、甘いんだよ。あやまったりしても、あいつはよけい怒るだけだ」

向う意気の強い亀井がこんなにまでおびえきっている異常さは、即《すなわ》ちただごとでない現実を示していた。現実が非現実的であればあるだけ、おれよりも現実的だった亀井の自我の崩壊はおれ以上に早まるのだ。

「あやまってみなくちゃ、わからんだろ」おれは亀井の腕をとった。「とにかくそれが、いちばんまともなやりかただ。さあ。あやまりに行こう」

「いやだ。おれ、いやだ。こわいよ」亀井は泣きながらはげしくかぶりを振った。「お前ひとりで行ってきてくれ」

「だって、おれひとりで行ったんじゃなんにもならない。そうだろ。じゃ、おれひとりであやまって、おれだけ許してもらって、そのあとお前ひとりだけ追いかけられるのがいいのか」

ぶるっと身をふるわせ、すぐ現実に眼醒めたという様子で、亀井は決然と背すじをのばした。「そうだな。許してもらえなくてももともとだ。あやまってみるか」

やっとスポーツマンらしい決断力をとり戻したようなので、おれはほっとした。「そうだよ」

「行こう」亀井が先に立ち、うしろの車輛へ歩きはじめた。

「お前が先にあやまるかい」彼のあとに続きながらおれは訊《たず》ねてみた。

「ああ。おれがあやまってみる」

おれはちょっと不安になり、彼の背中に念を押した。「いっとくけど、ほかの乗客に聞えるようなでかい声ではあやまらない方がいいよ。よけい気を悪くするからな」

「ああ。わかっているよ」

あやまって、もし簡単に許してもらえたらどんなに嬉《うれ》しいだろう、そんな楽観的な想像だけでおれはほとんどくすくすと笑い出しそうになり、また、涙があふれそうになったりもした。じつはおれたちの財布を拾い、それを渡すために追ってきたのだなどという、そんな笑い話めいた理由だったとしたら、どんなに嬉しいだろう。

連結部分のドアを抜けると、取的は近づいてくるおれたちの意図を悟ったらしく、眼を窓外に向けて知らん顔をした。亀井は取的の傍に立った。おれは亀井のうしろに立った。両側から取的をはさんだりして威嚇《いかく》的と感じさせてはならなかったからだ。

「あやまりに来ました」亀井がぼそりと言い、軽く頭を下げた。

取的は淡褐色《たんかっしょく》の無表情な顔のままで窓外を見続けていた。肌理《きめ》の粗いくすんだ色の皮膚は、近くで見るとさらに部厚く思え、不気味なことこの上もなかった。

「あれは、誤解だったんです。おれたち、最初はあなたのことを笑ったんじゃなかったんです」

「変なことを言ったり、睨《にら》んだりしてすみませんでした」おれも亀井の肩越しに低い声で詫《わ》びた。「あれはその、あなたがあまりこっちをじっと見ているものだから」

取的はまだ無言であり、無表情だった。よく見れば、いくぶんびっくりしたような表情をしているが、それが即ち彼の無表情な顔なのであろう。気味が悪く、おれも亀井もそんな取的の顔をなるべく注視しないようにし、眼を伏せたままで交互に詫《わ》び続けた。取的の汗の匂《にお》いが強烈だった。

「とにかく、気を悪くさせたのはほんとに申しわけなかったです」亀井は前よりも深く頭を下げた。「あの、許していただけるでしょうか」

「今ではあの、あの心から、あの後悔を」

詫びながらふと眼をあげ、おれはガラス窓に映った取的の顔を見てぎくりとした。時おり郊外の家の灯が走り過ぎていく暗いガラス窓の中の取的の眼は、まともにおれたちを睨みつけていた。彼はおれたちの顔から眼をそらしていたのではなかった。ガラス窓の中のおれたちに視線を移し変えただけだったのだ。彼が表面的にはおれたちから顔をそむけて、何かえたいのしれぬ生きものが二匹耳もとへやってきて何やら意味の通らぬことをつぶやき続けているといった無関心な態度を見せているのはあくまで周囲に乗客がいるからであり、ガラス窓の外の闇の世界では依然としておれたちに敵意を燃やし続けているのだと知った時、おれは絶望で眼の前の情景がぐるぐるまわりはじめるのを感じた。今やガラス窓の中の彼の眼にはありありと殺意が読みとれ、こいつは絶対におれたちを許してはくれないのだという直感で、おれは呻《うめ》き声をあげそうになった。

「もう、許してくれたっていいじゃありませんか」おれの声はしぜんにはねあがった。

「これだけ追いかけまわしたんだから、もういいでしょう。おれたち、もう、充分後悔してます。悪かったと思ってるんです。ほんとです。ほんとに悪かったと」

何ごとかと、周囲の乗客数人がおれたちの方を注視しはじめた。

そのまま抛《ほう》っておけばとてつもなくヒステリックな絶叫にまで高まりそうなおれの声を亀井がおれの肩に手をかけて押し殺し、取的にいった。「それじゃ、失礼しました」

許してもらえそうにないことを亀井も悟ったらしく、彼はおれの背を強く押してもとの車輛へと歩きはじめた。

連結部分を過ぎた時、おれは通路を歩き続けながら背後の亀井に訊《たず》ねた。「もっと前の車輛へ行こうか」

「いや。この車輛でいい。前の車輛へ行っても、あいつが追いかけてくるだけだ」亀井はいった。「ドアの近くでとまれ」

電車が速度を落しはじめていた。おれたちはドアに近い通路に立ち、吊り革にぶらさがり、小声でささやきあった。

「次の駅で、ドアが開いている間、知らん顔をしてこうして話していよう。ドアが締りかけたらとび降りるんだ」

「よし。あまり早くとび降りるなよ。本当にドアが締りはじめてからだぞ」

駅についてドアが開き、乗客数人が降りていく間、おれたちは取的の方さえ見ないようにし、知らぬ顔をし続けていた。ドアが締ろうとした。

「今だ」

締りかけたドアの隙間《すきま》からまずおれがとび降り、続いて亀井がドアのわずかの隙間をからだで押し拡《ひろ》げ、すり抜けた。プラットホームを少し走って陸橋への階段の下まできてから、おれたちは様子を見るために振り返った。

取的が、数センチほどの隙間に両手をさし入れ、万力《まんりき》のような底力でドアを両側に押し拡《ひろ》げ、プラットホームへ降りてきた。

「ひい」

「出た」

腰と足ががくがくし、陸橋の階段を駈けあがるのは困難だった。取的の眼を近くで見た時から、おれの内部には、もしかすると殺されるかもしれないという、今までとは違った硬質の恐怖が生れていて、それがおれの全身をすくませていたのだ。陸橋の上までたどりつくと、他の乗客たちが降りていく改札口の階段の方へは行かず、おれたちは向い側のプラットホームへ出る階段を駈けおりた。取的の裏をかくつもりだった。

都心行きのプラットホームには誰もいなかった。陸橋を降りてすぐ、階段の裏側に灌木《かんぼく》の植込みがあった。おれたちはそのうしろに身をひそめた。歯が、がちがちと鳴った。亀井は痙攣《けいれん》しているような顫《ふる》えかたをしながら、のどをひゅうひゅういわせていた。夜風がつめたかった。街道の方から時おり聞えてくる車の警笛があたりの静かさをきわ立たせていた。こんな郊外の駅の近くにも深夜スナックのようなものがあるらしく、風に乗ってかすかに艶歌《えんか》が響いてくる。

どん、どん、どん、どん、と、鋼鉄の階段を陸橋から降りてくる足音がおれたちの頭上で響き、おれと亀井はしっかり抱きあった。そうしなければ悲鳴をあげるに違いなかったからだ。歯の根があわず、おれはズボン越しに亀井のからだへあたたかい小便をぶちまけた。亀井もすでに失禁しているらしく、ぐぐぐ、と、のどを小さく鳴らしただけだった。おれはふと、かつての大昔、こうして野獣に追いつめられ、ついに殺された人間がどれほど多かったことかと考えた。その連中も今のおれと同じようにやはり恐怖にふるえ、小便を洩《も》らし、そして。

数メートル前方に、巨大な臀部《でんぶ》と後頭部をこちらに向けて取的が立っていた。彼はプラットホームの前後を眺めわたしてから、向い側のプラットホームをゆっくりと観察しはじめた。

亀井がおれのからだをつき離した。そして彼は植込みの根もとに置かれていた、塀を作る時に出た余りらしい補強型の半切りコンクリート・ブロックを抱きかかえた。彼の眼は闇の中でぎらぎら光っていた。半殺しの目に会わされるくらいならむしろ相手を殺した方がましという、スポーツマンにあり勝ちな思考と感情の短絡を起したようだったが、おれに彼のその行為を中断させる勇気はなかった。

亀井は立ちあがるなり、コンクリート・ブロックを頭上高くにさしあげたまま植込みを躍り越えた。そして二、三歩で取的の背後に駈け寄るとその丁髷《ちょんまげ》を結った後頭部へ力まかせにコンクリート・ブロックを叩きつけた。ぼこ、という鈍い音が、やけに大きく響いた。勢いがつきすぎたため、コンクリート・ブロックは亀井の手から離れてとんだ。ふつうの人間なら頭蓋《ずがい》が陥没し、ひとたまりもなくその場へぶっ倒れるところだが、取的はううと呻《うめ》いてほんの少し上体を前へ屈《かが》ませながら、片手を後頭部へあてただけだった。それから身をたてなおし、こちらへ向きなおろうとした。

「わあっ」

「わあっ」

すでに逃げ腰だったおれと亀井はその様子を見るなりあまりの恐ろしさで、今はもう声をかぎりの絶叫をくり返しながら、プラットホームの端へと逃げはじめた。頭髪が逆立っていた。おれは全身に粟粒《あわつぶ》を生じさせ、失禁したための寒気で腰から下の感覚をなかば失っていた。もう、殺されることはあきらかだった。プラットホームの端から線路へころがり落ち、おれたちは線路を横断して改札口のある駅舎のほうへ駈け出した。同じ殺されるなら、せめて誰かに自分が殺されるところを見届けてもらいたいと思ったからだ。レールに足をとられ、おれは二度転倒した。眼の前に駅舎の白い壁があった。おれから少し離れて走っていた亀井が三度めに転倒した時、ばさ、という音がして、怪鳥のように身をひろげた取的の大きなからだが亀井に覆《おお》いかぶさっていった。亀井の悲鳴がきい、と小さく尾を引いた。取的は、まるで愛《いと》しいものを愛撫《あいぶ》するかのように、そして立ちあがりかけている亀井のからだをおれの眼から隠そうとするかのように、向う向きになって強く抱きすくめた。ごき、という背骨の折れる音がはっきりと聞えた。おれは半分腰を抜かしたままで駅舎の壁に凭《もた》れ、亀井の死を見届けてから、のろのろと壁づたいに少し這《は》い、駅の便所の入口にたどりついた。臭気のはげしい便所の中にころげこみ、いちばん奥の隅へ行ってうずくまった。

薄明りを背に、取的の巨体がシルエットとなって便所の入口に立ちはだかった。不思議にもおれは、どことも知れぬ郊外の駅の便所の中で取的に殺されることを、生れて以来ずっと予感していたような気になった。醒《さ》めた頭の片隅で、こんなおかしな死にかたをする人間がひとりぐらいいてもいい筈《はず》だなどと考える一方では、そんな死にかたをする人間が他の誰でもない自分なのだということがなかなか信じられなかった。おれがやっと観念する気になって小さく南無阿弥陀仏《なむあみだぶつ》とつぶやいた時、ずかずかとおれに近づいてきた取的が、なんともいえず懐《なつ》かしいあの汗の匂いをさせながら、片手でおれの肩をつかみ、片手でおれの頭部を鷲《わし》づかみにして無造作にぐいとねじった。

どんなに頑張《がんば》っても
むくわれないというトラウマ

［現代文学棚］
運搬《うんぱん》
大江健三郎

〝仔牛の肉のかたまりを載せて
いつまでも舗道《ほどう》を走りつづけるとしたら、
すべての日常がそれだけであけくれるとしたら、
なんという徒労《とろう》だろう、
と僕は考え、低い声で笑った。
ああ、なんという奇妙でくすくす笑いをさそう
徒労な日常だろう。〟

子どもの弱さから脱し、大人の衰《おとろ》えにはまだ間がある、最も精悍《せいかん》な青年期。肉体的にも精神的にも、最も充実した時期です。

そんな青年を、まず何が蝕《むしば》んでいくのか？　それは〝徒労〟ではないでしょうか？

がんばれば、それだけむくわれるのであれば、青年は疲れを知らないでしょう。

しかし、どんなにがんばっても、すべてがむなしく、むくわれないとき、健康で陽気な肉体と精神でさえ、すすり泣きはじめる……。

大江健三郎（おおえ・けんざぶろう）
1935－　小説家。愛媛県の森に囲まれた谷間の村で生まれる。東京大学文学部仏文科卒業。在学中に「奇妙な仕事」で注目され、「死者の奢《おご》り」で学生作家としてデビュー。「飼育」で当時最年少の23歳で芥川賞を受賞。主な作品に『個人的な体験』『万延元年のフットボール』『同時代ゲーム』『「雨の木」（レイン・ツリー）を聴く女たち』『新しい人よ眼ざめよ』『晩年様式集 イン・レイト・スタイル』など。1994年ノーベル文学賞受賞。

皮を剥《は》がれた仔牛《こうし》のまわりで冷たい夜の空気が小さく赤らんでいた。コンクリートの床にぐったり横たわった仔牛は僕らの視線をうけてしだいに速度をましながら縮小してゆくようだった。僕らは仔牛の躰《からだ》のたてる厚ぼったく快楽的な匂《にお》いに胸腔《きようこう》をふくらませ、それから音をたてて白く凍る息をはいた。床に片膝《かたひざ》をつき、仔牛の持主は彼自身が屠殺《とさつ》した仔牛の、脂《あぶら》と肉のあざやかに美しくついた前肢《まえあし》を、鳥が翼をひろげるように広くひらいて見せた。彼は太く短い指を牛の柔軟な筋肉のはざまにねじこもうとしたり、爪《つめ》の先であらわになった肋骨《ろっこつ》の上の薄い脂をこそぎおとしてみたりしていた。僕は彼が、飼料をふんだんに食べ駈《か》けまわり、不意に跳躍した可愛《かわい》い仔牛を僕らにひきわたすことを今となってはかすかに悔いているのかもしれないと考えた。しかし彼はふいに首を起すと事務的で力強い声で僕と、僕を傭《やと》った男にいった。

「こいつを自転車で運ぶのはどうかと思うがなあ」

「今夜のうちに冷蔵庫へ入れるんだから」と僕を傭った男はいった。「他にうまいやり方はないね」

「こいつは重すぎるんじゃないかなあ」と牛を屠殺《とさつ》した男はいい、腕の筋肉を急激にこわばらせて牛の前肢をもちあげた。

「二人で運ぶんだ、どうにかなるだろう」

「切った方がいいかね」と牛をどさりと床に戻した男はいった。「半分ずつ自転車に載せて運ぶほかないだろう」

「じゃ切ってくれ」と僕の傭主はいった。「肉を痛めないように切ってくれ」

「おおい、電燈《でんとう》をまわせ、こちらへ光を見せろ」と片膝をついたままの男は大声で叫びたてた。

倉庫の入口から光度の低い電燈の光が僕らと斃《たお》れた仔牛へそそぎかけられた。僕は仔牛が両断されるのを見たくなかったし、それは必要なことでもなかったから、重おもしく光を吸収する太い握りのついた武器をとりあげて仔牛におそいかかろうとし、また両脚をしっかり踏んばってそれを監視しようとする男たちに背をむけると倉庫の入口へ歩いた。

そこからは弱よわしく淡い光が流れつづけていた。裸電球を高く左手に支え、右手にはしっかり竹ベラを握りしめた少年が閉ざされた入口の木戸に向って頭をたれているのへ、僕はゆっくり近づいて行った。少年の膝の前の暗くなった小さい空間には、低い台が置かれていて、それには剝がれた仔牛の皮が厚い脂肪のねっとり付着している内側をあらわにしてひろげられている。少年は僕の傭主《やといぬし》と少年の父親とのあいだに取引が行われる間、ずっと皮の上へ屈《かが》みこみ竹ベラで脂肪をこそぎ取っていたのだが、いまは血とあぶらのこびりついて光っている指を動かさないでいた。僕は少年が仔牛の皮をなめすことに退屈しきっているのを感じた。この瘦《や》せた子供の掌《て》は、いま剝がれた毛皮の裏側を竹ベラでごしごしやっているのだが、つい今朝までは霧に濡れてあたたかい仔牛の広い頸《くび》をなでさすってやっていたのだろう。しかし少年は、僕へ眼《め》をあげようともしないで唇《くちびる》を嚙《か》みしめ寒さに鳥肌《とりはだ》だった顔をかたくなにたれていた。

「こいつをなめして何に使うの？」と僕はいったが少年はおびえたように肩をちぢめて黙っていた。「靴《くつ》を作れないかな」

そして少年の父親の逞《たくま》しい掛声と、肉のかたまりと骨のたち切られる音とが狭い倉庫をみたした、少年はますます肩をちぢめた。

「運び出してくれ」と僕の傭主が叫んだ。僕は駈け戻り、床の上に淡い血のしたたりをのこして二つに切断された肉のかたまりが置かれているのを見た。それは再び急激に縮小して行くように思われた。僕は仔牛の下半分のかたまりを両腕にかかえあげた。それは冷たく重く、そしてなによりもぶよぶよして柔い部分と硬い部分との不思議な混淆《こんこう》があって僕の腕のあいだから狡猾《こうかつ》にすべり落ちようとする。それを抱えて歩くことは結局、腹部に仔牛のこわばった下肢《かし》を支えてでなければやりえなくて、僕は仔牛の重みに耐えて歩きながら、自分の躰がすっかり肉の臭《にお》いでまみれてしまうだろうと考えた。しかしそれは、仕事を引きうけた時からきまっていたことなのだ、手を汚さないでやりおおせる仕事というものがいかに少ないことだろう。

仔牛を抱えた僕の前で少年が木戸を開くと夜の空気の新しい匂いと乾いた霧とがすばやくしのびこんで来た。軽く痛む眼を細めて、流れる霧の層の下の荷台の大きく頑丈《がんじょう》な自転車まで、僕は仔牛を運んだ。

「砂を肉に喰《く》いこませるなよ」と、仔牛をじかに凍り始めた地面へおろそうとする僕へ傭主が声をかけた。「客の身にもなってやれよな」

屈《かが》めようとしていた腰をのばし、荷台へ抱えてきたかたまりを載せると、自転車の前輪が勢いよく跳ねあがった。僕はそのままの姿勢で首をねじり振りかえったが、傭主と屠殺者とは協力して仔牛の上半分を傭主の自転車にくくりつけようとしていて、僕を助けに来はしなかった。片足を不自然に伸ばしてペダルを踏みつけ、僕は自分の仔牛を荷台に安定させるために悪戦苦闘しなければならない。僕は牛の一双《いっそう》の大腿《だいたい》をしっかり荷台の枠《わく》に固定してから、踝《くるぶし》の下だけ毛皮と爪とを保存して妙に生きいきしている両足をねじまげた。すっかり一個の荷物の形をとって仔牛の下半身が荷台の上に安定した時、僕の躰《からだ》は厚い下着にくるまれて汗ばみ、息ぎれしていた。

「どうだ、うまく行ったか？」と傭主がいった。「ずり落ちないだろうな」

彼は自分の荷台の上の牛を、広い油紙で包みこもうとしていた。牛を屠殺した男が倉庫から別の油紙の一束をかかえて来て僕に渡した。

「包まなくても良いのじゃないかな」と僕はいった。「たいした違いはないでしょう」

「巡査が見つけるとうるさいんだ」と傭主がいった。

「そういうことになったら」と急いで牛の持主はいった。「私の方の名前は出さないでくださいよ」

「まず、見つかることはないさ」と傭主は快活にいった。「時間が時間だからね」

倉庫の裏へ手を洗いに行って帰ってくると傭主たちは取引をすましたところだった。牛を殺した男は皮の上衣《うわぎ》の内ポケットへ札束をしまいこもうとしていた。僕と傭主はそれぞれの自転車を舗道《ほどう》まで引き出した。倉庫の開かれた木戸の内側から僕らを窺《うかが》っていた少年が急に激しくすすり泣いた。僕と傭主とは自転車にまたがり暗い夜の道へ出発した。

僕らの自転車は快い速さで進んで行った。舗道にはところどころ、まだ寝しずまっていない人家の窓からの燈火に、庭木立の硬い影がひろがっていて、その上を僕らはすばやく音もなく走りすぎるのだ。始め、霧をはらんだ夜ふけの空気が頰《ほお》に痛くふれたが、やがてそれは快楽的なさらさらした風の流れにすぎなくなった。荷台の上の仔牛はにぶく量感のある豊かな震えをぼくの躰へ伝えた。

「あの子供、泣いてたな」と暫《しばら》く黙って走ったあとで傭主の男がいった。「ひどい親父《おやじ》だ、寒いところで仕事をさせて」

「ああ」と僕はいったが、子供の細い肩をおそった嗚咽《おえつ》の発作が、柔く甘い情感を僕の躰にひろがって行かせるのを感じるのだ。そしてそれは、いま僕の躰の機能のすべてが最も良好で健康的な条件にいるということでもある。疲れている時なら、僕の心の中で、あの青ざめた頰の醜い子供のすすり泣きは、やりきれなく重い屈折の仕方をするだろう。

「あの親父にも俺《おれ》にも、良い取引だった」と傭主の男は上機嫌《じょうきげん》でいった。「間に取次や組合が入ると、俺の店に来るまでにおよそ二倍の高値だからね」

「ああ」と僕はあいまいにくりかえした。仔牛の血と脂に腕をぬるぬるさせて夜ふけまで働く親と子供、それらは僕にとって結局どうでもいいことなのだろう。

「密売することは良いことじゃないよ」と男はいった。「しかし時にはそういうこともやらざるをえないんだ」

「あの倉庫の中で殴り殺したのかな」

「そういうことになってはいるが」と男は寛大にいった。「崖《がけ》から落ちるかして死んだのを始末に困ったんだろう。こちらにしてはどうでもいいんだ」

男が笑い、僕も笑った。それは僕にとってまったくどうでもいいことだったので、僕は長いあいだ笑っていた。僕らは海の近い郊外の町から都心へのよく整備された舗道を走っていた。大型のトラックや乗用車が僕らを追いこして行ったが、淡い霧にうるおった舗道は埃《ほこり》をたてず、時には薄い水の膜のように街燈の光を照りかえしきらめかせているのだった。洋食店の冷蔵庫へしまいこまれる筈《はず》の、やや非合法的な仔牛の肉を夜ふけに自転車で運ぶこと、それは僕にとっても悪い仕事ではなかった。それに、傭主が僕に予約した報酬の額も悪くなかったし、冬のあまり寒くない舗道を仔牛に積んで走ることは奇妙な陽気ささえ僕の心にかきたてる。

「あいつら、俺たちが仔牛を運んでいるとは思うまいな」とすばらしい速度で追いこして行く乗用車の中のぐったりしてよりそっている二つの肩を見おくりながら男がいった。

僕は短かくとぎれる声をたてて笑った。乗用車の中で疲れきっている若い恋人たちとくらべて、力強くペダルを踏みながら仔牛を運んでいる僕はなんと健康で生きいきしていることだろう。

「その仔牛が皮を剝がれた裸で、しかも二つに裁ち切られているんだから」と僕はまといついて来る霧の淡い層の向うへ叫びかえした。「空想もできないな」

「俺にしても」と男が陽気さに酒のようにたぎる声でいった。「自分が自転車で裸の牛を運ぶとは思わなかった。あんたにしてもそうだろ?」

「しかも霧のなかを満足しきって運ぶとはね」と僕はいった。「法科の学生なんだから、僕は」

「文科の学生だとしてもさ」と男が叫び、僕らは笑った。

舗道はなめらかに殆《ほとん》ど果てしなく伸びているように思われた。規則的にペダルを踏み、ハンドルをしっかり握りしめている状態、にぶく豊かな仔牛の肉の震動と柔いタイヤの軋《きし》みが夏の午後の蜜蜂《みつばち》のぶんぶんいう羽音のように躰のまわりをとりまいている状態、その中にひたっていると自分が時間や距離のある空間から静かに脱落して行くような快楽と優しい不安が湧《わ》く。仔牛の肉のかたまりを載せていつまでも舗道を走りつづけるとしたら、すべての日常がそれだけであけくれるとしたら、なんという徒労だろう、と僕は考え、低い声で笑った。ああ、なんという奇妙でくすくす笑いをさそう徒労な日常だろう。そしてその考えも僕の躰の中で重く屈折する芽を持ちながら、すぐに融《と》けて行くのだ。僕は自分がすっかり健康で陽気なのを感じた。

「皮を剝がれて荷台にくくりつけられるということは」と男がいった。「変なことだな、屈辱的だろうな、仔牛にしてもさ」

皮を剝いだ仔牛を自転車で運ぶ人間の屈辱、と僕は考えたが、それもあいまいな芽のままでつぶれていった。男の陽気な笑いにあわせて僕も笑い、ペダルを踏む足に力をこめた。

「皮を剝がれて二つに裁ち切られて、自転車にくくりつけられたらかなわないな」と男はくりかえしていった。「俺は兵隊に行って外国人を殺したが、こういうやり方はしなかった。お互いに人間だからな、最低線というものはきちんとあるんだ。戦争の最中でも、人間は仔牛なみにはあつかわれない」

「皮を剝ぐことがむつかしいだろうし」と僕は笑いながらいったが、旧兵士は笑わなかった。

「人間は仔牛や犬とはちがうんだ」と彼は力をこめて堂どうといった。「それがはっきりしないとやっていけないよ」

僕にはかくべつに反対する主張はなかった。したがって僕らは人間の権威を夜の霧のなかへあふれさせみなぎらせながら、やや背を屈めしっかり腕を支えて舗道を走って行った。仔牛は僕らの揺れ動く硬い尻《しり》のうしろで、柔軟でおそらく屈辱にまみれた、静かな震動をくりかえしていた。

「このぶんだと町へ入るのが早すぎるかもしれないな」と男がいった。「そこいらで温いものでも食って行くか」

僕らは郊外へ走る私鉄の電車の軌道と交叉《こうさ》する狭い十字路をこえたところだった。僕は黙ったままうなずきかえし、右へハンドルをきる男に続いた。小さい貝類のようにひっそり燈《ひ》をともしてうずくまっている軽便食堂の前で自転車を降りると僕らは互いに白い息を吐きながら好意的に見つめあった。僕らの仕事は明らかにはかどっていた。そして僕らはきわめて満足できる状態で仕事を完了することができるはずだった。僕は土木作業の人夫のように重おもしく手袋をとりながら店へ入って行く男に親しい信頼の感情を持ち始めてさえいるのだった。

しかし挫折《ざせつ》の最初のきざしは不意の発作のようにすばやく芽ぶき、たちまち逞《たくま》しく根をはびこらせる。そしてそれを拒否することが絶望的に難しいときもあるのだ。

軽い食事を終えて、ほてる躰に外套《がいとう》を再び着こみ、僕らが舗道に出た時、僕らが始めに見たのは自転車の周りの痩せた数匹の野犬だった。それらは荒あらしく呼吸しながら荷台を窺《うかが》って歩きまわっているのだ。僕と傭主の男とはごく短い時間あっけにとられていた。そして、その瞬間のためらいのあいだに、おそらくは僕らの攻撃を予期してあわてふためいた野犬の一匹が跳ねあがると、僕の自転車の荷台の上のかたまりに前肢をかけたのだ。

「この野郎」と男が唸《うな》るように叫び突進すると犬たちは敏捷《びんしょう》にのがれ去ったが、肉をおおった油紙は破けて、そこから屈《かが》められた仔牛の腿《もも》が覗《のぞ》いた。

「仕方がないな」と怒りにみちて男はいったが、彼は犬の群がたあいなく逃亡したことを僕にたいして誇っているようでもあった。

「このあたりは野犬が多いんだ」と男はいった。「牛の匂いをかいだんだろう」

僕らは自転車にまたがって再び出発した。そしてやや濃くなった霧と激しくなった寒気、それはストオヴの傍《そば》の短い休憩のせいでもあるのだが、膨らんで軽く痛みはじめた足をのぞいてはやはり同じ平坦《へいたん》な舗道の上の疾走。僕らは黙りこんでペダルを踏みつづけた。すぐに僕らは休憩前の速度と姿勢をとり戻し、男は彼の動物観と人間観についての話をくりかえしはじめた。僕は短くとぎれる声で笑ったり僕の意見に反応する男の笑いを聞いたりするのだが、僕には、その休憩をさかいにして僕らの夜の運搬が微妙に事情を変えはじめているように思われるのだ。

僕は寒さに身ぶるいし不意に振りかえりたい衝動におそわれた。そして僕は振りかえり、舗道の両側の貧しい木立や電柱の影をぬって追って来る野犬のいく匹かを認めた。僕の尻のすぐ後では破けた油紙が風に鳴っていた。僕は再び身ぶるいしてペダルを踏む足に力をこめた。

「犬がついて来てるけど」と僕はいった。

「え?」と男は頑丈な頸《くび》をねじって叫んだ。「ああ、犬なら放っときな」

僕は自分の臆病《おくびょう》さを恥じる小さい情念に喉《のど》を熱くした。僕は肩をそびやかしてペダルを乱暴に踏み、男を追いこした。

「急ぐことはないんだ、疲れるぜ」と男がいった。

僕はぐったりして速度をゆるめた。既に僕は疲れはじめているのかもしれなかった。そしてそれは少し苛立《いらだ》たしく少し恥ずかしかったから、僕は黙ったまま頭を振り、うつむいて走った。

バスの終点の、燈《あかり》を消した車庫が並んでいる前で道路工事が行われていた。舗道を大規模に掘り起して水道管を交換しているらしかった。僕らは自転車を降り狭い通路を自転車を押して歩いた。所どころにおいた赤いランプの柔い光を額や肩にうけて工夫たちは働いていた。そして彼らの中には寒さをものともしないで殆《ほと》ど半裸の男たちもいた。

工事現場を通りすぎたところに若い警官が立っていた。彼は再び自転車にまたがろうとする僕らに近づいて来ると黙ったまま僕らを見つめた。

「え？」といどむように傭主《やといぬし》がいった。

「何を積んでいるんです」と警官はいった。「あんた達二人とも」

僕は当惑して傭主を見つめた。彼はあいまいに会釈《えしやく》して自転車を走らせはじめようとした。それは僕にもあきらかにまずいやり方だと思われた。

「おい」と語気を強めて警官はいった。「待って下さい」

彼は傭主の荷台を調べるかわりに、僕の自転車の後へまわりこむと油紙の破れ目を懐中電燈《でんとう》で照した。

「これは何です？」と彼が僕にいった。「え？」

僕は喉に言葉をからませたまま、若い警官が容赦なく油紙の破れ目を押しひろげるのを見つめていた。道路工夫たちが僕らの周りに群がり、その汗さえ皮膚にうかべている逞《たくま》しい体がますます僕を当惑させた。彼らの視線にさらされながら自分の荷台の上の仔牛《こうし》の肉が油紙を剝《は》ぎとられるのを見ると自分が裸にされるような恥かしさがこみあげてくるのだ。すっかり仔牛の下肢があらわになると道路工夫たちのあいだを陽気などよめきが生きもののように動きまわった。

「牛の肉ですよ」と傭主が警官にぶっつけるようにいった。「牛の肉を運んではいけないことになってるんですかい」

若い警官は自分の指で剝がれた紙の下に仔牛の肉のかたまりがあったことで衝撃をうけているようだった。そこへ傭主は殆ど破れかぶれで執拗《しつよう》に喰《く》いさがろうとしていた。

「人間の肉じゃないってことはおわかりでしょう」

「ばらばら死体じゃないのかよ」と道路工夫の一人がまぜっかえし彼の仲間たちが笑った。

「牛の肉を運ぶことが法律にふれるんですかい?」と傭主は力をえていった。

「他に方法があるでしょう?」と若い警官は狼狽《ろうばい》しきり、気を悪くしていった。「今度からもっとおだやかに運んで下さいよ」

道路工夫たちの意味のあいまいな笑いどよめきに追いたてられるように警官は大股《おおまた》に歩いて派出所へ戻って行った。傭主の男はそのまま片腕に自転車を支えて、口汚く警官を罵《のの》しる言葉を吐いた。彼は怒りに上唇《うわくちびる》をとがらせ貧しい小動物のような顔をしていた。警官に呼びとめられた時、この男は仔牛を没収されると思いこんで絶望しきっていたのだろうと僕は考えたが傭主に同情は湧《わ》かないのだ。僕もまた腹をたて始めていた。

「ぼんやりしていないで、行こうじゃないか」と傭主が疲れのめだつ陰険な声でいった。

「夜が明けるのを待つつもりか？」

僕は油紙をむしりとられてあらわになった肉を見つめてごく短い間ためらい、それから急いで自転車に乗った。僕は自分の尻のうしろで生の肉のかたまりがぶるぶる震えているのを感じ、またそれへの道路工夫たちの視線を感じ、苛立たしい恥かしさにかりたてられるのだ。僕は乱暴にペダルを踏み、工事が終ったばかりの舗道にしきつめられた角の鋭い砂利をはじきとばしながら、やはりやみくもに急いでいる傭主の男を追った。

しかしそれは重い肉のかたまりを積んだ自転車にとってはむりなことだったのだ。五百米《メートル》ほど走った時、僕は尻と肉のかたまりの下に低く太い破裂音を聞き、硬い衝撃が僕の腰から背を痺《しび》れさせた。顚倒《てんとう》しなかったことがまだしものさいわいだった。僕が自転車から降りる前にすばやく地面に足をついて振りかえった傭主の男が不機嫌をもてあますように声を嗄《しわが》らせて叫んだ。

「パンクしたのか」

「ええ」と僕は困りきってこたえた。

「まずいことをやったなあ」と呻《うめ》くように傭主の男はいった。「まったく、まずいことをやりやがったなあ」

しかしどうすることができよう、と僕は考えた。躰の軸を震えおののかせた激しい痺れのあとにずきずきする痛みがしのびこみ、ふくれあがって僕は自分のやりばのない怒りをもてあまさなければならない。しかしどうすることができよう……

「仕方がないなあ」と男は苦にがしく唇を歪《ゆが》めていった。「ぼんやりしていないで肉をこちらへ渡してくれ、そのままではどうすることもできないだろう？」

僕は手袋を脱ぎ凍えはじめる指をいそがしく動かして紐《ひも》をほどいた。肉のかたまりは冷えきって重く、抱えあげると意外なほど硬くなっていた。僕はそれを傭主の男の荷台の上の肉のかたまりの上へ重ねた。二つの肉のかたまりは二匹の獣のように足をからみあい格闘しあい、ともするとずり落ちようとする。ずり落ちた仔牛の下肢を押しあげようとして僕は、すぐ近い暗がりに数をました野犬の群がひそみ眼《め》を光らせているのを見た。それらは道路工事の現場では姿をかくしてしまっていたのに今は殆ど十四近くもうごめいているのだ。

「どうしたんだ」と腕の動きをとめたままの僕に苛立って傭主の男は叫んだ。「おい、どうしたんだ」

「犬が」と僕は嗄《しわが》れた声でいった。

「犬なら放っておけ」と男は腹立ちに息をはずませていった。「犬がどうしたというんだ」

僕らは長い時間かかって仔牛を傭主の自転車の荷台にくくりつけた。そして僕らは自転車を押しながら歩きはじめた。僕の自転車の後部車輪は殆ど板のように扁平《へんぺい》で軋《きし》みながらまわったから、荷台に牛のかたまりが載っていた時よりもむしろ押すことが困難だったし、傭主の男は一頭の仔牛の重みにともするとよろめいていた。しかも、野犬の群は次第に数をましながら執拗に追って来るのだ。

ふいに北からの風が起り、やがてそれへ細かでさらさらした雪がまじった。雪は始め視界をまったくとざすほど激しく降り、それからおだやかに持続力をたたえて降り続いた。自転車を押して行く僕らの肩やハンドルを握った手の甲に雪は降りつもって、たびたびそれをはらい落すために立ちどまらねばならなかった。寒さと空腹とが僕を躰の内側と外側から痛めつけた。

「おい」と急に振りかえって傭主の男がいった。「俺は自転車に乗ってひとまず肉を店へ運ぶ。後から自転車を押して帰ってきてくれないか」

「ええ」と僕はうちのめされていった。「いいですよ」

「できたら誰かを迎えによこす」と男は自転車にまたがるために加速しながらいった。そして彼は薄く降りつもった雪の上へ黒っぽい条《すじ》を残しながら走り去って行き、僕は夜更《よふ》けの雪の降っている舗道に躰を濡《ぬ》らしながら取りのこされたのだ。まったくどんづまりへ落ちこんでしまったな、と僕は考えた。まったくひどい所へ落ちこんでしまった。それから僕は、ざらざらした肌《はだ》ざわりの風のように数多くの野犬が群らがって傭主の男を追うために、いまは公然と僕の側を駈《か》けぬけて行くのを見送った。そして僕は重い自転車を引きずりながら打ちのめされ押しひしがれて歩いたのだ。

雪をまいあがらせかきみだしながら、響音をたてる大型の貨物自動車が僕を追いこして行った。僕は傭主の男が重い荷物を載せたまま、うまく自動車を避けることができるかどうか気になったが、それよりも首筋を濡らしべとつかせる融《と》けた雪の寒さに耐えることが最も肝要な関心事なのだった。僕は悲鳴のような音をたてて喘《あえ》ぎながら動きのぎこちない自転車を押して行った。

舗道の左側になだらかな短い傾斜をもつ崖《がけ》をへだてて、低い桑畑が展《ひろ》がり始めるところで、僕は傭主の男の声らしい叫びを聞いた。それはあるいは怒りくるい、あるいは救いをもとめて伝わって来た。僕は自転車を舗道の脇《わき》に倒すと駈け出して行った。

桑畑の淡い雪明りの上で、傭主の男は両腕を振りまわして叫んでいるのだ。そして、彼の足もとには自転車が倒れ、そして結びつけられていた仔牛の肉のかたまりが傍に転がっていた。野犬の群が肉におそいかかろうとするのを傭主の男は腕を振りまわして防いでいるのだ。彼は狂気のように暴れていた。

「おおい、こんちくしょう、こんちくしょう、おおい、早く来てくれ、おおい」と彼は叫んでいた。

僕は短い崖を跳びおりた。桑畑の土はべとべとして靴にからみつき歩きにくかった。

「トラックをよけようとして落ちたんだ」と声を短くとぎらせながら男はいった。

「俺《おれ》の服をみてくれ、泥《どろ》だらけだ」

「自転車を舗道に上げましょう」と僕はできるだけ男に冷淡にいった。

「俺が上げる。あんたは仔牛を見はっていてくれ」

仔牛の下半分だけ荷台から離れて、古い桑の根株の間にころがっていた。それへ中型の赤犬が跳びつこうとするのへ傭主の男がどなりながら足を伸ばした。

「こんちくしょう、このやろう」

下腹を蹴《け》あげられ赤犬は啼《な》きたてながら走り去った。そして傭主は牛の上半身の結びつけられている自転車を起すと崖の傾斜を押しあげようと努力を始めた。僕は仔牛の下半身の上へ屈《かが》みこんだ。下肢《かし》がだらしなく伸ばされ、そこに犬に咬《か》みとられた跡がいくつかあった。そして雪の薄い層がそれをおおっていた。僕は雪をはらいおとし、その下の凍っている脂《あぶら》の膜を爪《つめ》でひっかいて見た。汚れた雪の上に長ながと伸ばされた仔牛の下肢が、僕に始めて動物への感情、優しく涙ぐましい感情をよびおこした。僕は仔牛の持主の子供の不意のすすり泣きを思い出した。僕は唇を嚙《か》みしめて僕をかりたてる衝動に耐えると、仔牛の肉のかたまり、ぐったりと伸びた下半身をかかえあげた。

傭主の男は崖の中ほどで空まわりしている自転車の車輪を押しあげるために悪戦苦闘していた。彼の注意が荷台の肉からそらされるとすぐに野犬の一匹がどこからともなくそれへおそいかかるのだ。男は口汚い言葉を吐きちらしながら犬を追うために足を蹴あげ続け、そのたびに自転車は斜面をずり落ちた。

「おい、黙って見てないで手伝ってくれ」と男が僕へ叫んだが、僕はひとまずさきに牛の肉を舗道へ運びあげる身ぶりをしてみせた。僕には雪でおおわれた仔牛の躰を野犬に喰いつかせるままにすることはできなかった。僕は仔牛の下肢にむしろ親近感さえ感じ始めていたのだ。

「手伝ってくれというんだ」と怒りに眼をきらきらさせて傭主の男が叫んだ。「そいつを放すのが厭《いや》なら、一緒にくくりつけて押しあげたらいいんだ」

僕は仔牛の下肢をかかえて傭主のところまで運んだ。彼が手早くそれを荷台に縛りつける間、僕は重い自転車を支えていなければならないし野犬どもはつい近くで狙《ねら》っているのだ。その荒い呼吸まで聞えて来る。

「あんたは俺たちが、この仔牛同然だと考えているんじゃないだろうな」と急に暗くかげった声で男がいった。「俺は絶対にそういうことは考えないぞ、俺は決して仔牛同然ではないぞ」僕は男のからみつく声を無視して、自転車を押しあげる腕に力をこめた。車体の前半がやっと舗道へ上った時、男が苦痛の呻《うめ》きをあげながら崖をすべり落ち、犬の悲鳴がそれにまといついた。自転車は仔牛を載せたままゆっくり降下し、それを僕一人の腕で支えることは到底できない。野犬の一匹が猛然と肉におそいかかり一片を喰い切った。それへ傭主の男が倒れたまま石を投げつけたが犬は二三米《メートル》後退すると再びたけり狂って反撃して来るのだ。仔牛を積んだ自転車をはさんで、僕と傭主の男は泥まみれになって立ち、そして僕らは犬の群にすっかりかこまれていた。

「おい」と不意におびえにみちた眼を僕に向けて男がいった。「逃げよう、肉を棄《す》てて逃げよう」

逃げよう、肉を棄てて逃げよう、しかし僕らを取りまいた野犬の群はすでに僕らの威嚇《いかく》に反応せず、仔牛の肉よりもむしろ僕らに向って唸り声をあげながら、じりじり迫ってくるのだ。男の声は殆ど悲鳴のように甲高く僕に訴えかけ続けたが、どうすることができよう、犬の群はおびただしく増大して僕らをぎっしり囲み出口を見つけることができない。

「おい、逃げよう、肉を棄てて逃げよう」

第四展示室

「大人になって読んでもトラウマ」

――もう大丈夫と思ったのに……

次の瞬間、
人は何をするかわからないというトラウマ

［アメリカ南部文学棚］

田舎の善人

フラナリー・オコナー

［品川亮 新訳］

〝義足を人に触《さわ》らせたことはなかった。
ほかの人が自分の魂を扱《あつか》うのとおなじくらい丁寧《ていねい》に、
自分で手入れをしてきた。
必ずひとりきりのときに、
自分の視線ですら逸《そ》らし気味にしながら。〟

これは本当にイヤな話です。

スプラッタとか、そういうことではなく、精神にこたえる話です。

いくら『トラウマ文学館』でも、こんなイヤな話を収録しなくてもいいじゃないかという方もおられるでしょう。

でも、この話を無視することはできません。そのことはきっとご理解いただけるでしょう。

とばしてもかまいませんが、いつか読んでみていただければと思います。

フラナリー・オコナー
1925−1964　アメリカの小説家。ジョージア州で育つ。16歳のとき難病で父親を失う。地元の大学を卒業後、アイオワ州立大学の修士号取得。ニューヨーク州に移り、出版社と契約するが、25歳のとき父親と同じ難病を発症。故郷に戻り、39歳で亡くなるまで治療と執筆の生活を送る。作品は南部が舞台で、殺人や暴力を描く。孔雀を飼っていた。短編の名手で、短篇集に『善人はなかなかいない』『すべて上昇するものは一点に集まる』がある。

フリーマン夫人は二つの顔を持っていた。前向きの顔と後ろ向きの顔だ。この二つの顔を使い分けるだけで、どんな人間関係でもこなせた。そしてひとりになると、なんとも言えないあいまいな顔になる。

前向きの顔は、突き進む重量級のトラックのようにゆるぎなかった。視線は決して左右にぶれることがない。ただ、話の流れが変わるときにだけ、目玉がそれに合わせて動くのだ。まるで、トラックが車道の黄色いセンターラインにそって曲がるように。

もう一つの後ろ向きの顔の方を使うことはほとんどなかった。一度自分の言ったことを引っこめることは、まずなかったからだ。でもたまにそんなことが起こると顔はこわばり、黒い両眼だけがかすかに動いて、落ちくぼんでいくように見えた。フリーマン夫人の心はどこかに行ってしまって、もうその場にはいないのだ。身体は、積み上げた穀物の麻袋みたいにハッキリ目の前に存在しているというのに。

こうなると、何を言っても無駄だとホープウェル夫人はあきらめてしまう。どんなに頑張《がんば》ってまくし立てても、フリーマン夫人に間違いを認めさせることはできないのそだ。その場に突っ立ったままでいるか、やっと口を開かせたとしても「あたしゃ、そうだともそうでないとも言ってませんけどね」みたいなことを言うのがせいぜいだった。さもなければ、台所の棚のいちばん上に並んでいるほこりまみれの瓶《びん》をじろりと眺め回して、「おや、去年漬《つ》けたイチジクはほとんど食べなかったんですね」などと言い出すこともあった。

朝食の時に台所でおしゃべりするのが、二人にとって一日でいちばん大切な仕事だった。

ホープウェル夫人は毎朝七時に起きて、自分とジョイの部屋のガス暖房機に火を点《つ》ける。ジョイというのは、彼女の娘だ。金髪で大柄、片足が義足だった。三十二歳になるうえ高い学歴を持っていたが、ホープウェル夫人からすると子どもでしかなかった。

ジョイは、母親が朝食をとっている時間に起き出す。そしてどしんどしん音を立てて浴室に向かい、バタンと扉を閉めるのだった。そうするとまもなくフリーマン夫人が勝手口に姿を現す。「お入りなさい」という母親の声がジョイにも聞こえた。それからしばらくの間、低い声でおしゃべりが続くのだが、そこのところは浴室からでは聞き取れなかった。

ジョイが台所にやってくるころにはお天気の話が終わっていて、たいていフリーマン夫人の二人の娘の話になっている。グライニーズとキャラメイのことだ。ジョイは、グリセリンとキャラメルと呼んでいた。グライニーズは赤毛の十八歳で、熱心なファンがたくさんいた。金髪のキャラメイはまだ十五歳だったが、すでに結婚していて妊娠中だ。何を食べても吐《は》いてしまう。キャラメイが嘔吐《もど》した回数を報告するのが、フリーマン夫人の朝の日課だった。

グライニーズとキャラメイはほんとうに素晴らしい。そう話して回るのが、ホープウェル夫人は好きだった。それから、フリーマン夫人は立派な女性で、どこに連れて行って誰に紹介しても恥ずかしくないと語った後で、フリーマン家の人たちを雇《やと》い入れることになったいきさつを披露《ひろう》するのがいつものお決まりだった。一家に出会い、かれこれ四年のつきあいにまでなったのは、まさに天からの賜物《たまもの》。これほど長くいてもらってるのは、彼らが人間のクズじゃないからなんですよ。田舎の善人なんです。

身元を照会する先として名前の挙《あ》がった男に電話をかけたときには、フリーマン氏は立派な農夫だが、かみさんのほうはひどいせんさく好きだと聞かされたものだった。「何にでも首をつっこまなきゃ気がすまないんです」と男は語った。「なにかが起こったとき、あの女がすぐに飛んでこなきゃ、どっかで死んでるって思って間違いない。

おたくの家のことをすみからすみまで知りたがるでしょうよ。旦那のほうはいいんですけどね」と続けるのだった。「あたしも女房も、あの女だけはもうこれ以上我慢できないって気持ちになったんですよ」そう聞いて、ホープウェル夫人は、何日間かいやな気分になった。

ほかに候補者もいなかったので、結局雇《やと》うことにしたわけだが、フリーマン夫人の扱《あつか》い方については最初から決めていた。何にでも首をつっこみたがる人間なら、何でも包み隠さず見せてやればいい。家の中のこと全てを任《まか》せて、全てのことに責任を持たせるのだ。

ホープウェル夫人自身にはこれといって欠点がなかったが、他人の欠点を建設的に活用する能力を持っていた。そのおかげで、フリーマン一家を四年間も雇い続けることになった。

「完璧なものなんてありませんよ」これが、ホープウェル夫人の好きな言葉のひとつだった。もうひとつは、「人生なんてそんなもの」それからもうひとつ、いちばん大切な言葉がある。「意見なんてひとそれぞれ」たいていは食卓で、まるで自分が最初に思いついたような顔で口にする。そんなとき、大柄でむっくり太ったジョイは、氷のように冷たいブルーの目を、ただちょっと脇《わき》にそらす。いつも怒っているせいで、彼女の顔からは、あらゆる表情が拭《ぬぐ》い取られてしまったようだった。意志の力で自ら盲目になり、二度と決して何も見ないぞ、と心に決めた人を思わせた。

「人生なんてそんなものよ」とホープウェル夫人が言うと、

「あたしはいつもそう言ってるんですよ」とフリーマン夫人が応《こた》える。知らないことは何一つないのだ。

頭の回転は、フリーマン氏よりも早かった。雇い入れてからしばらくした頃、ホープウェル夫人は、「あなたは車輪を動かすための歯車みたいなものね」と言ってウィンクしてみせたことがある。「そうなんです。あたしゃすばしっこいんです。世の中にはすばしっこい人ってのがいるんですよ」というのがフリーマン夫人の答えだった。

「いろんな人がいますからね」とホープウェル夫人が言う。

「そう、人それぞれなんですよ」とフリーマン夫人が応える。

「いろんな人がいるおかげで世の中が回るのね」

「あたしはいつもそう言ってるんですよ」

ジョイは、この手の朝の会話には慣れっこになっていた。昼食の時はもっと長いし、時には夕飯の時にまで続くこともあった。

客がいないと、食事は台所ですますのが常だった。その方が簡単だからだ。

フリーマン夫人はいつでも食事の最中にやって来て、みんなが食べ終わるのを眺《なが》める。夏には戸口に立つが、冬には冷蔵庫に肘《ひじ》をのっけて、食卓を見下ろした。あるいは、スカートの後ろをちょっと持ち上げて、ガス暖房機のそばに立つこともある。たまには、壁に寄りかかって頭を右に左に傾けたりもした。そうやってだらだらしていくのだ。

そうしたことすべてが、ホープウェル夫人をいらだたせた。だがなにしろ鋼《はがね》の忍耐力を持つ女性である。完璧なものなどこの世にはないわけだし、フリーマン家の人々は田舎の善人たちなのだ。今どき、田舎の善人を見つけたら決して手放してはいけない。

人間のクズならよく知っていた。フリーマン家の前にいた雇い人たちには、平均して一年で暇を出してきたのだ。あまり長くは、そばに置きたくない連中だった。大昔に夫を亡くしたホープウェル夫人には、一緒に畑仕事をしてくれる人が必要だった。ジョイに手伝わせてみると、ひどい悪態をついてむっつりふさぎこむので、とうとうホープウェル夫人は「楽しくできないなら、もうついて来ないでちょうだい」と言い放つことになった。それに対してジョイは四角くこわばった肩を怒らせ、首をほんの少し前に突き出して答えたものだった。

「手伝えって言うなら、わたしを受け入れてよ。これがわたしなの！」

こういう態度も足のせいなのだ。そう考えて、ホープウェル夫人はジョイを許した（ジョイは狩猟事故で撃たれ、十歳のときに片足を失ったのだ）。娘がもう三十二になっていて、かれこれ二十年も片足で生きてきたことを意識するのはつらい。ジョイのことをまだ子どもだと考えるのは、そうしないと心を引き裂かれるからだった。太った哀れな三十女が、一度もダンスのステップを踏んだことがなくて、あたりまえの楽しい生活をなにひとつ経験していないなんて。

ジョイというのは本名だった。だが、二十一になるやいなや家を出て、正式な改名の手続きをしていた。きっと考えに考え抜いて、ありとあらゆる言葉の中で最も醜《みにく》い名前を見つけ出したに違いないとホープウェル夫人はにらんでいた。かつてジョイという美しい名前を持っていた娘は、家を飛び出してそれを捨てた。ホープウェル夫人がそのことを知ったのは、手続きが終わってからのことだった。今や、ハルガというのが戸籍上の名前なのだ。

ホープウェル夫人にとってその名前の響きは、戦艦の大きくて空っぽな船体を思わせた。だからハルガと呼ぶことはなかった。娘のことをジョイと呼び続け、娘の方はそれに対してただ機械的に返事だけをするのだった。

ハルガは近頃、どうにかフリーマン夫人を許せるようになっていた。彼女がいれば、母親と散歩をしなくてすむ。それにグライニーズとキャラメイですら役に立った。二人のおかげで、自分に注意が向かなくなったからだ。

最初のうちは、フリーマン夫人にがまんならなかった。どんなにいやな態度をとっても、彼女にはなんの効き目もなかったからだ。なにしろ、面と向かって攻撃したり、はっきりとにらみつけたり、露骨《ろこつ》にいやな顔をしても、ちっとも気にする様子がないのだ。そのくせフリーマン夫人は、不思議なことで腹をたてた。何日もむっつり不機嫌なままでいることがあっても、何が気に障《さわ》ったのかはっきりしなかった。

そうしてある日、フリーマン夫人は、いきなりハルガと呼び始めた。

ホープウェル夫人の前でそう呼ぶことはなかった。怒るとわかっていたからだ。そのかわり、たまたま二人だけで家の外を歩いているときに、何か話した後で最後に「ハルガ」と付け足した。メガネをかけた大柄のジョイ／ハルガは、まるでプライバシーを侵害されたみたいに顔をしかめて真っ赤になった。名前のことは、きわめて個人的な問題だと考えていたのだ。

そもそもは醜《みにく》い響きの名前を探していて見つけたものだったが、それがあまりにもしっくりくるので感動したのだった。汗まみれの醜いヴァルカン*のイメージが浮かんだ。鍛治場の中にいて、呼ばれれば女神**も彼のもとにやってこなければならない。この名前こそ、自分で生み出した最高の創造物だと思った。

母親がジョイ***という名の娘を産んだという事実を否定できたのも大きな勝利だったが、もっと素晴らしいのは、その母親の身体から生まれ出た彼女自身が、自分をハルガに変えたということだった。

それなのに、フリーマン夫人がその名前を使いたがるのには、とにかくうんざりした。夫人の小さく輝く両眼が鋼《はがね》のように鋭くハルガの顔面を貫《つらぬ》き、その奥深くに隠された真実にまで到達したかのように感じられた。ハルガのなにかがフリーマン夫人の心を惹《ひ》きつけていたのだ。

そしてある日、それが義足であることに気づいた。フリーマン夫人は、人には言えない感染症、隠されている身体的欠陥、児童虐待といったものに目がなかったのだ。病気の中では、なかなか完治しないものや不治の病が特に好物だった。

*ギリシャ神話における火と鍛冶（かじ）の神ヘパイストス。ローマ神話ではウルカヌスと呼ばれる。ヴァルカンはその英語名。
**ギリシャ神話における女神アフロディーテは、ヘパイストスと結婚する。
***ジョイ（Joy）には「喜び」の意味がある。

ホープウェル夫人が、狩猟事故のことをフリーマン夫人に詳しく話して聞かせるのを耳にしたことがある。足は文字どおり吹き飛ばされたのだが、それでもハルガは気絶しなかった。フリーマン夫人は、何回その話を聞いても、つい一時間ほど前に起きたばかりの出来事のように堪能《たんのう》した。

毎朝ハルガは、どしんどしん音をたてて台所にやって来る（ほんとうはあんなにひどい音を立てなくても歩けるのに、わざとああやってるのだと、ホープウェル夫人は確信していた。それほどまでに耳障《みみざわ》りな音だったのだ）。そして二人をじろりとにらむだけで何も話さない。

ホープウェル夫人は赤い部屋着を羽織《はお》り、ぼさぼさの髪を頭の上でまとめている。食卓で朝食を食べ終わろうとしているところだ。フリーマン夫人はといえば、冷蔵庫の上に片方の肘《ひじ》をつき、身体を前方に乗り出して食卓をのぞき込む姿勢になっている。ハルガはいつもゆで卵を作った。その間、腕を組んで火の前にぼうっと立つ。ホープウェル夫人は、フリーマン夫人の方に顔を向けながらも、ちらちらと娘の様子をうかがった。そうして、あの子もあんなに陰気じゃなければ、あそこまで不細工には見えないはずなのに、と考える。顔立ちそのものにおかしなところはないのだから、かんじのいい表情をすればいいだけなのよ。ものごとの良い面だけに目を向ける人は、顔立ちに関係なく美しく見えるもの、と話したこともある。

ジョイのことをそんなふうに考えはじめると、博士号なんか取らないほうがよかったのではないか、とつい思ってしまう。あんなもの持ってても魅力を引き立ててくれないうえに、もうこれ以上学校に行く理由もなくなってしまった。ホープウェル夫人も、女子が学校に行くのは良いことだと考えていた。しばらくの間楽しい時間を過ごしたらいいのだ。でもジョイの場合は、教育課程を最後までやり遂《と》げてしまった。まあ、どちらにしろ、もう一度学校に戻る体力は残っていないだろう。最高の医療を受ければ、四十五歳まで生きられるかもしれないというのが、医者たちの診断だった。心臓が弱いのだ。

「病気のことさえなければ、今頃、こんな赤茶けた丘と〝田舎の善人たち〟なんかから は遠く離れて暮らしてたのに」ジョイはかつて、はっきりとそう宣言したことがある。「大学に残って、同じ知的水準の人たちを相手に講義をしていたはずなんだから」

ホープウェル夫人は、その様子を鮮明にイメージすることができた。かかしのようなかっこうのジョイが、同じような連中相手に講義をしている姿だ。

ここでのジョイは、一日中同じ服でうろうろしている。六年前から変わらないスカートを穿《は》いて、色あせたカウボーイの絵柄が付いた黄色いセーターを着ている。ホープウェル夫人からするとおかしなかっこうだった。バカみたいだし、「わたしはまだ子どもです」とふれ回っているのと同じではないか。頭は良いのにセンスのかけらもない。年を追うごとに変わり者になっていくように見えた。どんどんジョイらしさが増していくのだ。太っていて、無作法で、意地が悪い。それに、言うことだってすごく変だ。

食事の最中、何の前ぶれもなくいきなり立ち上がったかと思うと、自分の母親に向かってこんな言葉を浴びせたことがある。顔は紫色になり、口の中には食べ物が詰まっていた。

「ちょっと！　自分の内面ってものを見つめたことないの？　内面を見つめれば、自分がそんな人間じゃないってわかるでしょ？　ほんとにもう！」そう叫んで腰を下ろし、皿を見つめながら続けた。「マルブランシュ*は正しかった。人は、自分を照らす光にはなれない。自分のことなんかなにもわからないんだわ！」

ホープウェル夫人は今日にいたるまで、ジョイがなぜあんなことを言い出したのか見当も付かなかった。そこで、ジョイの心にも届くことを願いながら、こんな言葉を口にするにとどめた。

「笑顔は大切よ」

娘は哲学の博士号を持っていた。そのことが、ホープウェル夫人を途方《とほう》に暮れさせた。「娘は看護婦なの」とか、「学校の先生なの」だったら人様に言える。あるいはせめて「化学技術者なの」とか。でも、「娘は哲学者なの」なんて言うのは無理だった。哲学者なんて、古代ギリシャやローマの時代の存在ではないか。

ジョイは日がな一日深々と椅子に腰かけ、背もたれに首をのせて本を読んでいた。時々は散歩に出かけることもあったが、犬も猫も鳥も花も自然も、感じのいい若者も好きではないのだ。若く感じの良い男を見かけると、バカの匂いが嗅《か》ぎ分けられるとでもいうような顔をした。

ある日ホープウェル夫人は、娘が置きっぱなしにしていた本**を手に取って、てきとうなところを開いて読んでみた。

「一方科学は、いつでも冷静かつ真剣であると主張し続け、関心の対象はただひとつ、《存在するもの》であることを宣言しなければならない。無は、科学にとって、恐怖

＊十七〜十八世紀に生きたフランスの哲学者でカトリック司祭のニコラ・ド・マルブランシュ。精神と身体の間に直接的な相互関係はなく、すべての現象の真の原因である神が、精神あるいは身体のどちらか一方をきっかけとして、もう一方に働きかけるとする「機会原因論」を主張した。
＊＊哲学者ハイデガーによる『形而上学とはなにか』。

と幻影以外のなにものであり得るだろうか。科学が正しいとすれば、堅固《けんご》に確立されることがひとつある。すなわち、科学は無について何も知ろうとはしない、ということだ。これこそが結局のところ、無を探求するための厳密に科学的な方法なのである。無についてなにも知ろうとしないことによって、我々は無を知ることになる」

青鉛筆で下線が引いてあった。ホープウェル夫人には、わけのわからない言葉で書かれたなにやら邪悪な呪文のように思えた。バタンと本を閉じると、ゾッと悪寒《おかん》が走ったようにあわてて部屋を出ていった。

今朝、ハルガが姿を現すと、フリーマン夫人はちょうどキャラメイの話をしているところだった。「晩ご飯のあと四回も嘔吐《もど》したんですよ」と彼女は言った。「それに、夜中の三時を過ぎてから二回も起きたりして。昨日は一日中、たんすの中身をかきまわしてました。ただ突っ立って、服をあれこれぼんやり眺めてたんです」

「ちゃんと食べなきゃね」ホープウェル夫人はそうつぶやいて、コーヒーをすすりながら、コンロの前に立つジョイの後ろ姿を眺《なが》めた。この子、聖書の訪問販売員にどんなことを話したのかしら。あの若者とどんな会話が成立するのか、夫人には想像がつかなかった。

青年は長身で痩《や》せていて、帽子をかぶっていなかった。昨日、聖書を売りに立ち寄ったのだ。戸口に姿を現した彼は、大きな黒い鞄《かばん》を抱《かか》えていた。それが重すぎるせいで、ドア枠に寄りかかってバランスを取らなければならなかった。今にも倒れ込みそうだったが、

「おはようございます、シーダーズさん！」

と陽気な声を上げると、玄関マットの上に鞄を下ろした。きれいな顔立ちをしていたが、スーツは安っぽい青色だったし、黄色い靴下がずり下がっていた。顔は骨張っていて、ぎとぎとした髪の毛がひとすじ額に垂れていた。

「私はホープウェルですよ」

「えっ」と青年は言った。困ったような表情を浮かべようとしていたが、両眼はキラキラ輝いていた。「郵便受けにシーダーズ家って書いてあったから、てっきりシーダーズ夫人かと思いました！」

そう言って、気持ちの良い笑い声を上げた。荷物を持ち上げると、ふうと息を吐きながら倒れるようにして玄関ホールの中に足を踏み入れた。まるで鞄《かばん》のほうがさきに動いて、彼をぐいっとひっぱりこんだようだった。

「ホープウェルさん！」そう言うと夫人の手を握り、「ごきげんいかがですか」とまた笑った。そして突然真顔になったかと思うとちょっと動きを止めて、じっと夫人の

目を見つめた。「まじめなお話がしたくてうかがったんです」

「なら、お入りなさいな」夫人は低い声で応《こた》えた。まったく気に入らなかった。なにしろ食事がもうほとんどできているのだ。

青年は居間に入ると、細長い椅子の端に腰かけた。それから鞄《かばん》を両脚の間にはさみ、部屋の中を見渡す。夫人の値踏みをしているようだった。二台の食器棚の中では、銀食器が光っている。こんなに上品な部屋には入ったことないんだわ、と夫人は決めつけた。

「ホープウェルさん」と青年は口を開いた。親しくしている人の名前を呼ぶような響きだった。「キリスト教徒のつとめを信じてらっしゃいますね」

「ええ、そうね」

「だと思いました」そう言い、いったん言葉を切った。首を片方に傾けると、とても賢く見えた。「あなたはすばらしい女性です。友人たちがそう教えてくれたんです」

ホープウェル夫人は、バカ扱《あつか》いされることだけはがまんならない。それで、「なにを売ってるの?」と尋《たず》ねた。

「聖書です」そう言ってから、部屋中に視線を走らせる。「この部屋には聖書がありませんね。それだけが残念な点です!」

「娘が無神論者なので、居間に聖書を置けないのよ」とは言えなかった。すこし体をこわばらせて、「聖書はベッド脇に置くことにしているのよ」と答えた。ほんとうのことではなかった。屋根裏部屋のどこかにあるはずだった。

「おくさん」と青年は言う。「神の言葉は居間に置くべきです」

「あら、それは好みの問題よ。わたしが思うに……」と言いかけると、

「いいですか」と青年は切り返した。「キリスト教徒なら、神の言葉をすべての部屋に置いておくべきなんです。心の中はいうまでもなく。あなたはキリスト教徒ですね。お顔を拝見すればわかります」

ホープウェル夫人は立ち上がり、「言っときますけどね、聖書は買いませんよ。それに、食事が焦《こ》げはじめているみたいなの」と言った。

青年は立ち上がらなかった。そのかわりに、両手をもじもじさせながらうつむき、やさしく言う。

「なるほど。ではお教えしましょう。今どき、聖書を買う人はほとんどいません。それに、ぼくは賢くありません。気の利《き》いた言い方はできませんし、すぐに言いたいことを言ってしまうタイプの人間なんです。ただの田舎者ですからね」そうして夫人のよそよそしい顔を見上げた。「あなたのような方は、ぼくみたいな田舎者とかかわり

あいになるのがいやでしょう！」

「あら！」夫人は声を上げた。「田舎の善人こそ地の塩ですよ！＊ それに、人にはみなそれぞれの生き方があって、いろんな人がいるからこそ世の中が回る。それが人生というものよ！」

「そのとおりです」と青年は言った。

「ほんと、世の中には田舎の善人が少なすぎるんだわ」と夫人が興奮して言う。「それが問題なのよ」

青年の顔がぱっと輝いた。

「自己紹介をしていませんでしたね。ぼくは、マンリー・ポインターです。ウィロホビーの近くで育ちました。名もない土地です」

「ちょっと待っててちょうだい」と夫人は言った。「食事の様子を見てこなくちゃ」

台所に入ると、ドアの近くにジョイが立っていた。会話を聞いていたのだ。

「〝地の塩〟を追い払って」と彼女は言った。「昼ご飯にしよう」

ホープウェル夫人は不機嫌に娘を見やり、野菜の火を弱める。

「私には、そんな失礼なことはできません」そうささやき、居間に戻った。

青年は鞄《かばん》を開き、両膝《ひざ》に一冊ずつ聖書を置いて座っていた。

「もうお片付けなさい」と夫人は言って聞かせた。「私はいりませんから」

「正直におっしゃってくださって、ありがとうございます」彼は言った。「よっぽど人里離れた田舎まで行かなきゃ、今日日《きょうび》正直な人になんかお目にかかれませんからね」

「そうね」と夫人は言う。「ほんとうに純粋な人は少ないわね！」

ドアのすき間からうなり声が聞こえた。

「大学の学費を稼いでるんですって言う連中がたくさんやって来るんでしょうね」と青年は続けた。「でも、ぼくはちがいます。どういうわけか、大学には行きたくないんですよ。キリスト教徒のつとめに人生を捧《ささ》げたいんです。実はね」と声を低くして、「心臓に問題があるんです。長生きはできないんですよ。病気を抱《かか》えてて、長生きできないってわかってたら、ねえ……」青年は口を閉じずに、じっと夫人を見つめた。

ジョイと同じ病気だなんて！　涙がこみ上げてきた。それをなんとかこらえて、早口にささやく。

「食事をしていらしたら？　そうしてもらえるとうれしいわ！」そう言ってすぐに後悔した。

＊新約聖書の「マタイ福音書」に登場する言葉。社会や人の模範や手本のたとえ。

「はい」青年はまごつきながらもそう答えた。「もちろん、よろこんでそうさせていただきます!」

ジョイは青年を紹介されると、ちらっと目を向けただけで、最後まで黙ったまま食事を続けた。彼の方に顔を向けることはなかった。青年が何回か言葉をかけたのに、聞こえないふりをしたのだ。

ジョイはいつもそんなふうだった。だがホープウェル夫人には、どうして娘がそういうあからさまな無作法をするのか、理解できなかった。それでいつも、ジョイの非礼を埋め合わせするためには、自分が精一杯歓待しなくてはならない、という気分になったのだ。

自分のことを話すよう、しきりに青年をうながし、彼のほうもそれに応《こた》えた。

十二人兄弟の七番目に生まれ、父親は彼が八歳の時に木の下敷きとなった。ひどいありさまで、身体がほとんど二つにちぎれていた。誰なのかわからないくらいだった。母親は身を粉にして働き、子どもたちをきちんと日曜学校に通わせ、毎晩聖書を読ませた。今、彼は十九歳で、聖書を売り始めて四カ月になる。これまでに七十七冊売った。あと二冊、買ってくれるという約束を取り付けてある。

青年は宣教使《せんきょうし》になりたかった。それがいちばん人のためになることだと考えたからだ。

「命を失う者はそれを見いだすのです」[＊＊]と彼は言った。飾り気なく誠実で、真摯《しんし》で真剣に聞こえた。ホープウェル夫人は、ほほえみかけることさえためらわれた。

青年は、エンドウ豆が皿からこぼれ落ちないように、パンを置いてせき止めた。そして食べ終わると、そのパンで食器をきれいに拭った。ジョイは、青年がナイフとフォークを扱《あつか》う様子を横目で観察していた。ホープウェル夫人にはそれがわかった。そして青年のほうもまた、何分かおきに値踏みするような鋭い視線をジョイに向けた。まるで彼女の注意を引きたがっているようだった。

昼食を終えたジョイは、皿をかたづけてから食堂を出た。

ホープウェル夫人は、青年と二人きりになった。彼は再び子ども時代の話をし、父親の事故やそのほか我が身に起きたいろんなことについて語った。五分かそこらおきに、ホープウェル夫人はあくびをかみ殺した。

「町で用事があるからそろそろ行かなくちゃ」と夫人が告げるまで、青年はそのまま

＊キリスト教会の教育事業。日曜日に子どもたちを集め、宗教教育をする。

＊＊「マタイ福音書」に登場する一節、「自分の命を見いだす者はそれを失い、わたしのために自分の命を失う者はそれを見いだすだろう」を部分的に引用したもの。

二時間、立ち上がろうとしなかった。

聖書を鞄《かばん》にしまい、お礼を言い、出て行きかけたところで青年は立ち止まり、夫人の手をぎゅっと握った。そして、「これまであなたほど親切な女性には会ったことがありません」と言い、「またお邪魔してもいいですか」と尋《たず》ねた。

夫人は、「いつでも歓迎ですよ」と答えた。

重い荷物のせいで片方にかしいだ青年が玄関前の階段を下りていくと、少し離れたところにジョイが立っていた。遠くにある何かを見ているようだった。彼は、ジョイのところまで歩くと、真正面に立った。ホープウェル夫人には、何を話しているのかまでは聞き取れなかったが、ジョイが何を言い出すのかと震える気持ちで見守った。少ししてからジョイが何か言い、青年が再び話し始めるのが見えた。興奮した様子で、空いている方の手で身振りを交えている。そして驚いたことに、ホープウェル夫人の目の前で、二人は連れ立って門のほうへと歩き始めた。

ジョイは、門のところまで青年を見送った。その間、二人がどんな言葉を交わしたのか、ホープウェル夫人には想像もつかなかった。いまだに、そのことについて聞けないでいる。

フリーマン夫人は、うわの空で聞き流すのを許さなかった。冷蔵庫から暖房のところに移動した。そうすると、ホープウェル夫人も彼女の方に顔を向けざるを得ない。そうしなければ、聞き流しているのがばれてしまうのだ。

「グライニーズが、昨夜またハーヴィー・ヒルとデートに出かけたんですよ」とフリーマン夫人は言った。「ものもらいができてるくせにね」

「ヒル」とホープウェル夫人は気もそぞろに言う。「それって、自動車修理工場で働いている人かしら」

「いいえ。カイロプラクティックの学校に通ってる子ですよ」フリーマン夫人は言った。「娘はものもらいができて、もう二日になるんです。それで、この間の晩うちまで送ってもらったときに、『そのものもらい、とってやろうか』ってハーヴィーが言い出したんです。娘が『どうやって?』って尋《たず》ねると、『車のシートに寝転がってみなよ』って言うもんで、娘はそのとおりにしてみたんですよ。そしたらハーヴィーが娘の首をポキッと言わせて、やめてって頼むまで続けたんだそうです。今朝起きてみたら」とフリーマン夫人は続けた。「ものもらいがなくなってるじゃないですか。あとかたもないんですよ」

「そんな話、聞いたことないわ」ホープウェル夫人は言った。

「娘にね、結婚を申し込んできたんです。役所で式を挙げようって」フリーマン夫人は続けた。「でもね、娘は役所なんかじゃイヤだって断ったんですよ」

「そりゃそうよ、グライニーズは良い子ですもの」ホープウェル夫人は言った。「グライニーズもキャラメイも、二人とも良い子だわ」

「ライマンは、うちのキャラメイとの結婚式は神聖なかんじがしたって言ったらしいんですよ。娘から聞いたんですけどね。五百ドルやると言われても、説教師にあげてもらう結婚式には代《か》えられないって言ったんだそうです」

「いくらだったらいいの？」コンロのところにいるジョイが尋《たず》ねた。

「五百ドルもらってもイヤだって言ったんですよ」フリーマン夫人は繰《く》り返した。

「さあ、みんな仕事にかかりましょう」ホープウェル夫人が言った。

「ライマンに言わせりゃ、とにかく神聖な感じがしたってことです」フリーマン夫人は言った。「お医者に言わせればね、キャラメイはプルーンを食べるべきなんです。薬よりいいんだそうで。腹痛は圧のせいだって言うんです。何の圧力か、わかるでしょ？」

「あと一〜二週間で良くなるわよ」ホープウェル夫人が言う。

「卵管の圧力ですよ」フリーマン夫人は続ける。「でなきゃ、あんなに気分が悪くなるはずないんです」

ハルガは卵二つの殻《から》をむいて皿にのせ、こぼれそうなほどいっぱいに注いだコーヒー・カップと一緒に食卓に運んでくる。慎重に腰を下ろすと、食べ始めた。そして、フリーマン夫人が立ち去ろうとするたびに質問を投げかけては、その場に引きとめるのだった。

母親の視線が自分に向けられているのはわかっていた。二人きりになったらすぐに、あの聖書の訪問販売員について、遠回しの質問を繰り出すに決まっている。それは避けたかった。それで、

「どうやって首をポキッていわせたの?」と訊《き》いた。

フリーマン夫人は、どうやってハーヴィーがグライニーズの首をポキッといわせたのかについて、詳しい説明をはじめた。

ハーヴィーは、五十五年型マーキュリーに乗っているのだそうだ。だがグライニーズにしてみれば、三十六年型のプリマスしか持っていない男だとしても、説教師に結婚式をあげてもらいたいと考えるような男なら、むしろそちらと結婚したいのだという。

「じゃあ、三十二年型プリマスを持ってたとしたらどうなの?」とハルガが尋《たず》ねる。

「グライニーズは三十六年型プリマスって言ったんですよ」というのがフリーマン夫

人の答えだった。

「グライニーズみたいに常識のある娘《こ》はまれよ」とホープウェル夫人は話す。「常識のある子には、ほんとうに感心させられます。それで思い出したけど、昨日はかんじの良いお客さんが見えたんですよ。聖書を売り歩いている若者だったの。ほんと」と彼女は続けた。「話は死にそうなほど退屈だったのに、とっても誠実で純粋なの。失礼な対応なんてできなかったわ。あの子は田舎の善人です。わかるでしょ。地の塩なのよ」

「その人がやって来るのは見てましたよ」フリーマン夫人は言った。「しばらくして、出てくのも見えました」

ハルガは、フリーマン夫人の声の調子が少しだけ変化したのを感じた。彼はひとりで立ち去ったわけじゃないでしょ？　というほんのかすかなほのめかしがあった。ハルガは無表情のままだったが、首がピンク色に染まった。その色を、スプーンで食べている卵の一口一口によってむりやり呑《の》み込んでいるように見えた。フリーマン夫人は、まるで秘密を共有しているような視線で、ハルガのことを見つめた。

「いろんな人がいるおかげで世界が回っているのよ」ホープウェル夫人が言った。「みんなおんなじじゃなくてほんとうに良かったわ」

「おなじような人たちもいますけどね」とフリーマン夫人が言う。

ハルガは立ち上がり、どたんばたんと自分の部屋に戻ってドアの鍵をかけた。ふだんの倍くらいの音量だった。

聖書の訪問販売員とは、午前十時に門のところで待ち合わせをしていた。

ハルガは昨夜、夜中過ぎまでそのことについて考えた。はじめはとんでもない冗談なんだと思えたが、だんだんと深い意味があることのように感じられてきた。二人の間で昨日交わされた会話を、ベッドに寝転がったまま一つひとつ思い浮かべた。表面上はばかげているけれど、実は聖書の訪問販売員になんか思いもよらない深みに達していたのだと想像してみる。昨日の会話は、たしかにそんなかんじだった。

あのとき、青年は彼女の前で止まり、そのまま立ち尽《つ》くした。顔は骨張り汗まみれで、ギラギラ光っていた。顔の中心に小さくとがった鼻があり、食卓で見たのとは違う目つきをしていた。好奇心むきだしの視線だ。動物園で変わった動物を見てうっとりしている子どものようだった。そして、息づかいが荒かった。まるで彼女のところにたどり着くために、長い距離を走ってきたみたいに。

その目つきは、なんとなくなじみがあった。だが、どこでそんな視線を向けられたのか、思い出せなかった。

まるまる一分近く、青年は黙ったままだった。それから、息をのむようにしてささやいた。

「生まれて二日のひよこを食べたことありますか？」

彼女は青年を冷ややかに見つめた。もしかすると、哲学談義をするときのためにこの質問を準備していたのかもしれない。少し間を空けてから、「ええ」と答えた。まるで、ありとあらゆる角度から考え抜いたように。

「ものすごくちっちゃいんでしょうね！」青年はうれしそうに言った。それから、神経質なくつくつ笑いで全身を震わせる。顔は真っ赤になり、やがて尊敬のまなざしでハルガをじっと見つめた。その間、彼女の表情は微塵《みじん》も動かなかった。

「おいくつですか？」青年はやさしく尋《たず》ねた。

しばらく黙ったあと、感情のこもらない声で答えた。「十七」

小さな湖の水面のさざ波のように、青年のほほえみが戻ってきたり消えたりした。「木製の足なんですね」と彼は言った。「あなたには勇気があると思います。それにとってもやさしい人だと思います」

彼女は無表情なまま、じっと黙って立っていた。

「門のところまで送ってくださいよ」と青年は言った。「あなたは勇気があってやさしくてかわいい人です。部屋に入ってきた瞬間から好きになりました」

ハルガは歩き始めた。

「名前は？」彼女の頭のてっぺんに向かってほほえみかけながら、そう訊《き》いた。

「ハルガ」と答えた。

「ハルガか」青年はささやき、「ハルガ、ハルガ。ハルガっていう人にははじめて会ったな。ハルガ、あなたははずかしがりやさんでしょ？」と尋《たず》ねた。

青年の大きく赤い手が、巨大な鞄《かばん》の取っ手を握りしめている。それを眺《なが》めながら、彼女はうなずいた。

「メガネをかけた女の子が好きなんです」と彼は言った。「ぼくはいろんなことを考えてます。まじめに物事を考えたこともないような連中とは違うんです。ぼくは死ぬかもしれないから」

「わたしも死ぬかもしれないの」突然そう言って、彼女は青年を見上げた。彼の目はとても小さく茶色で、熱っぽくきらめいていた。

「ねえ」と青年は言う。「共通点やなんかに引きつけられて出会う人たちって、いると思いませんか？まじめにいろんなことを考えている者同士とか」

鞄《かばん》をもう片方の手に持ちかえて、ハルガに近い方の手が空くようにした。そして彼女の肘《ひじ》のあたりをつかむと、かるく揺《ゆ》すった。

「ぼく、土曜日は働かないんです。森を散歩して、母なる自然に触れたいと思ってるんです。丘の向こうのずっと先の方で、ピクニックとかしたいなって。明日一緒にピクニックしましょうよ。ハルガ、お願いです」

そう言って死にそうな目つきで彼女を見つめた。今にも身体の中からなにかがあふれてこぼれ落ちそうだった。全身が、彼女の方に向かって倒れかかってきそうだった。

その夜ハルガは、青年を誘惑する自分の姿を想像してみた。裏の原っぱを抜けて、その向こうにある納屋まで二人で歩いて行くのだ。あそこでなら簡単に誘惑できる。実際にそういうことになったら、後になって青年は良心の呵責《かしやく》を感じるだろう。そのときのことを考えておかねばならない。ほんものの天才は、人を思想へと導くことができるのだ。たとえ相手が劣った知性の持ち主であっても。青年の中から良心の呵責を取りだしてやり、それをより深い人生の理解へと結びつけてやる。羞恥心《しゅうちしん》をすべてとりのぞき、なにか役立つものに換《か》えてやるのだ。

十時ぴったりに家を出た。ホープウェル夫人には見つからないですんだ。食べ物は何も持ち出さなかった。ピクニックには食べ物がつきものということは忘れていた。スラックスに、汚《よご》れた白シャツ姿だった。出る直前に思いついて、鼻をすっきりさせるためのメンソールの香りの吸引剤を、襟《えり》にちょっとふりかけた。香水を持っていなかったからだ。

門のところには誰もいなかった。

空っぽの通りを右に左に見わたして、怒りがわいた。だまされた。会おうというのを餌《えさ》にして、ただむだにここまで出てこさせるのが目的だったんだ。

すると、突然青年が立っていた。反対側の土手の先にある茂みから、背の高い姿を現したのだ。にこにこしながら、真新しいつば広帽子を持ち上げた。昨日はかぶっていなかった。今日のために買ったのかしら、とハルガは考えた。トースト色で、赤と白の帯が巻かれていた。ほんのすこしだけ、青年には大きすぎる。

茂みから歩み出てくると、その手にはまだあの黒い鞄《かばん》がぶらさがっていた。同じスーツを着ていて、同じ黄色い靴下がずり下がっている。歩いているうちにずりさがったのだ。通りを渡り、「来てくれると思ってたんです！」と言った。

どうしてわかったのかしら、とハルガは苦々しい思いで考える。鞄《かばん》を指さすと、「聖書なんて、何のために持ってきたの？」と尋《たず》ねた。

青年はハルガの腕を取り、にっこりほほえみながら見下ろした。どうしても自然と笑みがこぼれてしまうというかんじだった。

「ハルガ、いつなんどき神の言葉が必要になるかわからないでしょ」

こんなことがほんとうに起こっているのだろうかと、すこしの間、非現実感に襲われた。だが、まもなく二人は、土手を上りはじめていた。牧草地に足を踏み入れ、茂みに向かって進む。青年はハルガの隣《となり》を、つま先でぴょんぴょん跳《は》ねるような軽い足取りで歩いた。今日は鞄が軽そうだ。振り回してすらいた。

黙ったまま原っぱの真ん中あたりまで来ると、青年は彼女の腰にすっと手をそえて、やさしく尋ねた。「木でできた足は、どこでつながってるの?」

顔を真っ赤にして、青年をにらみつけた。

すると一瞬、決まり悪そうな顔になってから、「悪気はないんです」と言う。「あなたには勇気とかいろんなものがあるって言いたかったんです。神さまに守られてるんでしょうね」

「そんなことない」まっすぐ前を向いて、すたすた歩きながら彼女は言った。「神なんて信じてないんだから」

とたんに青年は立ち止まり、口笛を吹く。「そんな!」びっくりしてほかに言う言葉を思いつかないという様子だった。

彼女は歩きつづけた。彼はぴょんぴょん跳ねながらすぐに追いついた。帽子のつばで顔を扇《あお》いでいる。

「女の子がそんなこと言うなんて」目の隅《すみ》で彼女の姿をとらえながら、そう言った。

茂みの入り口に着くと、再び彼女の腰に手をまわした。身体をぴったり抱き寄せ、何も言わずに唇《くちびる》をぎゅっと押しつける。

気持ちがこもっているというよりも、力ばかりがこもっているキスだった。普通の女の子だったら、たちまちアドレナリンが湧《わ》き出ていたことだろう。そのせいで、燃えさかる家の中から、ぎっしり中身の詰まった重いトランクを担《かつ》ぎ出してしまうような力を、発揮していたにちがいない。

だがハルガの場合は違った。エネルギーが一気に脳に流れ込んだのだ。

青年の身体が離れる前から頭は澄《す》み渡り、はるかかなたから皮肉な視線を彼の方に向けていた。おもしろがるような憐《あわ》れむような気持ちだった。

キスははじめてだった。体験としては、決して特別ではない。ちゃんと、理性を保《たも》てることがわかってうれしかった。世の中には、ウォッカだと言われれば下水の水でもよろこんで飲む人間がいるのだ。

青年は、彼女の身体をゆっくりと押すようにして離れた。まだなにか起こりそうだけどよくわからないというような顔つきだった。

ハルガはくるりときびすを返し、黙ったまま歩き始めた。こんなことは慣れっこだというような雰囲気で。

青年は、息を切らせながら追いついた。つまずきそうな木の根っこを見つけると手を貸し、いばらの生えたツルが垂れ下がっていると、彼女が通り過ぎるまで押さえてやった。ハルガはずんずん進み、後を追いかける青年の息はどんどん荒くなっていった。

やがて二人は、陽の当たる丘に出た。斜面はもう一つ小さな丘につながっていて、その向こうに錆《さ》びたトタン屋根の納屋が見えた。予備の牧草を保管するためのものだ。丘の斜面には、ピンク色の小さな草がちらばっている。

「じゃあ、あなたは神に救われてないんだね」青年は立ち止まり、突然尋《たず》ねた。

ハルガはにっこりした。彼に向けたはじめてのほほえみだった。

「わたしに言わせれば、救われてるのはわたしで、呪われてるのはあなたなの。ただし、さっきも言ったけど神は信じてない」

そんな言葉を聞かされても、賞賛のまなざしに変化はなかった。動物園のめずらしい動物が檻《おり》の隙間《すきま》から手をのばしてきて、ちょんとかわいらしくつついたとでもいうようだった。またキスされそうな気配を感じて、ハルガは隙《すき》を与えないよう歩きつづけた。

「座っておしゃべりできるところはないの?」語尾の方に近づくにつれ、彼のささやき声はやさしくなっていった。

「あの納屋で」と彼女は言った。

二人はそちらを目指して足早になった。まるで納屋が列車のように走り去ってしまうとでもいうように。

それは大きな二階建ての納屋で、中はひんやりと暗かった。

青年は、二階に上がるハシゴを指さして言った。

「二階に上がれないのが残念だなあ」

「どうして上がれないの?」

「あなたの足です」とうやうやしく答える。

ハルガは軽蔑の眼差しを向けてから、両手をハシゴにかけた。そして驚愕《きょうがく》する青年を足下に残して登っていった。身体を器用に引き上げると、二階の床に空いた穴から青年を見下ろす。

「ほら、上がってくるならきなさいよ」

青年は、鞄《かばん》を抱えてぎこちなくハシゴを登りはじめた。それを見て、

「聖書なんかいらないのに」と言うと、

「それはどうかな」とあえぎながら答えた。二階に着いてからも、息切れはしばらく続いた。

ハルガは積まれた藁《わら》の上に腰を下ろしていた。頭上からは、ハルガを包み込むようにして太陽の光が斜めに射し込み、空中を漂う無数のほこりを照らしている。

ハルガは、顔をそむけたまま藁《わら》の束《たば》にもたれかかっていた。二階の壁には、荷馬車で運んできた藁《わら》を投げ入れるための扉がある。そこから、外を眺《なが》めていたのだ。

二つの丘の斜面には、ピンク色の小さな草がちらばっている。その向こうに、暗い森が見える。雲ひとつない空は、冷たいブルーだった。

青年は彼女の隣《となり》に腰を下ろし、片方の腕は彼女の下に、もう一方は上に回して、丹念《たんねん》にキスをしはじめた。魚のように、ぴちゃぴちゃと小さな音を立てた。帽子はかぶったままだったが、頭の後ろの方に載っていたので気にならない。ハルガのメガネが邪魔になると、彼はそれを外して、自分のポケットに入れた。

最初はされるがままになっていたハルガだったが、しばらくすると自分からキスし始めた。頬に何回かキスしてから唇に移動する。青年の息をあまさず吸い込もうとするように、何度も何度もキスをした。彼の息は、子どもみたいに澄《す》んでいて甘かった。

それにキスがベタベタするところも、子どもを思わせた。

青年は口の中でもごもごと、愛しているとか、一目見た時から愛していたと言った。だがそれは、母親に寝かしつけられる子どもが眠くてむずかるのと同じようなものだった。彼女の理性は、その間もちゃんと保《たも》たれていた。一瞬たりとも感情に押し流されることがなかった。

「一度も愛してるって言ってくれないんだね」とうとう、身体を引き離しながら青年がささやいた。「言ってよ」

ハルガは顔をそむけ、ぼんやりとした空っぽの空を眺《なが》めた。その下の森は暗い縁取《ふちど》りのようで、そのさらに向こうにある二つの丘は、緑色の湖のように見えた。メガネを外されたことには、気づいていなかった。景色がいつもとちがって見えていたが、もともと身の回りの景色などろくに気にしたことがなかったので、わからなかったのだ。

「言ってよ」彼は繰《く》り返した。「愛してるって言ってよ」

ハルガはいつでも、言質《げんち》を取られることに慎重だった。

「言葉の意味を」彼女は口を開いた。「ゆるく捉《とら》えれば、そうとも言えるかも。でも、わたしの使う言葉じゃないの。わたしに幻想はない。物事の背後にある無を見とおすタイプの人間だから」

青年は眉をひそめて、「言ってよ。ぼくだって言ったんだから、あなたも言わなきゃ」と言った。

ハルガは、青年を見つめた。ほとんどやさしいと言っても良いまなざしだった。「かわいそうな子」と彼女はささやく。「わからないほうがあなたにはいいの」そして首に手をかけ、自分の方にひきよせた。「わたしたちはみんな呪われてる。でも中には目隠しをはずして、この世界には見るべきものがなにもないことを理解した人たちもいるのよ。それこそ一種の救済なの」

驚いた青年の視線は、ハルガの髪の毛の先にぼんやりと向けられていた。「でもさ」そう言う声は、ほとんどすすり泣きに聞こえた。「でもぼくを愛してるんでしょ?」

「ええ」と言ったが、すぐに付け加えた。「ある意味ではね。でも言っておかなくちゃいけないことがあるの。わたしたちの間に、ウソがあってはダメだから」そして彼の顔を持ち上げると、まっすぐに目を見た。「わたしは三十歳なの。学位をいくつか持ってるのよ」

青年のまなざしには、いらだちが感じられた。彼はかたくなだった。

「どうでもいい。あなたの過去なんてどうでもいいんだ。ぼくを愛してるの？　愛してないの？」

そうして彼女を抱き寄せ、荒々しくキスを浴びせかけた。

「愛してるわ。愛してる」とうとうハルガはそう言った。

「なら」と彼女を離して、青年は言う。「証明して」

彼女は、ぼやけた外の景色を夢見心地で眺めながら、ほほえんだ。見事に青年を誘惑したのだ。自分からは、まだ何もしていないというのに。

「どうやって？」彼女は尋《たず》ねた。少しじらしてやるつもりだった。

青年は身体を傾けて彼女の耳に口を寄せると、「木製の足がつながってる部分を見せて」とささやいた。

ハルガは小さく鋭い叫び声を上げた。顔からは、たちまち血の気がひいた。猥褻《わいせつ》だと思ってショックを受けたわけではない。

彼女は幼い頃から時折、辱《はずかし》めを受けていると感じることがあった。だが教育を受けることで、その感覚をきれいに取り除いてきた。ちょうど、腕のいい外科医が癌《がん》をえぐり取るように。だから、そんなことを言われても、聖書に関する言葉を聞かされるのと同じくらい気にならなくなっているはずだった。

ところがハルガは、義足についてはまだ傷つきやすいままだったのだ。クジャクが尾羽について神経質なのと同じくらいに。

義足を人に触《さわ》らせたことはなかった。ほかの人が自分の魂を扱《あつか》うのとおなじくらい丁寧《ていねい》に、自分で手入れをしてきた。必ずひとりきりのときに、自分の視線ですら逸《そ》らし気味にしながら。

「イヤ」と彼女は言った。

「やっぱり」と彼はつぶやき、身体を起こした。「ぼくをからかってたんだ」

「ちがうわ!」と彼女は大声を出す。「膝《ひざ》のところでつながってるの。膝までしかないのよ。なんで見たがるの?」

青年は、刺《さ》し貫《つらぬ》くような視線で彼女を見つめ、

「なぜって」と言った。「そこが他の人と違うところだからだよ。あなたは特別なんだ」

ハルガは座ったまま彼をにらみつけた。彼女の表情や、冷たいブルーの丸い目には変化がなかった。だがその心は、青年の言葉に深く揺《ゆ》さぶられていた。心臓が止まり、知性の力だけで血液を巡《めぐ》らせなければいけなくなったような感覚だった。こんなに無《む》垢《く》な人に出会うのは生まれてはじめて。そう彼女は考えた。この子は、智慧《ちえ》を超えた直観によって、わたしの真実を突いた。

一瞬の間をおいてから、ハルガはかすれた甲高《かんだか》い声で、「わかったわ」と答えた。

完全降伏だった。まるで、一度なくした自分の命が青年の中で奇跡的に蘇《よみがえ》ったようだった。

彼はやさしく丁寧に、スラックスの裾《すそ》を巻き上げた。義足は、白い靴下と茶色のフラットシューズを履《は》いている。厚手のキャンバス布が巻いてあり、その先が見苦しい接合部だった。そこで腿《もも》につながっているのだ。

それを目にした青年の表情と声は、完全に敬虔《けいけん》な色合いを帯《お》びた。

「さあ、どうやって着脱するのか教えて」

ハルガは、義足を外してから着けなおしてみせた。次に青年が自分で外し、やさしく義足を手に取る。ほんものの足を扱《あつか》っているみたいだった。

「ほら！」よろこぶ子どもの顔つきで、青年が言った。「もう自分でできるよ！」

「元に戻して」と彼女は言った。駆け落ちしようと考えた。毎晩彼が足を外し、朝になるとまた着けてくれるのだ。

「元に戻して」彼女は言った。

「まだだよ」と彼はささやき、彼女の手の届かないところに義足を立てた。「もうしばらくこのままでいよう。ぼくがいるんだから心配ないよ」

ハルガは不安の声を上げた。青年は彼女を押し倒し、再びキスしはじめた。足がないと、青年に無防備に依存している気分になった。脳は考えることを完全に止めて、そのかわりに何か別の働きをぎこちなくはじめたようだった。顔には、いろんな表情があらわれては消えた。

青年は時折鋭いとげのような視線を、足の立ててある背後に走らせた。

ついに、彼を押しのけ、ハルガは言った。

「今すぐ元に戻して」

「待ちなよ」

彼は身体を傾けて鞄《かばん》を引きよせた。蓋《ふた》を開けると裏地は明るいブルーで、染みがついていた。中には聖書が二冊しか入っていない。彼は一冊を取り上げ、表紙を開く。本の中身は空洞で、ウィスキーの小瓶とカードが一セット、それにラベルの貼《は》られた小さな青い箱が収められている。

青年はハルガの前に、ひとつひとつ均等な間隔を置いて並べていった。女神を祀《まつ》る神殿に捧《ささ》げる供物《くもつ》のようだ。青い箱をハルガに手渡す。ラベルには、《この商品は、病気予防の目的のためにのみご使用ください》と印刷されていた。それを読んだ彼女は、箱を取り落とした。

小瓶の蓋《ふた》をねじ開けようとしていた青年は動きを止めてほほえむと、カードの山を指さした。普通のトランプではなかった。一枚一枚に卑猥《ひわい》な絵が描かれている。

「一口やりなよ」

そう言って、小瓶を差し出した。目の前に差し出されても、身動きがとれなかった。催眠術にかかったようだった。

ようやく声を出したときには、ほとんど懇願《こんがん》するような響きがあった。

「あんた」彼女はささやいた。「あんたって、ただの田舎の善人じゃなかったのね」

青年は首をかしげた。彼女が侮辱《ぶじょく》しようとしていることに、ようやく気付いたというような表情だった。

「まあね」と言い、かすかに唇《くちびる》をねじ曲げた。「ぼくは、いつだってあんたと同じ善人だよ。でもだからといって、禁欲生活をしてるわけじゃないのさ」

「わたしの足を返して」彼女は言った。

青年は、自分の足で義足を遠くへと押しやった。「そんなこと言わないで楽しもうよ」となだめすかすように言う。「まだお互いのこともよく知らないじゃないか」

「わたしの足を返して！」そう叫ぶや、義足のほうへと身を投げ出したが、やすやすと彼に押し戻される。

「いきなりどうしたっていうのさ？」と青年は眉をひそめながら尋《たず》ねる。小瓶の蓋《ふた》を閉めてから、聖書の中にすばやく戻した。「ついさっき、なんにも信じてないって言ったばかりじゃないか。すげえ女の子だな、って思ったのにさ！」

ハルガの顔はほとんど紫色だった。

「あんたって、正真正銘のキリスト教徒ね！」となじる。「まさに良きキリスト教徒だわ！　みんなと同じ。言うこととやることがまるで違う。あんたは完璧なるキリスト教徒よ。あんたは……」

青年の口元が憤《いきどお》りにゆがみ、

「間違えちゃ困るな」と、怒りにみちた高慢な調子で言う。「ぼくがあんなでたらめを信じてるなんて！　聖書を売っちゃいるけど、世の中の仕組みは知ってるんだ。昨日今日生まれたてってわけでもないし、自分のしてることはわかってる」

「わたしの足を返して！」彼女は金切り声を上げた。

青年は跳ぶようにして立ち上がる。カードと青い箱をかきあつめて聖書の中に戻し、さらにその聖書を鞄に入れたわけだが、それをいつの間にやったのかわからないほど素早い動きだった。

義足をつかむのが見えた。そして鞄《かばん》の中で、義足が二冊の聖書の間に挟《はさ》まれたのも、一瞬だけ見えた。斜めになって、みじめな姿だった。青年は鞄《かばん》の蓋《ふた》をバタンと閉めて持ち上げた。そして床の穴に鞄《かばん》を通し、自分も下りはじめる。

下りる途中、頭だけ穴から突き出た状態で振り返り、ハルガを見つめた。その視線には、もはやいかなる賞賛の気持ちもこもっていなかった。

「これまで、いろんなおもしろいもんを手に入れてきたんだ」と彼は言う。「一度なんか、おんなじ方法で女の義眼をいただいたよ。あ、ぼくは捕まらないよ。ポインターってのは本名じゃないからね。訪ねる先々で名前を変えるし、どこにも長居はしない。それからさ、ハルガ、もひとつ教えてやるよ」ハルガという名前など、まったく気にかけていない口調だった。「あんたはそんなに賢くないぜ。ぼくなんか、生まれた時から何にも信じてないんだからな！」

そうしてトースト色の帽子は穴から消えた。ほこりまみれの陽光に照らされたハルガは、藁《わら》の上に一人残された。

怒りに打ちのめされた顔を、開いた扉の方に向ける。すると青年の青い人影が、ピンク色のちらばった緑の湖のように見える丘を、よろめきながらもどうにか上っていくのが見えた。

ホープウェル夫人とフリーマン夫人は、裏の牧草地にいた。タマネギを掘り出しているところだった。森の中から青年が出てきて、原っぱを横切って通りへと向かっていった。

「おや、あれは昨日、聖書を売りに来た若者じゃないかしら。かんじはいいけど頭の鈍《にぶ》い子だったわね」と目を細めながら、ホープウェル夫人が言った。「森の奥に住んでる黒人たちに売りに行ったにちがいないわ。ほんとうに単純な子」それから、こう付け加えた。「でもわたしたちみんながあの子くらい単純だったら、世の中はもっと住みやすい場所になるんだけどねえ」

フリーマン夫人が前方に視線を向けると、丘の向こう側に消えるまさにその瞬間の、青年の姿が見えた。それから、収穫したばかりで強烈な臭いを放《はな》っている新タマネギに関心を戻し、

「みんながみんな、あそこまで単純にはなれませんよ」と言った。「あたしには、とうてい無理ですね」

何を考えているかわからない人の
内面を知るというトラウマ

［昭和文学棚］
絢爛《けんらん》の椅子
深沢七郎

〝（完全犯罪なんてつまらない）と思った。
このままではつまらないので警察へ
（犯人は確かにいるはずだ、俺だよ）
と手紙でも出してやろうかと思った。〟

無差別連続殺人犯が出てくる物語は、今ではいやというほどたくさんあります。

そういうものに慣れてしまっている人でも、この物語には、衝撃を受けるのではないでしょうか？

それは、本物の手ざわりがあるからです。

これには、ぞっとせざるをえません。

どうして、こういうものを書くことができるのか？　そのことを尊敬すべきなのでしょうが、恐怖を感じてしまいます……。

深沢七郎（ふかざわ・しちろう）

1914－1987　小説家、ギタリスト。山梨県の生れ。中学卒業後、職を転々とし、ギターで生計を立てるように。42歳のとき『楢山《ならやま》節考《ぶしこう》』で第１回中央公論新人賞受賞。三島由紀夫に「総身に水を浴びたような」衝撃を与え絶賛される。『東北の神武たち』『笛吹川』などを発表。『風流夢譚《ふうりゆうむたん》』がテロ事件を誘発し放浪生活に。ラブミー農場を営んだり、今川焼き店を開いたりする。『みちのくの人形たち』で谷崎潤一郎賞受賞。生涯独身。73歳で没。

敬夫《たかお》は昨日と同じように門を通ると横へ廻《まわ》った。昨日と同じように小使室《こづかい》の方へ行って、そこの金色の把手《ノブ》をねじった。ぬらぬらと油っぽいノブはやっぱりギーッと嫌な音がして鍵が開いた。そっと開けて中へ入って小使室を通りぬけた。顔だけ廊下へ出して、(昨日の、あの刑事さんは、どの部屋にいるだろうか?)と覗《のぞ》いた。廊下の両側には同じような赤茶けたドアがいくつもあるので、どの部屋だか見当がつかなかった。あの刑事さんは昨日、この小使室で始めて逢ったヒトだが、頼んでみたら気をきかせてくれて、面倒な手続きもなくてすんでしまったのだった。今日も、うまく逢えれば持って来た差入れの品も簡単にすんでしまうと思った。そんなことより、うまく頼めば父の様子が判るかも知れないと思うからだ。父は自白してしまったのか、それとも、がんばり続けているのか、あの刑事さんなら父に逢わせてくれるような気もするのである。父親に逢うことができたら、どこまでも否認するように力づけようと思った。この前、父は刑務所から出て来た時、

「自白さえしなければ無罪だったのだ、証拠の品を突きつけられたから仕方がなかっ

たが、あとで考えれば、盗んだことが、はっきり判っていなかったのだから、自白しなければよかったのだ」

そんなグチをこぼしたことを敬夫はよく覚えていた。こんども、この前と同じ失敗でバレてしまったのである。こんども僅《わず》かな屑物《くずもの》の窃盗《せっとう》だが仮出獄中だから重犯になれば四、五年も帰れないことになってしまうのである。父親は意志が弱い上に、考え方も下手なのだ。だからこの前の失敗なども忘れて、こんどもすぐ自白してしまうかもしれないのである。こんどこそ、がんばりつづけさせたかった。

敬夫は小使室の壁に寄りかかって誰か来るのを待っていた。誰か来たら、あの刑事さんはどこにいるのか聞いてみようと待っていた。

廊下の向うの方で靴音がしてきた。耳をすませているとコッコッと歩いて来る音はこっちへ来る様子である。敬夫はそっとコンロのそばに腰をおろして下をむいていた。ひょっとしたら、あの刑事が来るのではないかと予感がしてきた。

靴の音はそこまで来たが向うへ行ってしまった。今日持って来た差入れは、昨日父に頼まれた下着の着替えとタバコだった。それも、あの刑事さんが父と連絡をとってくれたからだった。差入れに来るのはこれで何回もだった。ぼーっと覚えている遠い日には母親に連れられて来たりした。一人で、始めて来たのは中学の一年の時だった。

そのたびに父の前科は重なって、こんど刑務所へ行ってしまえば刑も長びくし、その間の弟や妹たちは敬夫の給料だけですごさなければならないのである。(ヤバイなッ)と、そのことを考えると憂鬱になった。父が刑務所へ行った留守は聾啞《ろうあ》の母親が道路工事に出て稼いでいたのだが、この頃は身体の調子が悪くなったので人夫などはもうできないらしいのだ。

廊下の方でまた靴音が聞えた。この小使室へ来るらしい気がしてきた。(あの刑事さんかも知れない)と、そんな予感がしてきた。コツコツと足音が近づいて、ハッと思うと入って来た。敬夫は下をむいて顔をみないでいた。(あの刑事さんなら、声をかけてくれる)と思っていた。眼の前を細い小さい足が通りすぎたので(違ったッ)とがっかりした。あの刑事さんなら体格のいい、ふとったヒトだから全然ちがう人だった。知らない人だから下をむいたまま黙っていた。細い、小さい足は前を通りすぎて、すぐひき返してまた前を通りすぎて出て行った。顔をあげて入口の方を見ると、後姿だけだが背の低い、眼鏡をかけた、やせた人だった。敬夫は、ハッとした。(まずいヒトが)と思った。一ト月ばかり前、敬夫が本屋で本を持ち出そうとした時だった。あのヒトが本屋の主人と話をしていたのだった。その時、あのヒトの目つきが、なんとなく鋭く光っていたので盗めなかったのだった。ドストエフスキーの全集の中の一冊で、読みたくてたまらなかったのだが、その時はあきらめて帰ってしまったのだった。あとでパクってしまったが（あの時のヒトは警察のヒトだったのか）と、今はじめて知ったのだった。外でギーッと把手《ノブ》の嫌な音がしてソバ屋が入って来た。敬夫は下をむいて黙っていた。ソバ屋は廊下の方へ顔をだして、

「お待ちどうさまー」

と大きい声で言ってすぐ出て行った。敬夫が腰をかけている向い側の畳の上にモリ蕎麦が一人分置いてあった。敬夫は（あの、昨日の肥《ふと》った刑事さんが注文したソバかも知れない）と予感がしてきた。

コツコツと廊下の方で足音がしたかと思うと、すぐ入口から入って来た。ひょっと、入口を眺めてハッとした。さっきの、あの痩せた、眼鏡をかけたヒトがまた来たのだった。サッと下をむいて敬夫は黙っていた。目の前へ細い小さい足が止って腰をかけてしまったのである。（イヤだな）と思ったが仕方がないのだ。それから、こっちをむいてソバを食べはじめたのである。敬夫は下をむいて動かないでいた。敬夫が盗む物は万年筆とか本のような物ばかりだった。どれも自分の使う品物で、買いたいけれど金がなくて買えない物を盗むのだが、バレたことは今まで一回しかなかった。少年なのですぐ釈放されたが、父の盗む物はいつも古鉄の屑物ばかりだった。屑物を買い

集めながら盗むからだ。そうしていつもバレてしまうのである。その時、急に、

「何をしているのだ」

と言われた。敬夫はまたハッとした。前に腰かけている小さい足のヒトが怒るように言ったのである。嫌な言い方で、（何をしているのだ）と言ったのだが（うるさいぞ、ここにいることはいけないぞ）と言っているように聞えた。敬夫は黙って下をむいていた。そうすると、また、

「なにをしやぁがって来たんだ」

と怒鳴りつけられてしまった。癪《しゃく》にさわったけど、仕方がないので父の差入れに来たことを言おうとした。そう思っているうちに、また、

「用がなければ帰れ帰れ」

と言われてしまった。あわてて敬夫は差入れに来たことを言おうとしたが言えなくなってしまった。

「あの、肥《ふと》った、刑事さんは」

と言ってしまった。

「そんなヒトは知らねえぞ」

と小さい足のヒトは言った。が、

「なにか、用があるのか？」

と言った。

「差入れに、来たのですが」

と敬夫は言った。が、小さい足のヒトは、

「そんなことは知らねえぞ」

と言った。（意地の悪い言い方をするヒトだ）と敬夫は口惜しかったが我慢をしていた。下をむいて黙っていると、小さい足のヒトはソバを食べ終って出て行った。（あのヒトにくらべると）と思うと、あの肥った刑事さんはつくづく有難いように思えてきた。少したつと、また廊下で靴音がした。こっちへ近づいて、入って来た。目の前を通ったのは太い足の靴だった。顔をあげると、あの刑事さんである。（やっぱり逢えたのだ）とほっとした。

「あの、下着の、差入れを持って来たのですが」

と声をかけた。肥った刑事さんは立ち止った。一寸、考えてるようである。（あれ？ボクを忘れてしまったのか？）と不安になった。

「あの、昨日お願いした、小松川の……」

と言うと、思いだしてくれたらしい、

「ああ、ああああそこへおいてゆけ」

と言ってくれた。簡単にすんでしまったので物足りなかった。父の様子を聞きだそうとしたのに、このますんでしまったのでは困るのである。それに、昨日のように差入れに来た者の住所も書くはずだし、印章もおすはずなのだがそんなことも言ってくれないのである。このまま家へ帰ってしまっては父の様子がわからないので、

「あの、父は、どうなったでしょうか?」

と聞いてみた。肥った刑事さんは、また考えているらしいのである。返事をしてくれないので、

「あの、父は、屑鉄を盗んだのですか?」

と聞いてみた。

「あああ、あの、小松川の屑屋のことか」

と、はじめて思いだしたらしい。敬夫は(なーんだ)と思った。いまごろやっと思い出してくれたのかと判ったのでがっかりした。

「うんうん、心配することはないから安心していい」

と教えてくれた。(やっぱり、父は、うまくがんばり通したのだ)と察した。肥った刑事さんはやっぱり親切だった。すぐ、

「一寸《ちょつと》、待ってろよ」

そう言うとすぐ出て行った。少したつとまた入って来た。

「住所と、差入れの品物を書いて、そこへおいてゆけよ」

と言ってくれた。

「書いて来ました」

と敬夫は急いで、書いてきた紙と品物を出した。肥った刑事さんは受取ってくれてすぐ廊下の方へ行ってしまった。敬夫は急いで小使室を出た。

（こんどこそ父はうまくやったんだ）

そう思うと嬉《うれ》しくなってきた。門を出ようとすると、うしろから自動車が出て来た。ふりかえると、中に乗っているのはあの細い、小さい足の、やせた眼鏡をかけた人なのだ。（嫌な奴だ）と思った。怖いような人なのだ。敬夫は自動車の通りすぎるのをじーっと睨《にら》んだ。父が自白しないことは警察の奴等と喧嘩《けんか》をして勝ったように思えた。

家へ帰ると母親は入口に足を延ばして寝転ろんでいた。この頃はいつでも寝転ろんでいるのだ。薄眼をあけてこっちを眺めている母親に敬夫は親指をつきたてて見せた。それから両手を目の前まであげて、パッパッと速くゆすって（おやじはうまくいった）と教えてやった。トラホームで赤くまぶたが腫《は》れあがっている母親の眼は、流眄《ながしめ》でこっちを見ながら、うえ下に首をうごかせて横をむいた。口はきけないが（よかったよかった）とわかったからうなずいたのだ。

三度目に差入れに行ったのは、父が靴下とタバコを差入れてくれと近くの交番に連絡があったからだった。夕方、六時までに行かなければ警察の門が閉ってしまうから工場を四時にきりあげて警察へ急いだ。

前に来た時と同じように門を通ると横へまわった。あれから一週間もたつので、もう父は釈放されるような気がした。（こんどこそ、父は自白しなかったのだ）と敬夫はぬらぬらする油ッぽい小使室のノブをガチャンとねじった。今日も小使室には誰もいないのだ。敬夫は廊下の方へ顔を出してみたが、すぐコンロの所へ戻って腰をかけた。（また、あの、肥った刑事さんが入って来ればいい）と思いながら待っていた。

いくら待っていてもあの肥った刑事さんは小使室に入って来なかった。（誰かに聞いてみよう）と思ったが、今日はそんなヒトも入って来ないのである。差入れの時間は六時で閉ってしまうのだ。敬夫は思いきって廊下へ出た。そうして、あの肥った刑事さんを見つけようと思った。土色の廊下は歩けばコツコツと堅い音がするのだ。廊下ではなく古いコンクリートなのだ。いくつも並んでいる赤茶けたドアのどの部屋かにあの肥った刑事さんがいるらしいのだ。ふと、敬夫は聞き慣れた声がするのに気がついた。(あれ!) と思って立止った。すぐ横のドアの方から聞えて来るらしいのだ。あの肥った刑事さんの声でもないらしいが、とにかく知っている声の主である。そっとドアと壁の隙間に耳を押しつけた。コンクリートの壁のヒビの黒い筋は雨洩りがしみついて湿っぽい壁だ。中から聞こえて来るかすかな声だが敬夫はハッとした。あわてて鍵穴から覗くと、すぐそこに父がいたのである。古い板の机の前で父は涙を流しているのだ。

「申しわけないことをしました。嘘ばかり申し上げていました。正直に、みんな申し上げます」

父は泣きながらシャベっているのだ。父の前にはあの細い小さい足の、瘦せた眼鏡をかけたあのヒトが目を輝かせて聞いているのである。(父は自白してしまったのだ) と敬夫はぐーっと歯をかみしめて小使室へ逃げてきた。父は自白してしまったがやっぱりがんばることはできなかったのだ。敬夫は自分が図書館で本を盗んでバレた時を思いだした。あの時は現場を見つかったのだからどうすることもできなかったが、父は、自白して自分から証拠までシャベってしまうのである。いつもそんな馬鹿な結果で終ってしまうのだ。こんども、きっと、そんなことになってしまったのだ。敬夫は差入れの品と住所を書いた紙をコンロの横において小使室を出てしまった。

家へ帰ると母親はやっぱり入口に足を延ばして寝転ろがっていた。敬夫は親指をつき立てて見せて、それから劇《はげ》しく手を横に振った。（父は駄目だった）と教えてやって敬夫もごろっと寝転ろがった。父が泣きながら謝っていた声が耳許《みみもと》にこびりついて離れないのだ。寝転ろぶと、なおさら耳許に強く響いて来るのだ。父が自白してしまったのはどう考えても口惜しかった。それから、図書館で自分が盗んだ時のことも思いだして口惜しくなってきた。そう考えているうちに敬夫は頭がカーッとなった。（そうだ）と思った。（絶対にバレないことをしてやるんだ）と思った。証拠さえなければ調べられても堂々と相手をやッつけることができるのだ。（そうだ、やればいいのだと思った。（よし、きっとやるぞ）と決心した。父は警察の、あの古い机の前で涙を流して謝ったが、僕はあの机の前で堂々と刑事に応酬してやるのだ。あそこの机の前で、椅子にそり返って腰をかけて、

「証拠があるなら、ここへ出して貰いたいよ」

と言い切ってやるのだ。（よし、やるぞ）と拳《こぶし》に力をいれた。証拠さえ残さなければあの古い板の机の前にふんぞり返って、あの古い板の椅子に腰をかけて堂々と言い切れるのだ、そうしたら俺はどんな豪華な椅子に腰かけているより痛快だと思った。

その日、敬夫は工場から家へ帰る途中、前へ行く自転車に目をつけた。女が乗って

いるのだ。薄闇だし、誰も通らない畑の道なのだ。ちょっと、二分間から三分間でやってしまえるのだ、誰にも見られはしないうちに終ってしまうことは確実なのだ。敬夫は腰を持ち上げて足に力を入れてペダルをふんだ。前へ行く自転車は十米《メートル》ぐらい先だった。ぐーっと追いぬいて自転車を横に倒した。女の自転車が目の前で止った。女が片足を地について立止った。敬夫は黙って近づいた。黙ってすーっとうしろにまわって右腕を女の首へまわした。（ああ）と女が言ったような気がしたがぐっと力を入れて締めつけた。女が敬夫の唇やアゴに髪の毛をこすりつけるように倒れてきた。また、右腕にぐーっと力を入れて締めつけながらうしろへひきずった。横の稲畑へひきずり込んで敬夫は腰をおろした。もう女は声も出さないしうごきもしなかった。死んだらしいが生き返っては困るのでまたぐーっと力を入れて締めつけた。女の喉がきゅーっと鳴って口から泡が流れだして敬夫の手がしびれてきた。（よし、カンゼンに死んだ）と敬夫は大きく息をはいた。オートバイの音が聞えてこっちへ近づいて来るらしい。（まずいな）と思ったのでじっと動かないでいた。すぐオートバイは通って行ってしまった。敬夫は立上って道へ出た。女の自転車を稲の中へ投げこんだ。もう一度女のそばへ行った。ポケットからチリ紙を出してもんだ。女のスカートを捲《まく》って股の間へ突っ込んだ。（変態だと思うだろう）とニヤッと笑った。道へ出て自分の自転車を起した。自転車を持って駆けだしてパッと飛び乗った。(何もかも計画通りに終った)と思った。(まるでわからないね)と思った。強盗でもないし、強姦でもないし、いたずらも見せかけだし、怨恨でもないし、(ゼッタイ、完全犯罪だ)と思った。敬夫は口笛を吹きながらゆっくりペダルをふんだ。

三カ月たった。警察や新聞が騒いだが犯人はわからなかった。(迷宮入りか)と敬夫はなんだか物足りなかった。女を殺したが、それで何のとくもなかったし、腹いせにもならなかった。誰がやったか判らないことなんかつまらない淋しいような気がした。俺がやったんだが俺を犯人にすることはできないなら腹いせにもなるが、誰がやったのか判らなければ遠い空の星を眺めているのと同じである。これでは外《ほか》の奴と変りがないのだ。(完全犯罪なんてつまらない)と思った。このままではつまらないので警察へ(犯人は確かにいるはずだ、俺だよ)と手紙でも出してやろうかと思った。それとも(俺は犯人を知っているよ)と知らせてみようかとも思った。だが、殺した当時ならみんなが騒いでいたのでそんなこともできたが、いまになってはチャンスがなくなったようにも思えるのだ。そうして犯人である僕は事件とは無関係になってしまったのである。

(もう一度事件がなければだめだ)

と思った。そうして僕は、容疑者になっても、あの古い板の椅子に腰かけて、「僕は無罪だよ」と刑事さんの前で言い切って見せられる計画を立てようと思った。

その日、敬夫は学校へ行った。日曜なので遊びに来ている者ばかりだった。夕方の校庭は薄暗くなりはじめていた。校庭の隅にN子が一人だけでいた。名前は知らないが顔は知っている同じ夜間部の女生徒だ。（チャンスだ）と敬夫は緊張した。（誰も俺がここに来たことは知らないし、相手は一人でいるのだ、今ならゼッタイうまくいくぞ）と確信した。（殺人でなければ完全犯罪は成立しない）ときめた。（父親のように鉄屑を盗んだぐらいでは完全犯罪ではない）と思いながらN子の方へ急いだ。N子のうしろへ近づいて、

「よう」

と声をかけた。

「あら」

とN子が振りむいた。

「屋上へ行ってみないかい？」

と言って手招きをした。それから笑い顔をして見せて言った。

「屋上から眺めれば、星も、きれいだよ」

N子は腰をあげた。うしろからN子が上って来る足音に耳をすませながら敬夫はガタガタと階段を上った。

屋上で眺めると工場の黒い煙突は林のように並んでいて、下の町はネオンで輝いていた。星はすんで光っていた。敬夫はポケットの飛び出しナイフを握っていた。すーっとN子の目の前へ出すとパッと刃が飛び出した。N子の顔色が真っ青になった。

「騒がない方がいいよ」

そう言ったがN子は声など出せない程ふるえているのだ。声さえ出さなければしめたものだ。ナイフを突きつけながらN子のうしろにまわって右腕を首にまわした。腰をおとしながらぐーっと力を入れるとN子はもがいた。後ろへ押されて敬夫はのけぞってどしんと倒れた。ナイフを持ってる右手をN子が力まかせにかじった。あわてて敬夫は左腕も首にまわした。ぐーっと締めつけるとN子はのばしている足をバタバタさせるのだ。両腕で力まかせに締めつけるとN子は延びたようにダラッとなった。気がついたら右手のナイフが敬夫の左腕に刺さっているのだ。血が出てきた。（まずかったな）と思った。自分で自分を傷つけるとは思わなかったからだ。N子はまだ生き返るかもしれないのだ。もう一度念を入れて締めておかなければ安心できないがぐずぐずしていると誰かに見られる危険もあるのだ。N子の身体をひきずってうしろへさがった。十米《メートル》ばかり運べば暖房のスチーム管の穴があるのだ。N子の身体は長く延びてしまったようだし重くなってしまった。力まかせにひきずって穴の中へひきずり込んだ。そこでもう一度締めつけた。N子の喉がきゅーっと鳴って口から泡が吹き出した。そこでもう一度力まかせに締めつけた。敬夫の手がしびれて、どこかで靴の足音が聞えてきた。誰か、二、三人らしい話し声も近づいて来る様子なのだ。（まずいなと思っているとやっぱりこっちへ近づいて来た。それから頭の上のスチーム管の上へあがってしまったのである。腰をおろしたらしい。男生徒が二人だ。話し声まで聞えるのである。話している様子では俺のことには気がつかないらしい。（奴等が行ってしまうまで待つことにしよう）ときめた。左腕から血が出ているのでポケットからハンカチを出して血をふいた。自分で傷をつけるとは思っていなかったが仕方がないと思った。これは計画にはなかったことなのだ。だが、俺の血が残るだけだ。血が残ってもB型の血ということだけしか判らないのだ。予定がくずれたのはこれだけでほかは皆うまくいったのである。仰向《あおむ》けになっているN子の顔は歯を食いしばったような顔なので見ているのが嫌になった。ハンカチを顔にかぶせて見ないようにした。前の時と同じように変態の仕事だと見せかけるために下腹部をまくって股にチリ紙を押し込んだ。頭の上のスチーム管に腰をかけている奴等はまだのんびりと話をしているのである。話の様子では別に用事もないらしい。すぐ行ってしまうと思った。待ってるのは嫌なものだが、ここで落ちつかなければ危険だからじーっと待っていた。三十分位たった。上の奴等はスチーム管から降りはじめた。(うまいぞ)と思ったら歩きだして足音も話し声も遠くなった。(もう少し待って)と、二、三分たった。奴等は校庭の方へおりて行ったらしい。敬夫はそっと穴から出た。穴から出ながらN子のクシが落ちているのを見つけた。(殺人現場の証拠品だ)と拾い上げた。(俺が証拠を持ってるぞ)と思った。もう、まっ暗になっている空は星が一面に輝いていた。残したものはB型の俺の血とハンカチだけで、どれも俺の物だという証拠にはならない自信があった。空を見上げた。(星が知ってるだけだ)と思うと星の輝きも死んだような美しさでしかないように見えた。それから、誰にも見られないで家まで帰って来た。

明日になった。腕の傷は僅《わず》かだった。ナイフでかすめた程度だったのである。夕刊が待ちどおしかった。夕方になった。夕刊には何も出ていないのである。(明日の朝刊だな?)と待ちどおしかった。朝になった。朝刊にはN子の行方不明の記事が小さく出ているだけだ。(死骸が、あそこにあるのがわからないのだ)と思った。こんどはチャンスを逃がさないようにしなければならないのだ。(警察へ教えてやろうか?)と気と思ったが(ヤバイヤバイ)と思った。(新聞社に電話でもかけて知らせたら)と気がついた。（どの新聞社に知らせようか）と考えた。工場でとっているのは読売新聞だ。夕刊に出るのか朝刊に出るのか判らないから工場でとっている新聞の方が都合がよかった。赤電話よりボックスになっている公衆電話の方がいいと思ったので自転車で遠くの公衆電話へかけに行った。ボックスの中へ入った。指紋が残ると危険なのでチリ紙をかぶせて受話器を取りあげた。新聞社へすぐつながって、

「読売新聞社です」

と交換の女の声が出た。

「ボク、事件の重大ニュースを知らせてあげようと思ってるんだよ」

「もしもし、それでは社会部へおつなぎ致しますけど、あなたさまのお名前は？」

「名前など言えないよ」

「お名前をおっしゃっていただかないとおつなぎすることはできないのですが」

「バカだね、そんなことを言ったって、アナタの新聞社の特ダネになる記事だよ」

「でも、お名前をお伺いするという規定になっておりますから」

「どうしても、名前を言わなければつながないのかい？」

「そういう規定でございますから」

「しかたがないね、それじゃ教えようか、ウソの名前でもいいんだろう」

「うそのお名前ではおつなぎできません」

「だって、キミ、うその名前だか、ほんとの名前だか判らないだろう？」

「そこまでは私の方では、おきめすることはできませんけど」

「それじゃ名前を言うよ」

「どうぞ」

「加藤って言うんだ」

「では社会部へおつなぎします」

(なーんだ、デタラメの名でも言いさえすればよかったのだ）とよく判った。すぐ社会部が出た。

「あなた社会部のヒトですか、特ダネを教えてあげるよ」

「えッ、なんですか、あなたは」

「僕はね、殺人事件をよく知ってるんだよ。行方不明の小松川の女生徒は、僕がやっちゃったんだよ、学校の屋上のスチーム管の穴の中に死んでるよ」

「冗談言っちゃ困りますよ、こっちは忙しいんだから、からかっては」

「嘘じゃないよ、嘘だと思ったら調べて見ればわかるじゃないか」

「あなたは誰ですか？」

「僕ね、犯人なんだよ、だからよく知ってるんだ」

「冗談みたいですよ、困りますよ」

「嘘じゃないよ、本当だよ、そんなこと調べればわかるじゃないか」

そこで敬夫はガチャンと電話をきった。嘘だと思ってるらしいから調べるかどうか判らないようにも思えた。が、とにかく、こんどは迷宮入りになっても張りあいがあった。

夕刊には敬夫が電話をかけたことが出ていたがN子の死骸が発見されたことは出ていなかった。(嘘だと思われたんだな)とすぐ気がついた。癪《しやく》にさわったから思い切って警察へ電話をかけることにした。電話なら絶対にわからないと、自信がついたからだ。

「もしもし、小松川の警察ですか、ボク、行方不明の女高生の死骸のある場所を教えてやるよ、学校の屋上のスチーム管の穴の中にあるよ」

そう言っただけですぐ電話を切った。相手が警察だから危険なのでこっちの言うことだけ言ってしまえばいいのだ。だが、電話を切ろうとした時、向うでシャべったことが聞こえて一寸癪《ちよつとしやく》にさわった。

「デタラメを言うと承知しないぞ」

と警察では言ったのである。そんなことにはかまわないで電話を切ってしまったが聞えたので腹が立ってきた。デタラメだか本当のことだか調べればわかることだが言われっぱなしだと口惜しくなった。それに言い方も憎らしかった。こっちは危険だが教えてやったのである。こっちは丁寧な言い方で言ったのにあんな憎らしい言い方をするので、ぐーっと頭に来てしまった。

夕刊にはN子の死骸が発見されたことが大きく出ていた。敬夫のかけた電話のことも大きくのっていた。

（ざまァみろ）

と敬夫は思った。（本当だとよく判ったろう）と思った。そうして、また、あの電話を切る時に向うの奴が言ったことが癪《しゃく》にさわってきた。（よし、それでは）と思った。俺はもう少しくわしく知っていることを教えてやろうと思った。そうすれば、きっと、犯人からの電話だとはっきり判るだろうと思った。あの時、スチーム管の穴から出て来る時N子のクシを持って来たことだ。この前の時は何も相手の物を持って来なかったが後で考えれば殺した証拠を持って来ないことになったのだ。こんどは何か証拠の品をと思って持って来たクシだった。

・指紋の残らないように敬夫は軍手をはめてクシを封筒に入れた。小学三年生の妹に

N子の家の宛名を書かせた。切手も貼ってポストの中へ投げ込んだ。ただこのままではクシを送った意味が判らないので、警察か新聞社かどちらかに知らせようと思った。警察へ何回も電話をするのは危険なので新聞社の方に知らせることにした。それに、始めの電話が嘘ではなかったことにもなるのである。電話帳を調べると社会部直通の電話があったのでその方へかけた。

「もしもし、読売新聞社の社会部ですか、ボクはね、こないだの女高生の死骸を知らせたんだがね、あんたのとこじゃ嘘だと思って探さなかったでしょう」

「ああ、もしもし」

「それでね、今日、N子さんの家へクシを郵便で送ったから、知らせておくよ」

そこで敬夫は電話をきった。

翌日の夕刊にはクシを送ったことが大きくのっていた。そうして敬夫の存在は大きくなったのである。それでも敬夫の完全犯罪の自信には変更はなかった。

だが、翌日の新聞には敬夫以外の奴が「犯人だ」と名乗って電話をかけた奴があったのである。その偽犯人は自首しようと言っているらしい。(自首なんてするものか)と思った。俺は、そんなつもりで完全犯罪をやったのではないのだ。癪《しゃく》にさわったのでもう一度電話をかけることにした。

「もしもし、社会部ですか、こないだの女高生殺しの特ダネを教えてやった者だがね」

「あッ、あなたは、こないだのこと本当だったんですね、驚きましたよ」

「そう、ボクはね、始めと、二番目と、この電話と三回しかかけないんだよ、今日の新聞に出ている〝犯人だ〟と電話をかけた奴はボクじゃないんだよ」

「あッ、そうですか、あなたが本当の犯人ですね、うちの社にばかり知らせてくれて光栄ですよ、もっとくわしく知らせて下さいよ」

「ダメだね、危険だから、ただね、これだけは教えてあげたいんだ、今朝の新聞に出ている犯人だというのはインチキなんだよ、ボクは自首なんてしないよ、それだけを知らせようと思ってね」

そこで敬夫はガチャンと電話を切ろうと思ったが、

「ちょっと待って下さいよ」

と言われた。

「ダメだよ」

と言ってやった。

「わたしは社会部の者じゃないですから、係りの者と代りますから」

と言うのである。嘘らしいので、

「だましたってダメだよ、聞き方でわかるよ」

と言ってやった。向うの電話口は別の声になった。

「あれからイタズラの電話がかかって困ってるんですよ」

と言うのである。

「ボクはホントだよ、完全犯罪だから絶対つかまらないよ、俺は二回目だからね」

と言ってやった。つづけて、

「まだイタズラだと思ってるの、クシまで送ってやったんだからホントだよ」

と言って、

「もう電話切るよ、危険だから」

と言った。

「ちょっと待って下さいよ、信じられないですよ、あなたは真犯人じゃないだろう」

と言われた。

「ホントだよ、みんな教えてやった通りじゃないか」

と言ってやった。

「ちょっと待って下さいよ」

と、また言われた。

「ダメだよ、会社におくれるから」

と言った。言ってしまってから（まずいことを言っちゃった）と気がついた。このまま電話を切ってしまっては危険なのでこのあと、何かデタラメを言ってボカしてしまわなければならないと思った。向うで、

「あんたは探偵小説的な興味で電話をかけてくるのかい」

と、急に変な言い方で聞かれた。

「そうじゃないけど、大体、前からよく考えてやったんだよ。だから自信があるんだよ」

「筋書を考えてやったわけかい？　推理小説はどんなのを読んでるのかい」

と聞かれた。

「そういうものはあまり読んでないね、おれはもっぱら文学さ」

「文学といってもいろいろあるんだが」

「世界文学だよ」

「ああそう、世界文学ならポーの小説のものなんか」

「あのね、プーシキンだとかね、ゲーテのファウストとか、ドストエフスキーなんかが好きだよ」

と言って、それから、

「もう電話きるよ」

と言った。公衆電話を使う人がボックスの外で待っているのだ。それに、あんまりシャべると危険だ。

「ちょっと待って下さいよ」

と、また言われた。

「ダメだよ、外でみんな待ってるんだ、悪いから」

「ちょっと待って下さいよ」

と言うけど、

「悪いから、ボク切るよ」

そう言ってガチャンと切った。ボックスの外へ出ると女の小学生が三人待っていた。もう五、六分で工場が遅刻になってしまうのだ。急いで自転車に飛び乗って工場へとばした。(新聞社のヒトはひどいな)と、一寸《ちょっと》、淋しくなった。特ダネを教えてやろうとしたのに、逆に俺を捕まえようとして質問しているらしいのである。(もう、電話などかけないことにしよう)ときめた。また、なんとなく淋しくなった。シャべったことから足がつくかも知れないような予感がしてきたからだ。(あの電話、長すぎたな）と後悔した。

あの電話がテープに録音されていたことをその日の夕刊で知った。その上電話をかけている最中に電話局で公衆電話の場所もキャッチされたので待っていた三人の女の小学生に顔を見られたことも夕刊に出ていた。

テープの録音はラジオで何回もくりかえして放送されたし、近いうちにはこの近所の家へは録音を持ち廻《まわ》って聞かせることも知った。

（ダメだ）

と敬夫はラジオの放送をきいた時すぐにそうきめた。特ダネを知らせようとしたが結果は裏切られて恩を仇《あだ》で返されてしまったのだ。新聞社では俺の電話も特ダネだが犯人がつかまえられれば大ニュースになるのだから、裏切られても仕方がないのだとも思った。

（逮捕されるのだ）

と覚悟をきめた。

（俺は失敗したのだ）

と覚悟をきめた。それから（仕方がない）と思った。完全犯罪か失敗かのどっちかにきまることだったのである。だが、俺は確かに完全犯罪をやったのだと思った。敗れたのは警察が俺を敗《やぶ》ったのではないのだ。俺は自分で捕まえさせたようなものだ。そう思うと腹いせにもなった。そうして、その日は間もなくやって来るだろうと覚悟をきめた。

テープの録音は工場の人達も聞いた。僕の声や言い方は誰でもすぐ気がついたのである。

「おめえがやったんだろう」

と工場で主任が俺を睨んで言った。

「ふっふっふ」

と敬夫は笑っていた。警察へ知らせるか、知らせないかの二ツのうちのどちらかなのだ。そのどっちも敬夫の自由にならないのだから「ふっふっふ」と笑っているよりほかに仕方がないのである。ずっと前、敬夫の人生は二つの道のどっちかを選んだのだった。始めて図書館で本を盗んでバレた時だった。クラスの友達にも知れてしまってそれから敬夫の顔を見るみんなの目が違ってしまったのだ。あの目で見られるようになってから敬夫の人生は二つのどちらかの道を選ばなければならなかったのだった。そうして、その時から敬夫は自分の道を決定したのだった。その選んだ道というのは世間から「悪だ」ときめられることを自分が認める道なのだった。そうして、その道は失敗すれば牢獄へ行くのだ。今、敬夫は自分の選んだ道の最悪の終点に着かなければならないのだ。

敬夫はそう覚悟をきめた。だが、逃げる道は一つだけあるのだ。声の録音が物的証拠ではないとがんばることだった。

逮捕の日が来た。家へ、刑事が四、五人やって来たのだ。家の外は警官と新聞社の報道陣がとり囲んでいた。ざわめいている外の様子を耳にしながら敬夫は刑事に言った。

「ええ、行きますよ、何かの間違いじゃないですか」

そう言いながら立ち上った。声の録音が物的証拠にはならないとがんばるには否認しておかなければならないからだ。逮捕されるなら家で逮捕されたかった。聾唖の母親の目の前で連行されて行きたかった。母に説明することはどうしてもできなかった。母の目の前で連行されれば母はすべてを察するだろうと思った。そうしてあきらめてくれるだろうと思った。逃げたりして外で捕えられて、いつのまにか敬夫の姿が家から見えなくなったら納得がいかないだろうと思った。母の前で、はっきり捕えられればいいのだときめていたのだ。ガチャンと手錠がかけられた。敬夫は母の方をぐっと睨《にら》んだ。(見ろよ、ボクは最悪の道を選んだよ）と目で知らせた。まっ青になって呆然とこっちを眺めている母親の赤く腫れ上った眼は涙がたまっているのだ。（もう見られたくないよ）と思った。外に出ると自動車が待っていた。パッパッと報道陣のフラッシュがひらめいて敬夫は（ふっふっふ）と腹の中で笑った。泣いたって、わめいたってどう仕様もないからだ。

自動車は警察の門を通って正面玄関で止った。父の差入れに来た時は横へ廻《まわ》って小使室の方へ行くのだが、今は自動車のドアをあけてくれて政治家が視察に来たように迎えられた。刑事達の顔は嬉しそうである。俺を逮捕したので奴等は凱旋兵にでもなったように目が輝いているのだ。そうして、ここから俺は敗残の室に閉じこめられるのだ。俺のこれからの道は唯一つだ。声の録音が物的証拠にはならないとがんばることだけだと敬夫は思いながらグイグイと引っぱられて留置場へ投げ込まれるように入った。

何時間かたって敬夫は呼び出された。赤茶けたドアが並んでいる廊下の隅の部屋に行った。ドアを開けて中を見た途端、（あッ）と声をたててしまうところだった。古い板の机の向うに腰をかけて待っていたのは、あの細い小さい足の、やせた、眼鏡をかけたヒトが敬夫を取調べるために待っていたのだった。

（がんばれるだけがんばるぞ）

と敬夫は机のこっちに腰をかけた。古い板の椅子だ。この椅子に腰かけてこの板の机の前で、

「ボクが犯人だっていう証拠を見せて貰いたいよ」

とふんぞり返ってやる気だったのだ。だが、あの電話がミスだったためにその夢も消えてしまったように思えた。

細い足の刑事は、

「あの電話は、君の声だと思うカネ？」

と言った。

「ボクの声だと決定するんですか？」

と敬夫は言ってやった。

「キミ、電話の声の主は、犯人なんだよ、死体の場所も知っていたし、クシを送ったことも知っていたからな」

と言われた。

「そう、それはボクもそう思いますね、だけど、ボクの声だという物的な証拠はないでしょう、たとえ、ボクの声だってボクが認めても、声だとか、言い方なんてものは物質じゃないでしょう」

と平然と言ってやった。それから、

「声なんて、空気みたいなものでしょう、電波ですよ、そんなものが物質だなんて言うと笑われますよ」

と言ってやった。

「キミ、電話をかけたろう、その人の顔を覚えている者があるんだ」

と言われた。

「新聞で見て知っていますよ、小学生や幼稚園の女の子でしょう、そんな子供や幼児の証言が通用するなら裁判史上に例のないことじゃないですか」

と言ってやった。それから、

「それでも、警察の方で無理にそれを通そうとするなら仕方がないけどね」

と言ってやった。

「キミ、その時、自転車を電話ボックスの外へ置いたろう。電話をかけた犯人は、その自転車に乗って立ち去ったんだよ。荷掛けに赤い花模様の座ぶとんをつけてな、その赤い花模様の座ぶとんは、キミの家にあった自転車にまだそのままつけてあるんだよ、それでもキミは強情をはるのかな？」

と言われた。

「それ、赤い花模様の座ぶとんを持っている人はボクだけと言うわけですか、ボクだけしか持ってはいないということにきまっているんですか、それに、赤い花模様だというけど赤い花模様の布ならどれでもみんな同じだと言うんですか、呉服屋の反物はみんな、それに、子供や幼児の見た花模様でしょう」

と言ってやった。

「まあ、そういうことになるだろうな、この場合は、ほかのこともみんなキミに合ってるんだ、声も、言い方も、顔も、と、三拍子も四拍子も揃っていれば座ぶとんもそうだということになるだろうな」

と言われた。

「それ、みんな、幼い女の子の証言や、空気みたいなものじゃないですか、それが立派な証拠になるなら世界の裁判史に例のない無謀な裁判じゃないですか、勿論、どんな無理でも通そうとするなら勝手ですけどね」

と敬夫は食い下った。

第一回の取調べは水掛け論で終って留置場へ戻った。そうして毎日毎日呼びだされた。留置場を出て、あの廊下へ出るのだ、コツコツと歩いて、赤茶けたドアを開けて入って、そうして、あの細い小さな足の刑事さんが待っているのだ。そうして水掛け論をやるのである。

いつまで水掛け論をやっても同じことなので、しまいには敬夫は黙ってしまった。

「返事をしないのは、さすがのキミも、強情が通せないからだろう」

と言われた。（いや、そうじゃない、同じことを何回言ったって同じことだからね）と敬夫は思った。そう言ってやろうとも思ったが、（もう、何回も同じことを言ったのだ）と思うので返事をしないでいた。

十日目、敬夫は争うことは止めようと思った。言うことは同じことでも何回言ってもそれだけなのである。

その時、敬夫は（面倒だナ）と思った。ぽんと、言ってしまおうかと思った。（こんな面倒なことは）と頭の中がカーッとなった。どうせ、人間なんていつかは終着駅につくのだと思った。早いか、おそいか、俺は、俺の選んだ道を（きめてやるぞ）と思った。（どうせ、俺の一生なんてどっちでもいいんだ）と思った。敬夫は古い板の椅子に腰をかけて、細い小さい足の、やせた刑事さんの顔をじーっと眺めた。（自白したならこのヒトは喜ぶだろう）と思った。それから（こんなヒトを喜ばせるのは嫌だ）と思った。そうして、父の差入れに来た時に親切にしてくれた、あの肥《ふと》った、親切にしてくれた刑事さんを思いだした。どうせ自白するなら、あのヒトに話そうと思った。

「ふっふっふ」

と敬夫は笑って、

「あの、肥った刑事さんはどこにいるだろう、あのヒトに特ダネをやりたいね、あの刑事さんは親切だったからな」

と言ってやった。それから、

「あなたは、いくら話してもわからないヒトだからね」

と言ってやった。それからまた、

「ふっふっふ」

と笑った。

細い足の刑事さんが出て行って、あの肥った刑事さんが入って来た。

「やあ、しばらくでした」

と敬夫は言った。それから、

「どうせ特ダネをやるなら新聞社の奴になぞやらないで、父の差入れの時に親切にしてくれたあなたにあげるよね」

と言った。それから、

「あの、女高生も、たんぼの中の女もボクがやったのですよ」

と言った。言ってしまって、（あの電話をかけたのはミステークだったな）とまた思った。

あたりがざわついて敬夫はハッとした。父が駆けつけて来たのである。「こんなことをするとは」と目の前で泣きくずれている父の泣きシャベる声を聞いたのだ。敬夫は黙ってみていた。（あの電話をかけたのはミステークだったな）と思った。父が胸に飛びついて来た。そうして、

「敬夫、おまえはバカだぞ、どうせ自白するなら、あのやさしい刑事さんに白状すればよかったぞ」

そう言いながら父は細い足の刑事さんの手を握りしめたのである。それから、

「この刑事さんに白状すれば、あとの裁判のことまで面倒を見てくれたのに」

とわめくように言った。父はますます興奮して、

「あんな、意地の悪い、憎い奴に白状して、バカの奴だ」

と言いながら敬夫の胸をゆすりながらあの肥った刑事さんを恨めしいように眺めた。

突然、父が、

「バカヤロー」

と、あの肥った刑事さんに向って怒鳴った。

(畜生ッ)

と敬夫は腹の中が熱くなってきた。

(警察の奴等にダマされたッ)

と思った。くずれるように敬夫は板の椅子に腰をおとした。あの肥った刑事さんが、

「よく、正直に白状してくれたよ、裁判のことも、弁護士のことも、僕が心配してやるよ、僕はあくまでキミの味方になってやるから」

と言う声が聞えた。父が、泣きシャベっていた。

「悪事が栄えたことはないのだ、とんでもないことを」

と父はいつでも言うことが違って、またあんな口から出まかせのことを言っているのだ。

敬夫は頭の中がカーッとなって、

「ふっふっふ」

と笑っていた。

第五展示室

「中年期のトラウマ」

――いろいろ経験したからこそ、こたえる……

秘密を打ち明けられることの怖さというトラウマ

［ロシア文学棚］

不思議な客

（『カラマーゾフの兄弟』より）

ドストエフスキー

［秋草俊一郎 新訳］

〝ついに私は気がついた。
男自身、なにかを打ちあけたいという願望に
苦しみはじめた様子なのだ。
男が訪ねてきて一か月ばかりは過ぎたころだろうか。
もう、それはまざまざと
目に見えるようになっていた。〟

ドストエフスキーの『カラマーゾフの兄弟』は、文庫本で三千ページ以上もある大長編で、なかなか全部を読み通すのは大変です。

でもじつは、『カラマーゾフの兄弟』には面白いエピソードがたくさん入っていて、それらは短編小説として読むこともできます。

たとえば、芥川龍之介の「蜘蛛の糸」とそっくりな話も出てきます（「一本の葱《ねぎ》」）。

ここでご紹介するのは、そうしたエピソードの中でも、最も印象的なものです。

フョードル・ドストエフスキー
1821－1881　ロシアの小説家。15歳のときに母が病死。17歳のときに父が殺される。1846年の処女作『貧しき人びと』が絶賛されるが、その後は評価がどんどん下がる。政治活動に関係して逮捕され、銃殺刑になる直前に減刑され、シベリアの収容所で四年間を過ごす。その経験から『死の家の記録』を書き、『地下室の手記』で新たな作風を確立し、さらに『罪と罰』、『白痴』、『悪霊』、『未成年』、『カラマーゾフの兄弟』という五大長編を書く。

［お読みいただく前に］

この「不思議な客」は、大長編『カラマーゾフの兄弟』の中に出てくる、ひとつのエピソードです。

単独の短編小説として読むことができますが、この前の部分の話が少し出てきますので、それだけご説明しておきます。

「不思議な客」の語り手である「私」は、まだ若い、陸軍の将校で、好きになった女性が別の男性と結婚したことにショックを受け、その夫をわざと侮辱し、決闘することに。

決闘の前の晩、不機嫌な「私」は、従卒のアファナーシイに腹を立てて、顔を殴って、血だらけにしてしまいます。

夜が明けたとき、人間が人間を殴るということの罪深さに、ふいに胸を突かれ、「私」はベッドに泣き伏します。

「人はみな、他の人に対して罪がある」という考えがわいてきます。

「私」は、従卒のアファナーシイの部屋に行き、土下座をしてあやまります。そして、決闘の場でも、まず相手にピストルを一発撃たせ、自分の番になったときにピストルを放り捨てて、相手にあやまりました。

軍隊の仲間たちからは非難されますが、「私」が軍隊を辞めて修道院に入るつもりと聞いて、みんな態度をあらため、好意的になります。社交界でも話題となり、みんなが「私」を家に呼びたがり、話を聞きたがります。「私」はみんなから愛されます。

そして、そんな「私」に興味を持って、「男」が家にやってくるというのが、この「不思議な客」です。ここに出てくる「男」は、この前には出てきませんし、この後にも出てきません。この「不思議な客」だけに出てくる人物です。

その男は私たちの町で長年勤めあげ、立派な地位についていた。みなの敬意を集めていたうえに、金持ちで、慈善家としても知られていた。実際、養老院や孤児院などの施設に、かなりの額を寄付していたのだ。それどころか、宣伝もせずに慈善事業をこっそりしていたのだが、詳細がすっかりわかったのは男の死後になってからのことだった。

年のころは五十ほど、顔つきは厳しいと言ってもいいぐらいで、口数は少なかった。結婚して十年とたたず、まだ若い妻との間に、こどもを三人もうけていたが、いずれもまだ小さかった。

ある晩、私が家にいると、突然ドアが開いて、入ってきたのがまさにこの人物だった。

言っておくと、このときはもう前の住居にはいなかった。あのあと辞表を書くとすぐ、別の場所に引っ越したからだ。官吏の未亡人の老婦人のところに、身のまわりの世話つきで間借りした。引っ越したのも、決闘のあと中隊に従卒のアファナーシイをそのまま送り届けたあの日、先ほどの自分のふるまいのせいで、相手の目を見るのが恥ずかしくなってしまったからだった。未熟で低俗な人間というものは、まっとうな行いをしたときでさえ、こんなに気まずく思うものなのだよ。

　やってきた紳士は、こう切りだした。

「ここ数日のうちに、ほうぼうであなたのお噂《うわさ》を耳にする機会があり、大変興味をもちました。それで、もっといろいろとお話ししたくて、お知り合いになりたいと思いたちました。どうか、私の願いをお聞き入れいただけないでしょうか?」

「よろこんで。大変な名誉と存じます」

　こう返答したが、内心はたじろいでいた。というのも、男を一目見てはっとしたのだ。興味をもって、私の話を聞きたいというものがいても、この男ほど真剣な心構えで近づいてきたものはいなかった。さらに、この男は自分から訪ねてきたのだ。男は腰をかけると、話をつづけた。

「ずいぶん堅固な意思をお持ちのようですね。周囲からさげすまれる危険をおかしても、真実に仕えるのを恐れないとは」

「過大評価ではないでしょうか」

「いえいえ、まったく過大評価なんかなものですか。ご自身で思われるより、ああしたふるまいをするのはずっと難しいものです。実際、その話を聞いて私は心を打たれ、こうして訪ねてくる気になったのです。ひょっとすると、私の好奇心は不調法かもしれません。お腹立ちではなかったら、決闘でゆるしを乞《こ》おうと決めたまさにその瞬間の心境を、お聞かせ願えませんか？　記憶されていたらの話ですが。私の疑問をうわついたものとおとりなさらないように。その逆で、こんな質問をする、自分なりの秘密の目的があるのです。おそらく、後日説明することになるでしょう――神の思《おぼ》し召しがあって、あなたとさらに親しくなれたらのことですが」

話を聞いているあいだずっと、男の顔をまじまじと見つめていた。すると突然、圧倒的な信頼感が芽生えてきた。むしろ私の側で尋常ではない好奇心をいだいた。この人物が、なにかとんでもない秘密を隠しもっているとぴんときたからだ。

「私が決闘相手にゆるしを乞うたときに感じたことをお聞きでしょうか。ですが、そもそものはじめからお話しした方がいいでしょう。まだ、だれにも話したことはないのですが」

そこで、従卒のアファナーシイとのあいだにあったことを残らず話した。家の床に額をついて自分の従卒に許《ゆる》しを乞うたことも。私は話をこうしめくくった。

「あのとき、決闘に臨んだときは気が楽だったのです。そもそも自分のうちで第一歩を踏みだしていたのですから。一度道にはいってしまえば、その先を進んでいくのは、難しいどころか、たのしく、うれしいことでさえあったのです」

男は話を聞き終わると、こちらをじっと見つめた。

「お話は残らず、とても興味深いものでした。これからもうかがわせていただきます」

それ以来、男はほとんど毎日やってきた。男が私に自分のことを話してくれたなら、もっと親しくなれただろう。だが、自分についてはひとことも語らず、もっぱらこちらに質問するばかりだった。それにもかかわらず、私はこの人物が気に入り、心から、全幅の信頼を寄せた。男の秘密なんてどうでもいい。そんなものがなくとも、まっとうな人間だとわかるではないか。それだけではない。ごくまじめな人で、はるかに年上なのに、年少の私のもとに通ってきて嫌な顔ひとつしない。頭の回転の速い人だったので、男と話すのはおおいにためになった。

「もし人生が天国だとしたらどうでしょう」——男はふと、こんなことを言いだした——「そのことを長年考えていました」——突然、ことばを継いだ——「そのことだけをずっと考えているのですが」

男はこちらを見て、笑みを浮かべた。「私はあなたよりも自信があるくらいなんです。つまり、人生が天国だということに。あとでその理由がわかるでしょうがね」

それを聞いて、心中ひそかに思った——《どうやら、何事か打ちあけたいようだ》。

「つまり天国とは、私たちひとりひとりのうちに秘められているのです。いま、私のうちにも隠れています。現実に、明日にでも天国はやってきて、一生つづくんです」

見ると、感極まって話しながら、不思議なまなざしでこちらを見つめている。なにかを問いかけるようだった。

「あらゆる人間は、自分の原罪のほかに、万人、万物に対して罪を負っている。そのお考えはまったく正しいです。どうしてそこまで完全に悟ることができたのか、不思議なほどです。まったく、みながその考えにいたれば、神の王国が夢ではなく、この世にやってくることはまちがいありません」

「いったい」――私は悲痛な叫び声をあげてしまった――「いつそれが実現するんですか。いつかは実現するものでしょうか？　ただの夢ではなく？」

「つまり、あなたは信じていないんだ。説きながら、自分で信じていらっしゃらない。あなたが言うように、その夢想は実現します。信じて結構です。ですが、いまではありません。あらゆる運動には法則というものがあります。問題は心に、心理にあるのです。世界を新しくつくりかえるためには、人間が自分からもっと別の道を心理的に歩んでいかなくてはなりません。実際、あらゆるひとが兄弟にならないうちは兄弟愛は訪れません。いまだかつて、どんなに理を説き、利を説いても、人類は財産と権利をすすんで分けあうことができません。万事、自分の取り分が足りない。それで万事、不平や妬み、諍《いさか》いの種になってしまうのです。いつ実現するかお聞きでしたね。実現しますが、まず人類の孤立の時代が終わらなければなりません」

「その、孤立とはいったいなんです？」私は訊《たず》ねた。

「いま、この世をあまねく支配しているものです。とりわけわれわれの時代はそうです。終わったわけではありませんし、終わりも見えません。いま、人々はそれぞれ個性を最大限に発揮しようとしています。自分自身の人生だけを最大限味わいつくそうとしています。そんな行いから出てくるものはなんでしょう。最大限の人生どころか、最大限の自殺なのです。己の存在を最大限確立するどころか、完全な孤立に陥っているのですから。

現在、人々は個人に分断されてしまっています。みなが自分の穴で孤立しているのです。ひとりひとり、ばらばらになっています。他人から隠れ、自分のものを隠しているのです。しまいには自分から人々を遠ざけ、人々から自分を遠ざけるようになってしまうのです。孤立したまま富を貯めこんで、こう考えます――《どんどん力をつけよう、そうすれば不安がなくなる》とね。しかし、愚かなことです。貯めこめば貯めこむだけ、なすすべもなく自殺へとはまっていくことを知らないからです。

ひとりでいたいと思うことが当たり前になり、全体から個として分かたれてしまうとなにが起こるか。他人の助けを求めることができなくなり、周囲の人々や人類を頭から信じなくなってしまいます。すると、金や、手に入れた権利を失うのではないかとおびえて過ごすだけになります。個性が真に脅かされない状態とは、個人の力の孤立にあるのではありません。人間社会全体が統一された中にあるのです。人間の知性というやつは、このことをばかにして、いまやいたるところで思考停止しているのです。

ですが、それに終わりがくるのは疑いようがありません。この恐ろしい孤立にもでず。そして、個人同士が分断されているのは不自然だと、目をさまして悟るようになるでしょう。時代の流れも変わります。なんだって闇の中で長いあいだ座っていて、光を見ようとしなかったんだと、人間は驚きますよ。そのときこそ、天上に人間の息子のしるしがあらわれるでしょう……。

ですがそれまでは、とにかく旗印を大事にしなくてはなりません。ひとりでもいいから、つと立ちあがって手本を示さねばならないときもあるでしょう。神がかりと見られようとかまうものですか。すばらしき兄弟愛の交流へと、孤立から魂をひきだしてやるのです。偉大な思想を絶やさぬように……」

このような、情熱的な、歓喜にわく対話を交わすうちに、夕べは一日、また一日と飛ぶように過ぎていった。私は人づきあいも投げだして、誰かの家を訪ねることもめったになくなった。おまけに、流行だった私への関心も、冷めていったころだった。人々を非難しているわけではない。というのも、みな私を好いてくれ、快くつきあってくれたからだ。しかし社交界では流行こそが無視できない女王であることは、やはり認めざるをえないだろう。そのころにはついに、不思議な客をうっとりと見つめるようになっていた。というのも、男の頭の回転が速いのが心地よいこともあったが、男がなにかたくらみを秘めていて、なにかとんでもないこと、おそらくは偉業の準備をしているとの予感が芽生えていたからだ。うわべは私がその秘密に関心を示さず、直接にも、間接にも、訊ねなかったのが男の気に入ったのだろう。だが、ついに私は気がついた。男自身、なにかを打ちあけたいという願望に苦しみはじめた様子なのだ。男が訪ねてきて一か月ばかりは過ぎたころだろうか。もう、それはまざまざと目に見えるようになっていた。一度、こう訊《き》かれたことがあった。

「私がここにしょっちゅう出入りしているせいで、町中が二人に奇異の目を向けています。しかし、ほうっておきましょう。じきにみんなわかるんですから」

ときどき、男は前触れなく異常に興奮することがあった。そんな場合、さっと立って帰ってしまうのが常だった。ときどき、刺すようにじっとこちらを見ていることもあった――《今にもなにか言い出すぞ》と、思った。しかし、こちらの話をふっとさえぎると、なにかあたりまえの、平凡な話をしだすのだった。頭痛をうったえることもしょっちゅうだった。あるとき、まったく意表をつかれたことがあった。長いこと火のついたようにしゃべったあとで、突然青ざめて顔をゆがめると、まじまじとこちらを見るのだった。

「どうしたんです」――私は言った――「気分が悪いのですか？」

このとき、男はまた頭痛をうったえていたのだ。

「私は……ええと……私は……人を殺したんです」

男は口走るとほほえんだが、顔は真っ青だった。

《なんで笑ったのだろう？》……頭をめぐらせるより先に、ふと、こんな思いが心臓を貫いていた。私自身も真っ青になっていた。

「なんですって」――思わず叫んでいた。

「ええ」――青ざめた笑みをうかべたまま、男は答えた――「最初の言葉を言うのが、どれほど勇気がいったか。いま、こうして言ってしまうと、どうやら道に立ったようです。この道をすすんでいきましょう」

男の話を信じるまで、ずいぶんかかった。通ってきた男から三日かけて、話をすみずみまで残らず聞いてから、やっと信じたのだ。男の頭がおかしくなったのかとも思った。しかし私自身哀《かな》しみと驚きにうちひしがれながらも、しまいには納得した。

それは実にひどい、恐ろしい犯罪だった。十四年前、裕福な婦人がいた。地主の未亡人で、若く、美しく、この町に滞在用の家を所有していた。女を愛してしまった男は、告白し、結婚してくれと口説いた。だが、女は別の男にすでに心をささげていた。名門出の、地位も低くない軍人で、当時は軍務についていたが、じきに戻ってくることになっていた。申し出は拒絶され、家に来ないように言いわたされてしまった。家を訪ねるのはやめたが、間取りはわかっていた。そこである晩、屋根づたいに庭から女のもとに忍びこんだのだ。露見するリスクをおかして、度外れた大胆さだった。しかしえてして、大胆きわまりない犯罪ほど、うまくいくものなのだ。天窓から屋根裏に侵入すると、はしごを使って居室へと降りた。はしごのかかった部屋のドアが、召使の怠慢からいつも鍵がかかっていないのを知っていたのだ。このときも召使の手抜かりをあてにしていたのだが、まさに図があたった。住居に侵入し、闇の中、ランプがひとつともっていた女の寝室に忍びこんだ。あいにく、小間使いの女性は二人とも、許しもえずに、名の日*のお祝いに近所へこっそりでかけていた。残っていた召使たちは、下の階の召使部屋や、厨房で寝ていた。

寝室で眠っている女を目の当たりにすると、劣情を抑えられなくなった。次の瞬間、恨みと嫉妬が、悪意となって心をとらえた。まるで酔っぱらってしまったかのようだった。頭に血がのぼり、歩みよって女の心臓にナイフをずぶりと突き刺した。女は声もあげなかった。それから、狡猾《こうかつ》にして卑劣な目論見《もくろみ》のもと、召使のしわざに見せかけた。女の財布を盗《と》ることもいとわなかった。それだけではない。女の枕の下から抜きとった鍵でタンスを開け、いかにも手癖の悪い召使がやったようにして、物を盗みだした。有価証券は残し、ただ現金だけを盗った。目につく金品をいくつか盗る一方、十倍は価値のある小物は残しておいた。記念にくすねたものもあるが、それについてはあとで話そう。こういったおぞましい行為を済ませると、来たときと同じ方法で家をでた。

あとになって騒ぎがもちあがったときも、その後もずっと、だれも真犯人を疑おうともしなかった。男が女に惚《ほ》れていたことはだれも知らなかった。男は寡黙で通っていたし、人づきあいもよいほうではなく、心をうちあける友人もいなかったからだ。男は被害者の友人、それもさほど親しくない知人と思われていた。それにここ二週間

*自分の名がちなんでいる聖者を記念する日を祝う。

は、女のもとを訪ねてもいなかった。

召使の農奴、ピョートルがまっさきに疑われた。状況は一致して、ピョートルが疑われるようになっていた。領主は自分の農奴から、新兵を派遣しなくてはならない。故人自身、ピョートルを差し出すつもりだということを公言し、ピョートルもそれを知っていた。ひとりもので、おまけに素行も悪いとくればそれも当然だった。酒場で酩酊《めいてい》して、はらいせに女を殺すと気炎をあげているのを聞いたものもいた。ピョートルは女が殺される二日前に家をでて、町のどこぞにいたようだ。殺人事件が起きたあとで町からでようとするところを見つかったが、泥酔していて、ポケットにはナイフを忍ばせ、おまけに右手のひらはなぜか血だらけだった。血は鼻血だという言い分だったが、だれも信じなかった。召使たちもお祝いに出かけていて、帰宅まで正面玄関の鍵をかけていなかったことをわびた。そのうえ似たような証拠がたくさんでてきて、無実の召使はつかまった。召使は逮捕され、裁判にかけられた。だが一週間もすると、熱病にかかり、意識のないまま病院で死亡した。こうして一件落着となり、あとは神のご意志があずかるところになった。みなが——裁判官も、当局も、世間も——犯人は死んだ召使だと信じこんでいた。そこから、罰がはじまった。

いまや私の友人となった不思議な客が打ち明けるところによれば、はじめのうちは良心の呵責《かしやく》に苦しむことはまったくなかった。男を長いあいだ苦しめたのはむしろ、未練だった。つまり、血では劣情がめらめらと燃えているのに、愛する女を殺してしまったこと、女はもういないこと、女を殺すことで自分の愛を殺してしまったこと――そうした心残りだった。罪なき者の血が流されたことや、殺人については、そのときは思いをいたさなかった。《あの女が、別の人間の妻になるなんてありえない――だから、ああする以外になかったのだ》と、長いあいだ心底思いこんでいたのだ。召使がつかまったとき、はじめのうちは少し苦しんだが、急病になって、逮捕されたまま死去したことが、救いになった。というのも、召使の死はどこからどう見ても（そのときはそう思えたのだが）逮捕のせいでもショックのせいでもなく、出奔したまさにその数日のうちに死んだように酔いつぶれて、一晩中湿った地べたに寝ていたせいでひいた風邪が原因だったからだ。盗んだ品物や金のことでも、あまり悩まなかった。（これもすべて男の理屈だが）盗みは私利私欲からのものではなく、疑いを逸《そ》らさんがためのものだったからだ。盗んだ品物の金額はたいしたものではなかった。男はじきにその金額を、いや、さらに大きな金額を、町の養老院に寄付した。男によれば、盗みへの良心の呵責をしずめようという目論見でしたことだったが、そのときは――いやその後も――実際驚くほど心がしずまったのだという。

男は、今まで以上に自分の仕事にうちこむことにした。自分から志願して忙しく大変な仕事につき、二年のあいだ没頭した。やわな性質ではなかったので、事件のことはほとんど忘れていた。思い出すことがあっても、まったく考えないようにしていた。慈善事業に精をだし、町に施設をたくさん作ったり、寄付をしたりした。モスクワ、ペテルブルグの両首都でも頭角をあらわし、それぞれの都市の慈善団体のメンバーとして選ばれたりした。しかし結局、うつうつとした思いにとらわれるようになり、いかんともしがたくなった。

ちょうどそのとき、とある美しく、賢い女性と出会った。その女性が気に入り、すぐに結婚した。結婚すれば、わびしさやさびしさから逃れられると夢みたのだ——新しい道に入って、妻子へのつとめを懸命にはたし、古い記憶とはきっぱり手を切ればいい。だが、期待は裏切られた。結婚後一か月にして、《自分を愛している妻が、あのことを知ったら?》という思いにとりつかれてしまったのだ。第一子を身ごもったと妻に告げられると、急にうろたえてしまった。《自分で命を奪っておいて、命をあたえたのだ》こどもは次々と生まれた。《こどもらを愛し、教え、育てることが自分にできるだろうか。こどもらに慈善事業についてどう説明したらいいのか。私は血を流したのだ》こどもらはすくすくと育ち、なでてやりたくなることもあった。《だが、こどもの罪のない顔はまぶしくて、見ることができない。その価値が自分にはない》しまいには、犠牲者の血がちらつき、恐ろしく、心苦しくなった。奪われた若いのち、血を贖《あがな》えと迫る声が、念頭からはなれなくなったのだ。こわい夢をみるようになった。だがやわな性質ではなかったので、じっと苦しみに耐えていた。《この胸に秘めた苦しみで、すべてを贖おう》——だが、望みもむなしかった。時がたつにつれ、苦しみは一層強まったからだ。世間では、厳しく、暗い性格のせいで恐れられてはいたが、慈善事業のおかげで敬われてもいた。敬われれば敬われるほど、耐えきれなくなった。自殺しようとさえ思ったと、男は打ちあけた。しかし、かわりに別の考えが浮かんだ。その案は、はじめはまったくありえないもので、ばかげているとさえ思われた。しかし、しまいには男の心にぴたりとはりついてしまって、ひきはなせなくなった。それはこうだった——決然と人前に出ていき、自分は人を殺したと、洗いざらい話してしまおう。三年ほど、この思いつきをあたためていた——心の中で、ありとあらゆる可能性を思い描いていた。そしてついに、罪を告白すれば、心は癒され、永遠のやすらぎをえることができると、確信するにいたった。しかし確信すると、恐怖にも襲われた。どうことをなせばいいのだろう？　そのとき突然、私の決闘騒ぎが起こったのだ。

「あなたを見て、やっと決意したのです」

私は男を見つめた。「本当に」——思わず両手を打ちあわせて叫び声をあげてしまった——「あんなちっぽけな出来事のせいで決意されたのですか？」

男は答えた——「三年間かかって決意したのです。あなたの事件はきっかけにすぎません。あなたを見て己を責め、妬みさえしたのです」いかめしいと言ってもいい顔つきで、男は宣告した。

私はこう意見した。「十四年もたっていたら、信じてもらえないでしょう」

「動かぬ証拠があるんです。それを出しますよ」

ここまでの話を聞いて、私は涙し、男にキスをした。

「ひとつ、ひとつだけ解決してほしいことがあるのです」——男は言った（いまや万事私次第といったありさまなのだ）——「妻とこどものことです。たぶん妻は悲しみで死んでしまうでしょう。こどもは貴族の地位と財産を没収されないにしても、父が流刑囚という烙印《らくいん》を押されるのです。それも永遠にです。それにしても記憶は——なんという記憶を心に刻みこむことになるのでしょう！」

私は黙っていた。

「妻子と別れ、永遠に会わないほうがいいのでしょうか？　そう、まったく永遠、永遠にです！　私は座って、祈りのことばを口の中でつぶやいていた。ついに、私は立ちあがった。恐ろしくなったのだ。

「どうしました？」男はこちらを見た。

「行って、告白してきなさい。万事は消え去り、ただ真実だけが残ります。大人になったら、こどもはわかってくれます。その見事な決意にいたるまでに、どれほどの度量がいったのかを」

そのとき、男はきっぱり決断した様子で出ていった。だが、その後も通ってきた。二週間以上、毎晩つづけてだ。覚悟は決めているのに、まだ決断できないのだった。私は苦しめられた。意志を固めてやってきて、感極まった様子で話すこともあった。

「私の天国がやって来ます、告白すれば、今すぐにも来ます。この十四年は地獄でした。苦しみたい。苦しみをうけいれ、新たな人生をはじめます。偽りでこの世をわたっていけば、後戻りはできなくなります。いま隣人だけでなく、自分のこどもすら愛せないのです。ああ、たぶんこどもたちも父の苦悩を理解して、責めはしないでしょう！　神は力ではなく、真実の中にあられるのですから」

「あなたの偉業をわかってくれるでしょう。すぐにではありませんが、あとになってからわかってくれます。みな、真実に仕えているのです。この世のものではない高みにある、あの真実に」

そのときは慰みをえたかのように帰っていくのだが、次の日はまた険のある蒼白《そうはく》な顔をしてやって来て、自嘲的に言うのだった。

「来るたびに、好奇の目で見ますね。《また言わなかったのか？》とでも言いたげな目で。ちょっと待ってくださいよ。思っているほど簡単なことじゃないんですよ。たぶん、まったくまだまだかもしれないですよ。こうなったら、私のことを密告するんじゃないでしょうね」

ところが私は、あさはかな好奇の目を向けていたどころではなかったのである。むしろ、男を見るのが怖いぐらいだったのだ。心身ともに疲れきって病気も同然だった。心は泣きぬれていた。夜は眠れもしなかった。

「私はいま、妻のところから来ました。妻というものがどんなものか、おわかりになりますか？　私が出るとき、こどもたちが言いたてるんです――〈いってらっしゃい、パパ。早く帰ってきて。いっしょに『こどもの読みもの』を読もうよ〉ってね。いいや、あなたはおわかりではない。〈他人の不幸、思案のほか〉と言いますからね」

目はぎらつき、唇はわなわなと震えた。とつぜん、テーブルをこぶしで殴りつけたので、上のものが跳びはねた。あれほど穏やかだったのに、こんなことははじめてだった。

男は叫んだ。「本当にやる必要がありますか？ 本当に必要か？ だれも有罪になっていませんし、私のかわりに流刑になったわけでもありません。召使は病死したのです。流した血は苦しみで罰せられたんです。それにまったく信じてもらえませんよ。どんな証拠を持っていっても同じことです。告白する必要がありますか、必要か？ 流した血に対して一生苦しむ心構えができています。ただ、妻子にショックを与えたくないのです。自分と一緒に妻子を破滅させる必要がありますか？ まちがってやしませんか？ どこに真実があるのでしょう？ 人々がこの真実を正しくうけとめ、見さだめ、敬ってくれるでしょうか？」

《ああ！》――私は内心ひとりごちた――《こんなときにすら、周囲の目を気にしているとは！》

このころには男のことが哀れになり、自分も運命をともにしてもいいようにすら思えた。見るからに頭に血が上っている。理性ではなく、生きた心で、このような決意がいかばかりかを悟ると身震いした。

「運命を決めてください！」と、また叫んだ。

「行って、告白しなさい！」私はささやいた。声量は十分ではなかったが、はっきりとつぶやいた。そこでテーブルから福音書のロシア語訳を手にとり、ヨハネ書の第十二章第二十四節をしめした。「心より、心より、あなたがたに言う――一粒の麦、もし地に落ちて死なずば、一粒のままである。もし死ねば、多くの実を結ぶ」男の来る前に、その行を読んだばかりだったのだ。

男は目を通した。

「まったく」――男はそう言って、苦々しい笑みを浮かべた――「そう、この本にね」と言って、少し黙った。「なんと恐ろしい文句でしょう。これを鼻先に突きつけるのは簡単ですよ。だれが書いたんです。本当に人間ですか?」

「聖霊が書いたのです」

「そんなふうに、しゃべるだけなら気楽なもんです」――また笑った。だが、すでにその顔に浮かんでいたのはほとんど憎しみと言ってもいいものだった。また本を手に取り、別の頁《ページ》をめくって「ヘブル人への手紙」第十章第三十一節をしめした。

「生ける神の手に落ちるのは、恐ろしいことだ」*

男は読み終えるなり、本を投げすてた。全身がわなわなと震えていた。

「恐ろしい行ですね……いい箇所を選んだもんですね。まったく」

そう言うと、男は立ちあがった。

「じゃあ……さようなら。たぶん、もうここに来ることはないでしょう。天国でお会いしましょう。つまり、十四年間、私は〈生ける神の手に落ちていた〉というわけですか。この十四年間は、それじゃ、そう呼ばれると。明日、放してくれるよう、その手に頼んでみますよ……」

男を抱きしめ、キスしてやりたかった。しかし、その勇気はなかった。男の顔はゆがみ、苦しげにこちらを見ていた。男は出ていった。《ああ、どこに行くというのか！》――そう思った。私は泣き、イコンの前にひざまずいて、まさかのための庇護《ひご》者、救済者である聖母マリアに祈りをささげた。涙ながらに祈ったまま三十分がすぎた。すでに夜もふけ、十一時に近かった。見ると突然ドアが開いて、男が入ってきた。さすがにぎょっとした。

「どこに行ってたんですか？」

「私は……どうやら、忘れ物をしてしまったようです……。ハンカチだったような……いや、なにも忘れていなくてもいいじゃないですか。座らせてください……」

男は椅子に腰かけた。私は男のわきに立っていた。

＊「生ける神」とはキリストのこと。この言葉は、罪を犯し続けることの重大さ、恐ろしさについて表現している（ただし、聖書にはさまざまな解釈があり、これが唯一の解釈ではない）。

「あなたも座ってください」男にそう言われて、私も座った。少しのあいだそうして座って、男はこちらをじっと見ていたが、突然笑みをこぼすと（そのことをよく覚えている）、立ちあがって自分からこちらを抱きしめ、キスをしたのだった……。「覚えておいてくれ」――そう、男は語りかけてきた――「ここに戻ってきたことを、頼むから覚えておいてくれ」

このとき、男ははじめて敬語をつかわずに話しかけてきた。男は帰っていった。《明日だ》――そう思った。

こうしてことが起こった。知らなかったのだが、男が訪ねてきたのは自分の誕生日の前夜だった。私はそのころ出歩かなかったので、耳にする機会もなかったのだ。男の誕生日には毎年、大きな会が催され、町中の人々が集まるのだった。その日がまさにそうだったのだ。みなで昼食をともにしたあとで、男が人前に進みでた。その手には一枚の書類があった。当局にあてた正式な報告書だった。当局のものがその場に居合わせたので、男は集まったみなに聞こえるよう読みあげた。内容は犯行の詳細な供述だった。「人でなしの自分を、社会から追放する。神が訪れたのだ」――書類はこう結ばれていた――「苦しみを欲する！」そして、持ってきたものをテーブルにならべた。犯行の証と、男が考えた物品で、十四年間、手元に残しておいたものだった。

嫌疑をそらす目的で被害者から盗んだ金品、首元から抜きとったロケットや十字架（ロケットには婚約者の写真が入っていた）、手帳、しまいに二通の手紙だった。婚約者から被害者にあてた、じきの帰還を知らせるものと、その返事だった。返事の方は最後まで書かれておらず、翌日出すつもりでテーブルの上に置かれていたものだった。二通とも男が持ちだしたのだ。だが、なんのためにそんなことをしたのだろうか？証拠を破り捨ててしまうわけでもなく、なんのために取っておいたのか？

そして、騒ぎがもちあがった。人々はおののき、恐れた。好奇心剝《む》き出しで事件のあらましを聞きたがったが、誰ひとり信じようとはしなかった。数日もたつと、病人のうわごと同然、かわいそうに気が触れたのだと決めつけてしまった。当局や裁判所も無視することはできなかったが、手のつけようがなかった。提出された物品と手紙は検討にかけざるをえなかったものの、たとえ報告書が信用に足るとしても、ただ書類だけを根拠に有罪を言いわたすわけにはいかないという結論になった。物品はすべて、故人から知り合いとしてまかされて、預かることができたものだ。物品が本物だということは、被害者の知人多数、遺族が検分した結果まちがいないらしかった。だが、この件はこれで終わりというわけにはまたしてもいかなかった。五日後、苦悩の渦中にいる人物が病気になり、生命の危機にあることが知れわたったのだ。どんな病気になったのかは私には説明できないが、聞くところでは心不全らしかった。だが、男の妻のたっての希望で、男の精神状態を数名の医師が診断したところ、精神錯乱が認められるという結論がでたと伝わってきた。私の元へ大勢押しかけてきて、根掘り葉掘り質問されたが、口をつぐんでいた。だが、私の方はといえば、男を訪ねようにも、長いあいだ許可がおりなかった。問題は男の妻だった。

「あなたね、あなたが主人を破滅させたの。昔から陰気な人だったけど、この一年というもの異常な興奮状態で、行動も見るからに変だった。そこへあなたが主人を破滅させたのです。あなたが夫をぼろぼろにしたのです。夫はまる一か月もあなたのところへ入り浸りだったんですから」

なにも妻だけではない。町中の人間が、私を目の仇《かたき》にして非難した。「すべてあなたのせいだ」――そういうわけだった。私は黙っていたが、内心ではよろこんでもいた。なぜなら、己に歯むかって己を罰したものへの神の恵みを、疑いようもなく見てとったからだ。男が狂気に陥ったとは、私にはまったく信じられなかった。ついに面会をゆるされた。別れを告げるため、どうしても一目会わせてくれと男の方が頼んだのだ。部屋に足を踏みいれてすぐに悟ったのは、男が数日どころか、数時間しかもたないということだった。衰弱して、生気を失い、手は震え、息づかいも荒かった。だが、こちらをうるんだ目でうれしそうに見るのだった。

「やりとげたよ！」——男は開口一番言った——「ずっと会いたかったのに、なんで来なかったんだい？」

私は会わせてもらえなかったとは告げなかった。

「神が私を憐《あわ》れみ、そばに呼んでいるようだ。私は死ぬけど、よろこびとやすらぎを感じてもいる。こんなことは、つとになかったことだ。せねばならぬことをなしただけなのに、天国をこんなにも近くに感じる。いま、こどもたちを愛し、キスしてやりたいと思えるんだ。私は誰にも信じてもらえない。妻にさえも。裁判所にさえも。こどもも信じてくれないだろう。神の恵みはここにもある。私は死ぬが、私の名はこどもたちにとっては汚れなきまま残るのだ。いま、神を予感している。心は天国でくつろいでいる……。義務をはたしたんだよ……」

男の喉がぜえぜえするせいで、ろくに話もできなかった。男はこちらの手をぎゅっと握って、燃えるような瞳で見つめていた。しかし実際、あまり長くは話してはいなかった。男の妻がこちらをちらちらのぞいていたからだ。だが、男はなんとか声をふりしぼって、こうささやいた。

「深夜、きみのところに戻ったのを覚えているかい？　覚えているように言ったろ？

なんで言ったかわかるかい？　あのとき、きみを殺しにいったんだよ！」

私ははっとした。

「あのとき夜の闇の中に出ていって、町をぶらぶら歩きながら、自分と戦っていた。突然、きみのことが憎くて憎くてたまらなくなった。《いま、私を縛っているのはやつひとりだ。私の裁判官なんだ。やつが全部知っているから、明日の処刑を避けられない》密告されると思ったわけじゃなく（そんなこと思いもしなかった）、こう思ったんだ——《これで告白しなければ、どうしてやつに顔を合わせられるだろう？》きみが遠くにいたとしても、生きてさえいれば同じことだ。きみが生きていて全部知っていて、私を裁いているのだと思うと耐えられなかった。きみこそすべての原因で、元凶かのように思えて、憎しみがわきおこってきた。

そこできみのところに戻った。テーブルにナイフが置いてあったのを覚えていたんだ。腰かけて、きみにも座るように頼んだよな。まる一分間ものあいだ、思案していたんだ。きみを殺せば、前の罪を白状しなくても、どのみち破滅しただろう。しかしそのときはそんなことはまったく考えなかったし、考えたくもなかった。ただきみが憎くて、なにもかもきみのせいにして始末をつけたかったんだ。だけど心の中で、神が悪魔に勝った。でも、きみがあれほど死に近づいたことはなかったはずだ」

一週間後に男は死んだ。町中の人が、棺《ひつぎ》を墓地まで見送った。正教の長司祭は心のこもったことばをかけた。みなが口々に男の人生を断ち切った恐ろしい病を悼んだ。だが、葬儀が終わると、町中が私をやっかみだし、招きもしなくなった。男の証言を真実だと信じ、私のもとを訪れ、大いに関心をもってあれこれうれしそうに訊ねる人々もいた。最初のうちはそんな人間も少なかったが、時間とともに増えていった。というのも、人は、正しき者が堕落し、恥をかくのが好きなのだ。だが私は口をつぐんで、じきに町から離れた。五か月後には、神のみちびきでこの堅固で、立派な道に足を踏みいれることになった。自分に、かくもはっきりと道を指し示してくれた神の見えざる指に、感謝の念はたえない。その一方で、神の苦しみ多き僕《しもべ》、ミハイルのことは毎日祈りのたびに、いまでも思い出しているのだ。

＊修道院に入った。

動物と
心がかよってなどいないというトラウマ

［劇画棚］

野犬

白土三平

〝おいらの気持ちなんか
わかってくれないんだ。
サブ　おまえだけだ。
とうちゃんなんか　なんだ…。〟

動物を飼ったことのある人なら、「アフリカに旅行したとき、ゾウと目があって、そのとき心が通じ合った」などと言う人に、「そんなわけないだろ!」とつっこみたくなるでしょう。

しかし一方で、「あの子と私との間には、たしかにつながりがあった」とも思っているのではないでしょうか?

それは幻想なのでしょうか、真実なのでしょうか、それともその中間なのでしょうか?

白土三平(しらと・さんぺい)
1932− 漫画家。東京の生まれ。幼少より油絵を学び、戦後に生計を立てるため紙芝居の制作に関わる。指人形劇団・太郎座にも参加。貸本漫画『こがらし剣士』で漫画家デビュー。1959年からの長編漫画『忍者武芸帳 影丸伝』が高く評価される。『月刊漫画ガロ』創刊のきっかけとなった『カムイ伝』は大長編漫画となり、多くの人に衝撃と影響を与える。他の主な作品に『カムイ外伝』『サスケ』『シートン動物記』など。エッセイの著作もある。

野犬

自由……それは犬にあっては、自分の行きたいところへ行き、好きな物を好きなだけ食べるだけでよいのだ。

大都会の片隅
おれはそこで生まれた。
キョロキョロ

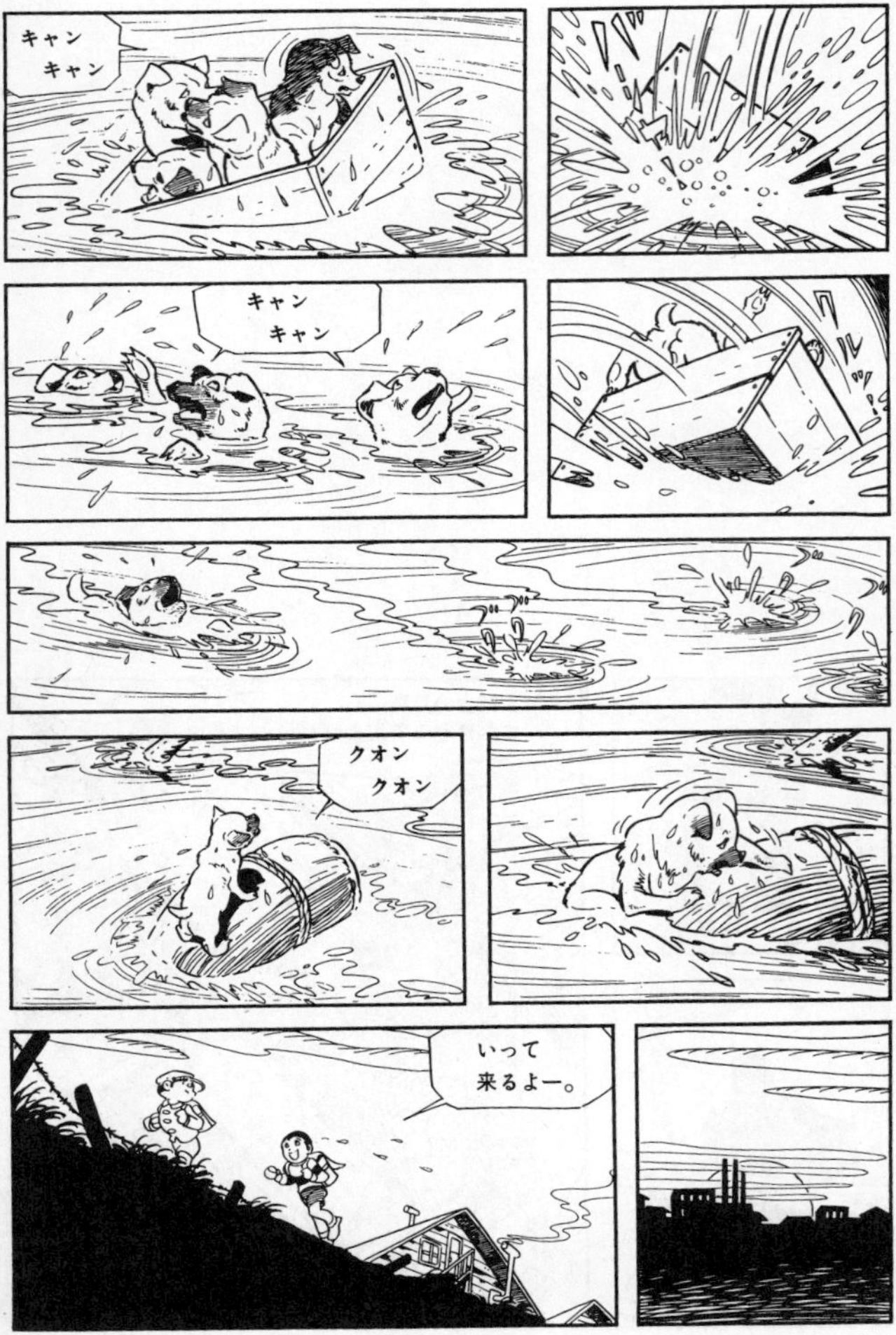
キャン
キャン
キャン
キャン
クオン
クオン
いって
来るよー。

アッ！
クオン
クオン
クオン
クオン
人間のガキが
おれをひろって
くれた。
それでおれは
助かったって
わけだ。
その点おれは
奴に感謝せにゃ
ならない。
クオーン
クオーン
さむさと
すきっぱらで
おれは毎晩
泣いてやった。
やかましい。
犬を
だまらせろ！
クオーン
クオーン

おれは親の
顔も知らずに
育って
いった。
ピィ
ピィ
人間のガキはおれに
サブって名をつけた。
奴が次郎ってんだから
傑作だ。
サブ
だめだった
ら！
こらッ！
ワン
ワン
人間のガキは
おれのために
だいぶ犠牲を
はらっていた。
次郎
このごろ
ばかにめしの
くいかたが
おそいぞ。

だが、
そのうちヤツは
おれのためにもっと犠牲をはらわなきゃならなくなった……。
キャン
キャン！
キャン
キャン！
ヴァン
ヴァン！
ま、
まって！
それは
うちのイヌです。
鑑札を
うけて
ないですね！
でも、
野犬じゃ
ありません。
たしかに、うちで
飼ってるんです。

おねがいです。罰金ならおはらいします。
だめです。
ジョン！ジョン！
キャンキャン！
鑑札をうけていれば罰金をはらってかえしてもらえるんだ………。
鑑札って………。
殺されるんだ………。
そうだな。予防注射とあわせて、五百円くらいかな……。
五百円………。
それからヤツの新聞配達が始まったのだ……。

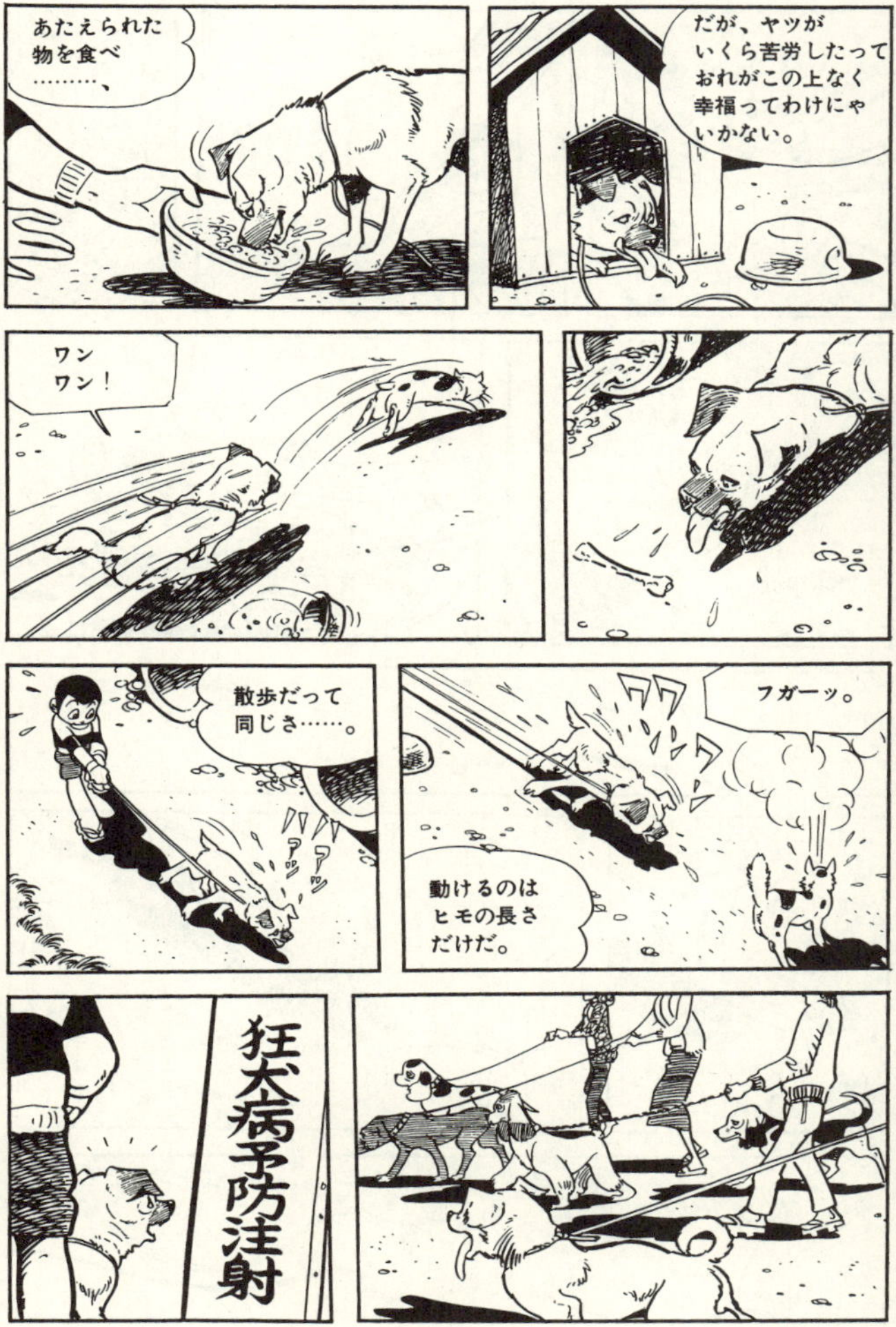
あたえられた
物を食べ
………、
だが、ヤツが
いくら苦労したって
おれがこの上なく
幸福ってわけにゃ
いかない。
ワン
ワン！
散歩だって
同じさ……。
フガーッ。
動けるのは
ヒモの長さ
だけだ。
狂犬病予防注射

保健所
キャン
キャン
キャン
キャン
ワン！ワン
みんなだって
おれと同じ
境遇だったら
おれの気持ちが
わかるはずだ。
ワン！
ワン！

偶然に
ひもが
切れた。
ワン！
ワン！

おれは
メチャメチャに
はねまわって
やった。今まで
これをどれだけ
望んでいたことか……。

ハアッ
ハアッ
ワオーン!
ワオーン!
ドーン
ガロッ
コロッ

声で、この近所に女の子がいるってことは知ってたが見るのははじめてだ………。
クワン クワン
ワン ワン
おれも彼女が気にいったし、ヤツもまんざらでもないらしい……。
やかましい！
キャン キャン
このノらイヌめ！

こんどは
とてつもなく
でかい
ヤツだ……。
でも
おれのことを
かわいがって
くれるかと
思った……。
おれはすぐに
友好の合図を
おくった
………。
ヴァン！
キャン
キャン！
キャン！
グワワッ

とにかく
その夜は、
いろんなヤツに
あった………。
これには、おれも
おどろいた。
世の中はいつでも仲よく
って具合にはいかない
ことが、初めてわかった。
たいして強そうでも
ないのに、
いじわるくほえつく
ひねくれたヤツ….。
ワ
こんな天気の
よい夜に、
おしげもなく
ねてるヤツ……。
中には
………、
すましたヤツ
………………。
だが、とにかく
みんな同じことは、
かこいやクサリに
つながれて
タチがよくなくなって
るってことだ……。
おれには
とうてい、あいつが
イヌとは思えなかった。

おれと同じ
ぐらいのヤツだ。
ところが
…………。
それにさっきの、でかい
イヌのこともあって
おれは
やる気になった。
ヤツは別に
友好の合図も
しないで、おれを
見つめやがる。
ガアーッ
すぐさま、おれは
ヤツのうしろへ
まわろうとした。
ズテン
ヤツは、おどろく
べきすばやさで
身をかわし、おれは
たたきつけられてい
た。

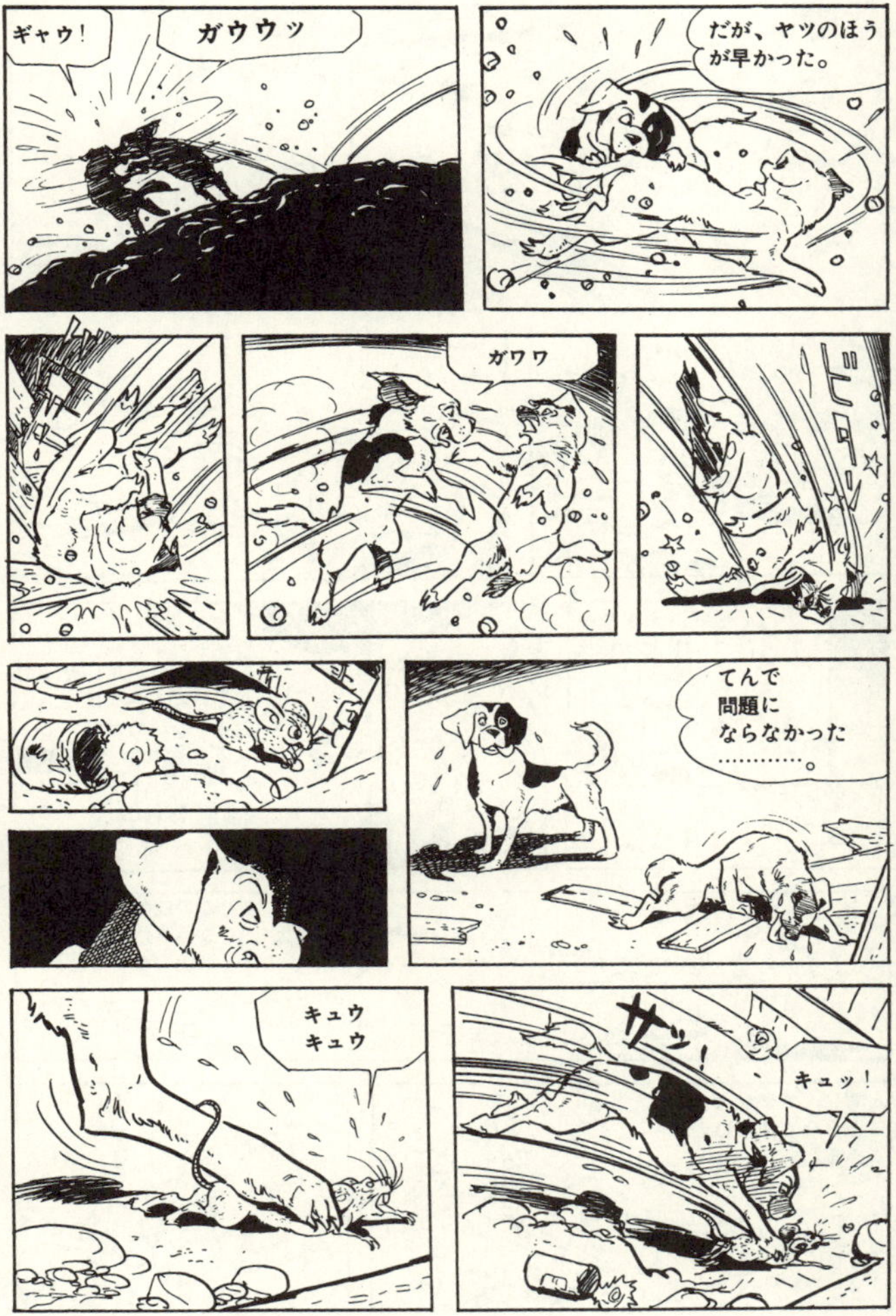
だが、ヤツのほうが早かった。
ガウウッ
ギャウ!
ガワワ
てんで問題にならなかった…………。
サッ!
キュッ!
キュウ
キュウ

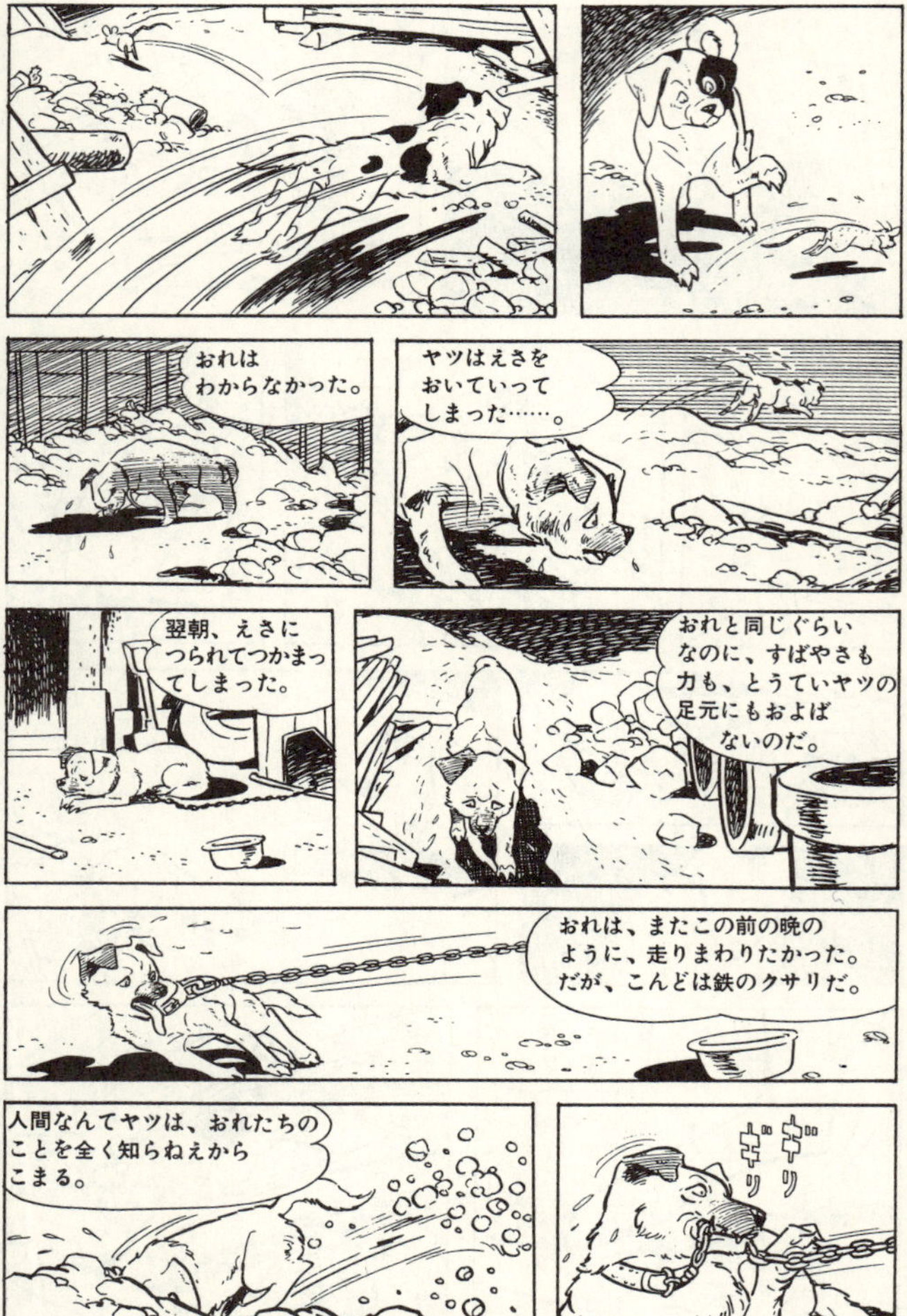
おれは
わからなかった。
ヤツはえさを
おいていって
しまった……。
翌朝、えさに
つられてつかまっ
てしまった。
おれと同じぐらい
なのに、すばやさも
力も、とうていヤツの
足元にもおよば
ないのだ。
おれは、またこの前の晩の
ように、走りまわりたかった。
だが、こんどは鉄のクサリだ。
人間なんてヤツは、おれたちの
ことを全く知らねえから
こまる。
ギリ
ギリ

おれは、ノドが
かわいて
しようがなかった。
そこで穴を
ほった。
この野郎！
家をひっくりかえす
気か！
だが………
おれは
やめなかった。
ゴッ
ガキも
しかられていた。
おめえ知らねえだな。
イヌが穴ほるときは、
ノドがかわいてん
のさ………。
アッ、また
サブ！
こんどはおもしろく
ってほってたのさ。
人間なんて全く
…………。
サブッ！

エーン
エーン。
ワン！
ワン！
おれはダンダン
気むずかしくなって
いった………。
ウゥ
つまり、体力が
低下《ていか》していって
…………。
人間だって同じだ。
運動不足や欲求不満なヤツは、
神経質で顔色がわるくて、
胃腸をやられている。
病気《テンパー》にもかかるって
寸法だ……。
ヤツは、一生けんめい
おれのことを心配
してくれた。
おれは死ぬかと
おもった。
おれは、毎晩
うるさく泣き
わめいた。
だが、おれがなおったのは、
ヤツの看病のせいじゃない。
おれのような雑種は、
ねが、丈夫なもんだ。

それにハエがふえて………。前はいなかったのに……。

それに、とってもクサクてね……。

赤ん坊がねないんですよ……。

うるさいったら、ありゃしない。

でも、にげちゃうもん……。

おまえ、なんにも知らねんだな、イヌはときどき　はなしてやんなきゃ、からだにわるいんだぜ。

問題になっているのは、おれのほえ声とウンコのことだ。だが、おれには責任はないはずだ。

おれはうれしくてしようがなかった。

それでとにかく、夜はおれをはなすことになったらしい…。

おれの足は速くて……。

天にものぼりたい気持ちだ……。

耳もとで風が
ピュンピュンなって
気持ちがいい……。
なんて
かるいんだ
…………。

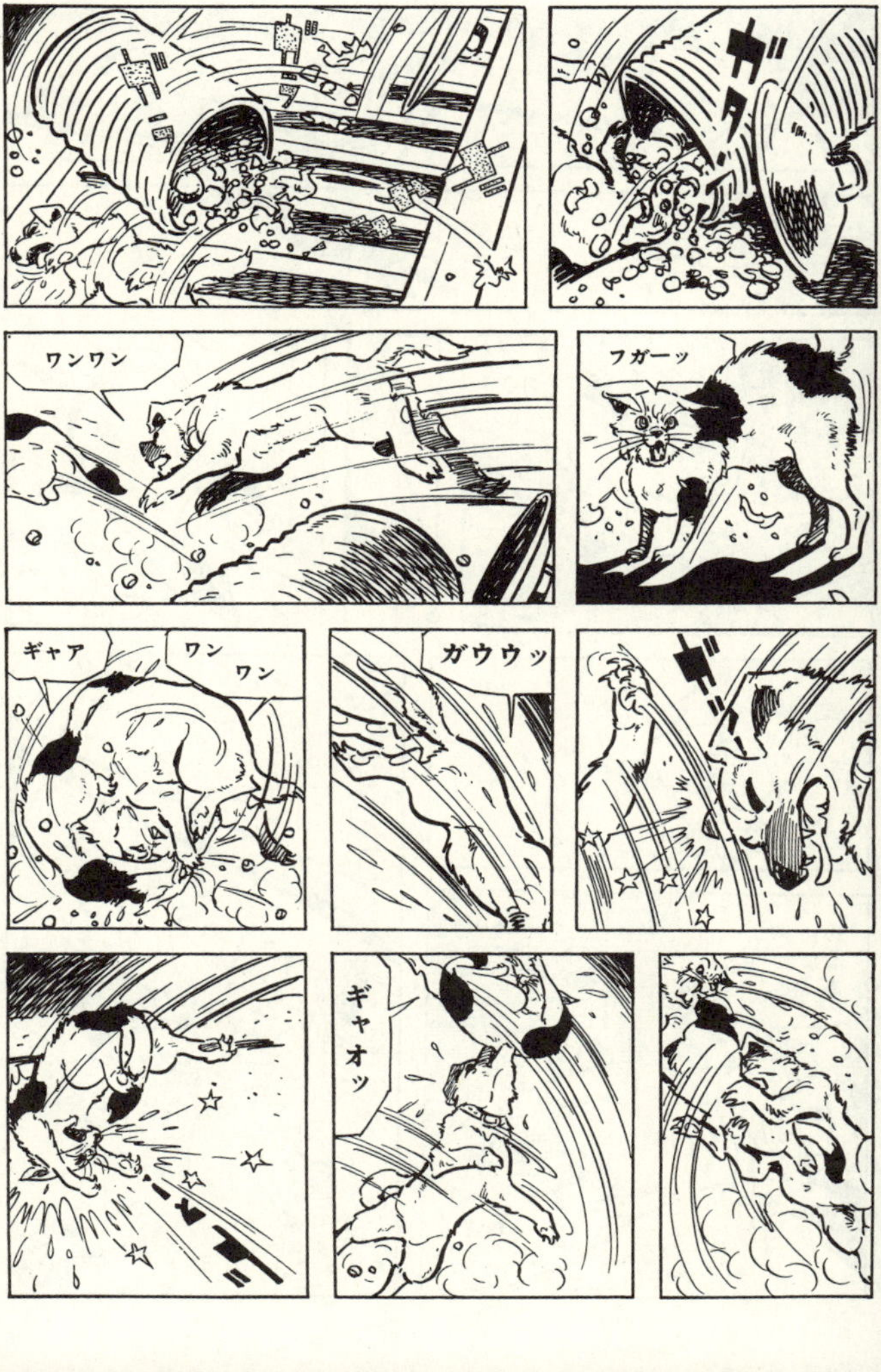
フガーッ
ワンワン
ガウウッ
ワン
ワン
ギャア
ギャオッ

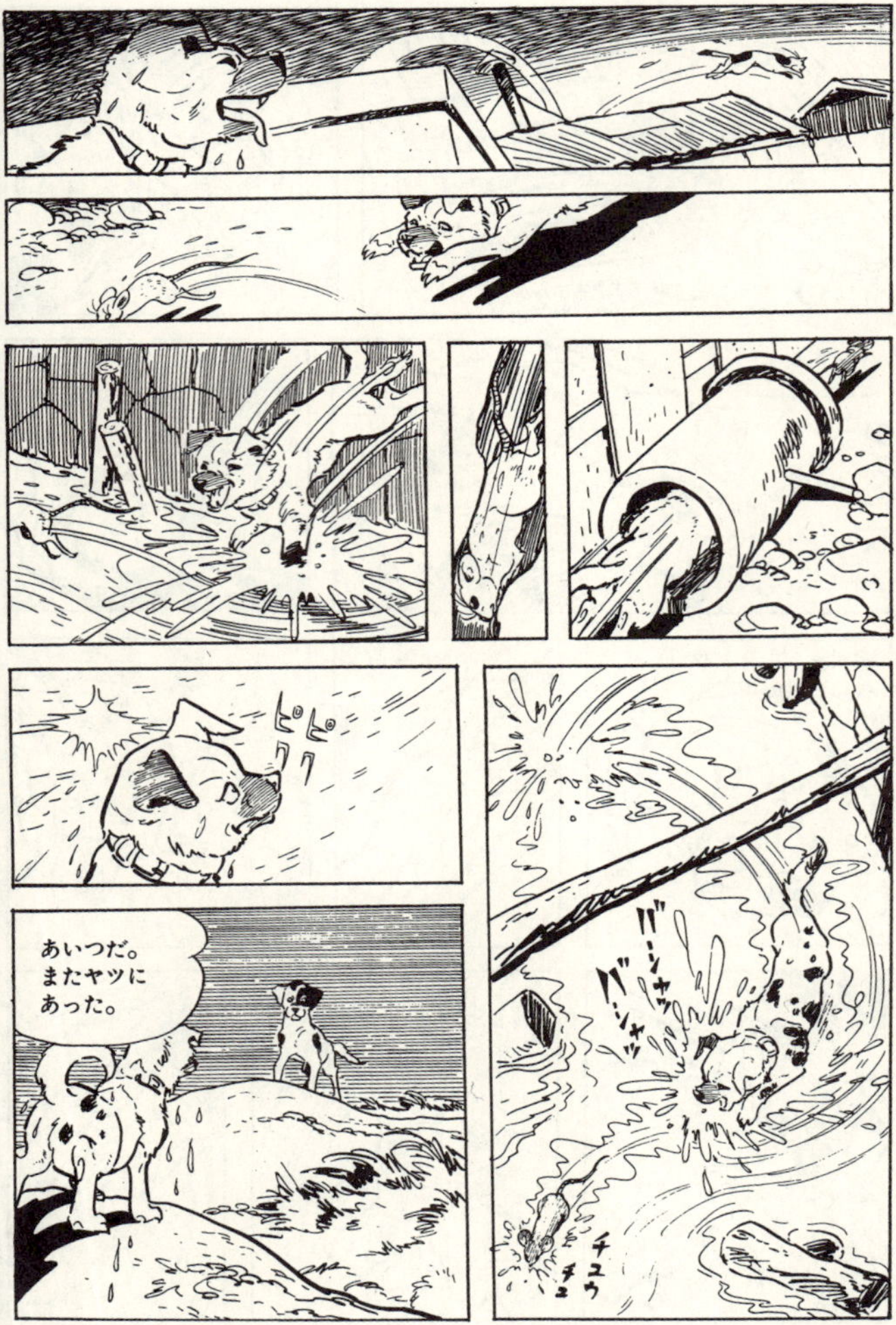
バシャッ
バシャッ
チュウ
チュ
ピクピク
あいつだ。またヤツにあった。

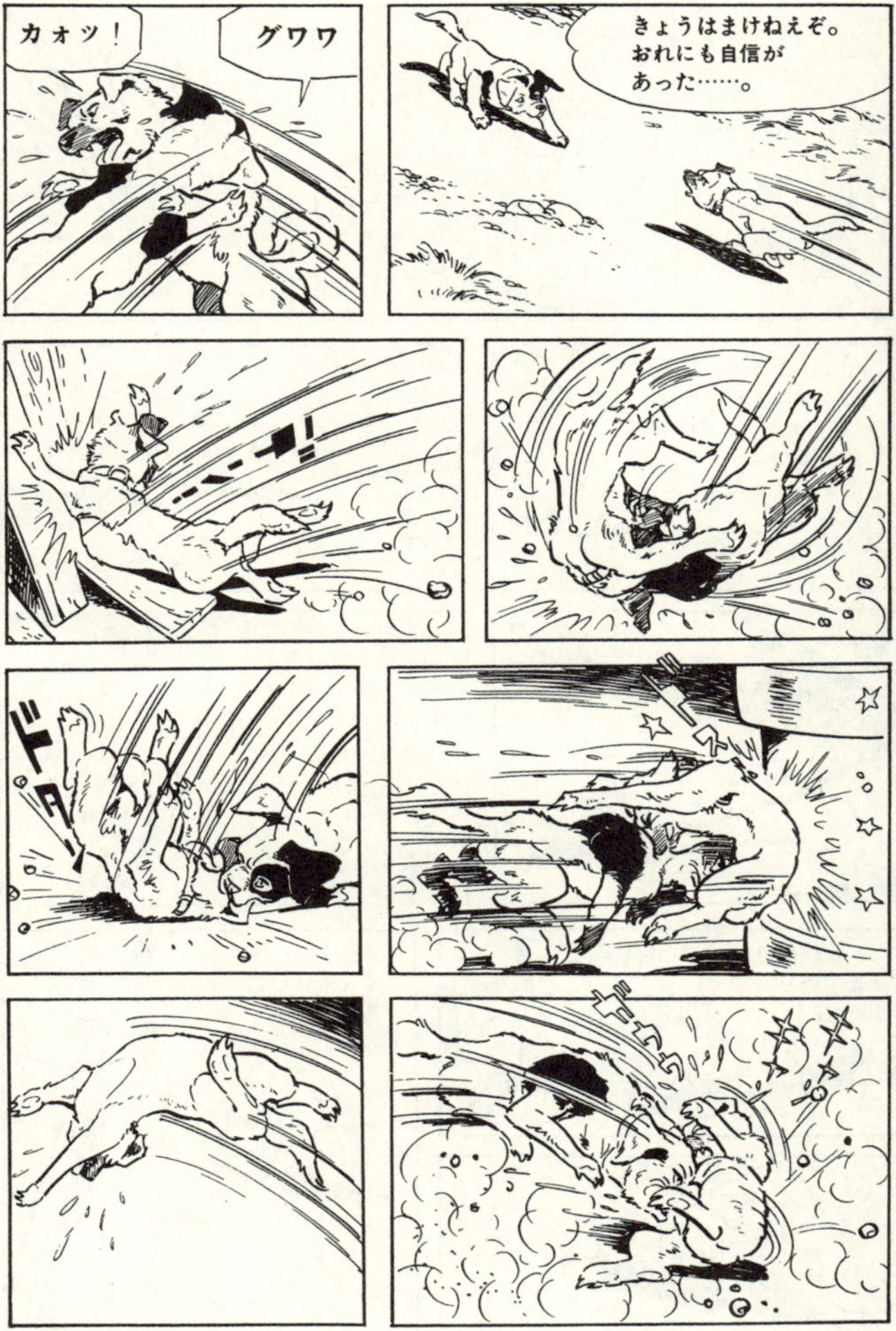
きょうはまけねえぞ。
おれにも自信が
あった……。
グワワ
カォッ！

また、おれの
完敗だ。
ヤツが最後に
こんなことをいった。
「飼い犬が、このおれに
勝てるか。」……おれは
考えちまった。
だが、翌朝またもや
おかしにつられて
クサリをはめられ
ちまった。
とにかく、からだを
きたえとかなきゃ
ならんということ
だけはわかった
…………。
で、だれにでも
ほえついて
やった。
また、おれは
イライラして
きた。

それーっ。
ほんとだ。
お手！
訓練さ…。
なるべく小さいうちから、やらなくちゃ、だめなんだ。
オカシでしこむんだね………。
そこで、おれのご主人さまもおれを広場へつれだした。
いいかいこれだよ。

ヤツの調教もうまくなかったが、おれもだいたいそういうことに向いてるイヌじゃなかった。

サブ！サブ！

ワワン
赤い服を着た子どもがいたのでよっていったらにげやがった……。

そこでとびついた。

キャッ
そしたら死にそうな声だして泣きやがったので本気でかみついてやった。

ウワーン。

コラーッ。サブおまち！

おれはおもしろくてしようがなかった。

メエエ……
ワン ワン
キャン キャン
ワン ワン
キャワン
ワン ワン
メエエエッ
ガウウ！

アッ！
サブ
おやめ！
サブ
まてったら！
サブ！
おいで
ゴハンだよ。
サブ！
たいしてうまくもない
飯でしばられるなんて、
あうもんじゃない。
おれは怪しい
ヤツの近づくのを
感じた……。

電報！電報！

だいたいおれたちは、おれたちの気にくわないヤツには、遠慮はしない……。

ヤツの服装が気にくわなかった。おれたちの一番きらいなヤツとそっくりじゃないか……。

それにいくじなしのイヌぎらいのヤツもきらいだ。

そいつが足が悪かろうとなんだろうと、知ったことじゃない。

だめじゃないか！イヌをはなしておいたら……。

ハア、夜ならかまわんとおもいまして…。

夜も昼もイヌはつないどかなくちゃいかん。とくにおまえんとこのイヌはな！鑑札はうけたのか！予防注射は……。

いつもおれはしばっておけといったろう！
でも、しばっておくと泣き声で……。
……ご近所にめいわくをかけて……。
だからイヌは飼うなといったんだ……。
ところが翌日、事態はますますわるくなった。
ヤイ、どうしてくれるんだ！
てめぇんとこのイヌがやったんだ。医者代をだせ。
その上、見回りに来た昨日のおまわりにくいついてやったんだ。
いいか、すてて来るんだ。もうこれ以上めんどうはごめんだ！
エーン
エーン

なんだか知らねえが
ヤツがおれをまこう
としたって、
それはむりだ。

フン フン

サブ！
ハァッ
ハァッ
もう
おまえを
はなすもんか。
サブ！
おまえ
かえって来て
くれたんだね。
次郎、
そのイヌを捨てて
こいといった
はずだ！
出てけ！
わしのいうことが
聞けんやつは、
家に入れてやらん。
あんた、
あんまり
きついうと…。
世の中は
そう自分勝手に
いかんということを
わからしてやるんだ。

おいらの気持ち
なんか
わかってくれ
ないんだ。
サブ
おまえ
だけだ。
とうちゃん
なんか
なんだ…。
ちきしょう
死んでやる。
ぼくのこと
おもってくれ
ないんだ。
死んでやる。

キャン
キャン

犬には犬の世界があって、

何人もその中にはいることは、できない。

第六展示室

「老年期のトラウマ」

——若い頃ならなんとも思わなかったかもしれないが……

ふらふらと
死に誘いこまれそうになるというトラウマ

［明治文学棚］
首懸《くびかけ》の松
（『吾輩は猫である』より）
夏目漱石

〝誰でもこの松の下へ来ると首が縊《くく》りたくなる。
土手の上に松は何十本となくあるが、
そら首縊《くびくくり》だと来て見ると
必ずこの松へぶら下がっている。
年に二三返《べん》はきっとぶら下がっている。〟

夏目漱石の『吾輩は猫である』の面白さは、登場人物たちのムダ話にあります。
とくに迷亭《めいてい》という登場人物の雑談は、くだらなくて面白いです。
でも、ここでご紹介する話は、笑える中に、ひやりとする怖さがあります。
こんなふうに、ふっと死に誘われる瞬間が人生にはあるものです。
歳を重ねるほどに、こういう松の枝に何回か出会ったような気もしてくるのでは……。

夏目漱石（なつめ・そうせき）
1867－1916　小説家、英文学者。江戸牛込生まれ。生後１年で養子に出され、9歳のとき養父母の離婚のため生家に戻る。帝国大学英文科卒。松山中学、五高などで英語を教える。英国に留学し極度の神経症に悩まされる。帰国後、一高、東大で教鞭をとる。37歳のとき『吾輩は猫である』を書き、大評判となる。『坊っちゃん』『草枕』などを発表後、東大を辞し創作に専念。『三四郎』『行人』『こゝろ』などを著し、『明暗』執筆中に49歳で永眠。

［お読みいただく前に］

この「首懸《くびかけ》の松」は、夏目漱石の長編小説『吾輩は猫である』の一部です。「首懸の松」という題名は、こちらで勝手につけたものですが、文中に出てくる言葉です。

「暮《くれ》といえば、去年の暮に僕は実に不思議な経験をしたよ」と迷亭*が煙管《きせる》を大神楽《だいかぐら》のごとく指の尖《さき》で廻《ま》わす。「どんな経験か、聞かし玉《たま》え」と主人**は行徳の俎***を遠く後《うしろ》に見捨てた気で、ほっと息をつく。迷亭《めいてい》先生の不思議な経験というのを聞くと左《さ》のごとくである。

*迷亭（めいてい）。登場人物の名前。主人の友人。美学者。
**珍野苦沙弥（ちんの・くしゃみ）。猫の飼い主。中学校の英語教師。
***この前の会話に出てくる話題。主人の苦沙弥は「行徳の俎」という言葉の意味がわからず、知ったかぶりをしたので、別の話題に転じてほっとしている。ちなみに「行徳（ぎょうとく）の俎（まないた）」は、千葉県の行徳では馬鹿貝がよくとれて、まないたが馬鹿貝ですれていることから、「馬鹿で、すれている（世慣れすぎている）」という意味。

「たしか暮の二十七日と記憶しているがね。例の東風から参堂の上是非《ぜひ》文芸上の御《ご》高話《こうわ》を伺《うかが》いたいから御在宿《ございしゅく》を願うと云《い》う先き触《さぶ》れがあったので、朝から心待ちに待っていると先生なかなか来ないやね。昼飯を食ってストーブの前でバリー・ペーンの滑稽物《こっけいもの》を読んでいるところへ静岡の母から手紙が来たから見ると、年寄《としより》だけにいつまでも僕を小供《こども》のように思ってね。寒中は夜間外出をするなとか、冷水浴もいいがストーブを焚《た》いて室《へや》を煖《あたた》かにしてやらないと風邪《かぜ》を引くとかいろいろの注意があるのさ。なるほど親はありがたいものだ、他人ではとてもこうはいかないと、呑気《のんき》な僕もその時だけは大《おお》いに感動した。それにつけても、こんなにのらくらしていては勿体《もったい》ない。何か大著述でもして家名を揚《あ》げなくてはならん。母の生きているうちに天下をして明治の文壇に迷亭《めいてい》先生あるを知らしめたいと云《い》う気になった。それからなお読んで行くと御前《おまえ》なんぞは実に仕合《しあわ》せ者だ。露西亜《ロシア》と戦争が始まって若い人達は大変な辛苦《しんく》をして御国《みくに》のために働らいているのに節季師走《せっきしわす》でもお正月のように気楽に遊んでいると書いてある。——僕はこれでも母の思ってるように遊んじゃいないやね——そのあとへ以《もっ》て来て、僕の小学校時代の朋友《ほうゆう》で今度の戦争に出て死んだり負傷したものの名前が列挙《れっきょ》してあるのさ。その名前を一々読んだ時には何だか世の中が味気《あじき》なくなって人間もつまらないと云《い》う気が起ったよ。一番仕舞《しまい》にね。私《わた》しも取る年に候《そうろ》えば初春《はつはる》の御《お》雑煮《ぞうに》を祝い候《そうろう》も今度限りかと……何だか心細い事が書いてあるんで、なおのこと気がくさくさしてしまって早く東風《とうふう》が来れば好《い》いと思ったが、先生どうしても来ない。そのうちとうとう晩飯になったから、母へ返事でも書こうと思ってちょいと十二三行かいた。母の手紙は六尺以上もあるのだが僕にはとてもそんな芸は出来んから、いつでも十行内外で御免蒙《ごめんこうむ》る事に極《き》めてあるのさ。すると一日動かずにおったものだから、胃の具合が妙で苦しい。東風が来たら待たせておけと云《い》う気になって、郵便を入れながら散歩に出掛けたと思い給《たま》え。いつになく富士見町の方へは足が向かないで土手《どて》三番町《さんばんちょう》の方へ我れ知らず出てしまった。ちょうどその晩は少し曇《くも》って、から風が御濠《おほり》の向《むこ》うから吹き付ける、非常に寒い。神楽坂《かぐらざか》の方から汽車がヒューと鳴って土手下を通り過ぎる。大変淋《さみ》しい感じがする。暮、戦死、老衰、無常迅速《むじょうじんそく》などと云《い》う奴《やつ》が頭の中をぐるぐる馳《か》け廻《めぐ》る。よく人が首を縊《くく》ると云《い》うがこんな時にふと誘われて死ぬ気になるのじゃないかと思い出す。ちょいと首を上げて土手の上を見ると、いつの間《ま》にか例の松の真下《ました》に来ているのさ」

「例の松た、何だい」と主人が断句《だんく》を投げ入れる。

＊越智東風（おち・とうふう）。登場人物の名前。詩人。

「首懸《くびかけ》の松さ」と迷亭《めいてい》は領《えり》を縮める。

「首懸《くびかけ》の松は鴻《こう》の台《だい》でしょう」寒月が波紋《はもん》をひろげる。

「鴻《こう》の台《だい》のは鐘懸《かねかけ》の松で、土手三番町のは首懸《くびかけ》の松さ。なぜこう云《い》う名が付いたかと云《い》うと、昔《むか》しからの言い伝えで誰でもこの松の下へ来ると首が縊《くく》りたくなる。土手の上に松は何十本となくあるが、そら首縊《くびくく》りだと来て見ると必ずこの松へぶら下がっている。年に二三返《べん》はきっとぶら下がっている。どうしても他《ほか》の松では死ぬ気にならん。見ると、うまい具合に枝が往来《おうらい》の方へ横に出ている。ああ好《い》い枝振《えだぶ》りだ。あのままにしておくのは惜《お》しいものだ。どうかしてあすこの所へ人間を下げて見たい、誰か来ないかしらと、四辺《あたり》を見渡すと生憎《あいにく》誰も来ない。仕方がない、自分で下がろうか知らん。いやいや自分が下がっては命がない、危《あぶ》ないからよそう。しかし昔の希臘人《ギリシャじん》は宴会の席で首縊《くびくく》りの真似をして余興《よきょう》を添《そ》えたと云《い》う話しがある。一人が台の上へ登って縄《なわ》の結び目へ首を入れる途端《とたん》に他《ほか》のものが台を蹴返《けりかえ》す。首を入れた当人は台を引かれると同時に縄をゆるめて飛び下りるという趣向《しゅこう》である。果してそれが事実なら別段《べつだん》恐るるにも及《およ》ばん、僕も一つ試みようと枝へ手を懸《か》けて見ると好《い》い具合に撓《しわ》る。撓《しわ》り按排《あんばい》が実に美的である。首がかかってふわふわするところを想像して見ると嬉《うれ》しくてたまらん。是非《ぜひ》やる事にしようと思ったが、もし東風《とうふう》が来て待っていると気の毒だと考え出した。それではまず東風《とうふう》に逢《あ》って約束通り話しをして、それから出直そうと云《い》う気になってついにうちへ帰ったのさ」

「それで市**が栄えたのかい」と主人が聞く。

「面白いですな」と寒月《かんげつ》がにやにやしながら云《い》う。

「うちへ帰って見ると東風《とうふう》は来ていない。しかし今日《こんにち》は無拠処《よんどころなき》差支《さしつか》えがあって出られぬ、いずれ永日御面晤《えいじつごめんご》を期《き》すという端書《はがき》があったので、やっと安心して、これなら心置きなく首が縊《くく》れる嬉《うれ》しいと思った。で早速《さっそく》下駄《げた》を引き懸《か》けて、急ぎ足で元の所へ引き返して見る……」と云《い》って主人と寒月《かんげつ》の顔を見てすましている。

「見るとどうしたんだい」と主人は少し焦《じ》れる。

「いよいよ佳境《かきょう》に入りますね」と寒月《かんげつ》は羽織《はおり》の紐《ひも》をひねくる。

「見ると、もう誰か来て先へぶら下がっている。たった一足《ひとあし》違いでねえ君、残念な事をしたよ。考えると何でもその時は死神《しにがみ》に取り着かれたんだね。ゼームスなどに云《い》わせると副意識下の幽冥界《ゆうめいかい》と僕が存在している現実界が一種の因果法によって互に感応《かんのう》

＊水島寒月（みずしま・かんげつ）。登場人物の名前。苦沙弥の元教え子の理学士。
＊＊「市（いち）が栄（さか）えた」とは、昔話などの最後につける言葉。「めでたし、めでたし」という意味。

したんだろう。実に不思議な事があるものじゃないか」迷亭《めいてい》はすまし返っている。

主人はまたやられたと思いながら何も云《い》わずに空也《くうや》餅《もち》を頬張《ほおば》って口をもごもご云《い》わしている。

逃げ出すべきなのに
自分の居場所に戻ってきてしまうというトラウマ

［ソビエト文学棚］

たき火とアリ
ソルジェニーツィン
［秋草俊一郎 新訳］

〝なにかよくわからない力で、
捨てたはずの故郷に引きよせられるのだった！〟

たとえば、湯飲みひとつ見ても、歳をとると、そこからいろんなことを思い出します。それだけで泣けてくるかもしれません。

この短編も、年齢を重ねるほどに、味わいの増す作品ではないかと思います。

たった一ページの作品です。内容も、たき火をして、アリの動きを見ているだけです。

それなのに、とても心に残ります。

読む人の経験によって、さまざまな思いがわきあがってくるのではないでしょうか。

アレクサンドル・ソルジェニーツィン

1918－2008　ソビエト連邦・ロシアの作家、劇作家、歴史家。大学で数学の学士号を取得。さらに大学の通信教育で文学を学ぶ。スターリンを批判した疑いで収容所に送られ、10年間の流刑生活を送る。その体験をもとに『イワン・デニーソヴィチの一日』を1962年に発表し、世界的に有名に。反体制的な言動のため、国内で作品を発表できなくなり、1974年に国外追放される。帰国できたのは20年後の1994年。1970年にノーベル文学賞を受賞。

私は、朽《く》ちてぼろぼろになった丸太をたき火に投げいれた。うっかりして、アリがびっしりと巣くっていることに気づかずに。

丸太はぱちぱち音をたてて燃えだしした。するとアリがわらわらと出てきて、やみくもに逃げまどった。丸太の上をやたらに走りまわっては、炎に焼かれて身もだえした。私は、丸太のはしをつかんで、わきによけてやった。

これで多くのアリが助かった――砂地なり、松葉なりへと走っていった。

だが、妙なのだった。アリがたき火から逃げようとしないのだ。なんとか恐怖心に打ちかつと、戻ってきて丸太のまわりをぐるぐるまわった。なにかよくわからない力で、捨てたはずの故郷に引きよせられるのだった！　そして、燃えさかる丸太に駆けあがっていった。アリの大半が、そこで右往左往しているうちに死んでいった……。

［喫茶室TRAUMA　番外編］

誰も正体をつきとめられなかった幻のトラウマドラマ

頭木弘樹

私は文学館の喫茶室が好きです。たとえば、日本近代文学館のブックカフェ「BUNDAN（ブンダン）」とか。それで、トラウマ文学館にも併設してみました。名前は「喫茶室TRAUMA」で、あんまり入りたい感じではないですが。

本編を読んだあとに、ちょっとおまけがある。そういうのも、私は大好きでして、自分の本でもなるべくそうしています。この「番外編」もそういうおまけです。

トラウマ作品ということで私が思い出すのは、文学ではないのですが、あるテレビドラマのことです。それについて、少しご紹介してみたいと思います。

これじつは、正体がわかっていません。正体不明のものをなぜ知っているかというと、昔、ネット上に、「タイトルも監督もわからない映画を、お互いに探し合いましょう」という趣旨のサイトがあったんです。そこで知りました。

昔見て、すごく印象に残っているんだけど、タイトルは覚えてないし、監督名もわからない。ネットでいろいろ検索してみても、わからない。そういう映画について、自分が覚えているシーンだとかストーリーだとかを書き込んで、それを見た人が「この映画じゃないですか？」と書き込む。そういうやりとりがされていました。

とっても面白いサイトでした！　何が面白いかというと、おぼろな記憶で書かれるシーンやストーリーが面白いのです。たいていは、記憶の中で、かなり変化してしまっています。この「変化」こそが醍醐《だいご》味《み》です。なにしろ、ずっと心に残り続けているほど好きなシーンやストーリーなわけですから、思い入れも激しく、その分、むしろ変化も激しいのです。

どの人が書き込んでいるシーンやストーリーも、面白いのなんの！　こんな面白い映画があるの？　と驚くほどでした。

で、その正体が判明すると、今度はそのシーンやストーリーの正確な情報が書き込まれます。そうすると、その正確な情報の、味気ないのなんの。変化したものに比べると、まるで面白くないのです。まさに、幽霊の正体が、立てかけてあったモップだったというくらい、なあーんだ！　と思ってしまいます。

記憶の変形って、面白いんだなあと、すごく興味深かったです。そのサイトで、実在しないかもしれない、シーンやストーリーを読むのが大好きでした。

読んですぐに、「あの映画だな」とわかるものもあり、そうすると、ますますその変化がよくわかり、なんて見事なんだと感嘆することもしばしばでした。

そのサイトは今はもうなく、とても残念です。

で、そのサイトに、あるとき、「こういうテレビドラマを知りませんか？」という書き込みがありました。これが、いろんな人が「これでは？」と書き込んでも、ことごとくちがっていて、でも、「自分もそれを見た記憶がある」という人もけっこういて、まるっきり記憶ちがいということもないようで、大変に盛り上がりました。

その書き込んだ人にとっては、子どもの頃に見て、大変なトラウマになった作品なのだそうです。

こういうストーリーです。ある女子高生だか女子中学生だかが主人公で、彼女が恋愛をすると、その近くで火事が起きます。たとえば、学校の帰り道で、ある男子から告白されて、自分も彼を好きで、喜んだりすると、その近くの家が火事で焼けたりするのです。

自分には発火能力があって、それはどうも恋愛感情によって発動するらしいと、彼女は思います。そして、悩んだあげく、誰にも迷惑をかけないよう、もう恋愛はしないと決心します。

男子との接触を避け、誰かを好きになりかけても、ぐっとこらえ、逃げつづけます。ところが、これはじつは、彼女の母親がやっていたのです！　ずっと娘のあとをつけていて、娘が恋愛しそうになると、近所に放火して、そうすることで、娘が恋愛をしないように仕向けていたのです（なぜ娘に恋愛をさせたくないのか、なぜこんな特殊な方法をとったのかは不明）。

そのことを、娘と、彼女を好きな男子とが知ります。そして、その男子と母親が対決することになります。母親は、学校に追い込まれ、そこで男子と卓球で対決することになります。この「卓球で対決」というのがすごく変なのですが、「そういうシーンがあった」という人が複数いました。

で、結末はわかりません。わかっているのは、ここまでです。NHKのドラマだったという証言もありましたが、確実ではありません。

けっきょく、作品の正体は判明しませんでした。それ以来、ずっと気になっています。もしご存じの方がおられましたら、頭木までご連絡いただけると嬉《うれ》しいです（筑摩書房気付のお手紙か、ブログ、ツイッター、フェイスブックを通じてお願いします）。

誰かのトラウマになった作品って、やっぱり面白いですよね。

あとがきと作品解説

●元気なときにお読みください

私のアンソロジー（あるテーマで複数の作品を集めて一冊にまとめた本）は、これで三冊目になります。これも皆様のご支援のおかげで、誠にありがとうございます。

じつは、これまでの二冊と、今回のこの本には、大きなちがいがあります。

これまでの『絶望図書館　立ち直れそうもないとき、心に寄り添ってくれる12の物語』（ちくま文庫）、『絶望書店　夢をあきらめた9人が出会った物語』（河出書房新社）では、「絶望して、まだ当分、立ち直れそうもないとき、その長い《絶望の期間》に読むための本」をご紹介してきました。

ですから、『絶望図書館』の「ご利用案内」にも書きましたが、本当に絶望的な物語は、入れないようにしてきました。

絶望しているときに、そんなものを読んだら、ますます落ち込んでしまうからです。

しかし、絶望的な物語を却下《きやつか》するとき、「でも、これもいい作品なんだけどな」という思いにとらわれることがあります。

たとえば、本書のいちばん最初に収録されている直野祥子さんの「はじめての家族旅行」は、じつは『絶望図書館』のときにもう候補にあがっていました。でも、お読みいただくとわかるように、これは絶望しているときに読むにはきつすぎます。それで収録しませんでした。

でも、とてもいい作品ですよね。これをただ、絶望的だからというだけで、ご紹介しなくていいのか？　そういう疑問に突き当たりました。

そういう作品が他にもたくさんあり、今回、番外編的に、このアンソロジーを編んだ次第です。

ですので、これまで私の本を読んできてくださった方はご注意ください。今回は、絶望しているときには、お読みにならないほうがいいです。

元気なときにお読みください。

●現実を描いている物語

わざと読者に衝撃を与えようとか、落ち込ませようとしているような物語は入れませんでした。

現実をちゃんと描こうとしたら、現実そのものがひどいので、物語も絶望的になってしまった、というものだけを選びました。

楽しい物語とちがって、絶望的な物語の場合は、「なぜこんなものを読まなければならないのか?」という疑問が生じるわけですが、その答えは、物語は現実を知るための地図のようなものだから、と私は思うのです。

深い森に迷いこんだとき、地図のあるなしは大ちがいです。そして、「現実」は深い森のようではないでしょうか?

藤子・F・不二雄の『ドラえもん』のひみつ道具に、名前は忘れてしまったのですが、現実を疑似体験できるモニターのようなものがありました。たとえば、ジャイアンにこういうことを言ったら怒るかなと心配なとき、モニターにジャイアンを出して、言ってみるのです。それで激怒したら、現実にはやめておけるというわけです。

絶望的な物語も同じようなことで、いきなり現実の厳しさに直面するよりは、まず先に物語で出会っておいたほうがいいと思うのです。

●直野祥子「はじめての家族旅行」

それではこれから、収録作品についてひとつずつ簡単にご紹介させていただきます。

ネタバレもあるので、できれば先に本編をお読みになってくださいね。

この「はじめての家族旅行」は、翻訳者の斎藤真理子さんに教えていただきました。作者もタイトルも掲載雑誌も忘れておられたのですが、内容はしっかり覚えておられました。「子ども心に身近な恐怖として、かなりはっきり刻印《こくいん》されました」とのことで、まさにトラウマ文学です。

調べてみたところ、一九七一年十月号の『なかよし』(講談社)という月刊少女漫画雑誌に掲載された、直野祥子さんの「はじめての家族旅行」とわかりました。

なぜわかったかというと、ネット上で、「昔読んで忘れられないマンガ」として話題になっていたからです。当時の少女たちが、大人になって、さがしていたのです。

斎藤さんにも確認してもらい、「まさか生きているうちにこれと再会できるとは思っていませんでした」と喜んでいただけました。同じ喜びを感じてくださる読者の方もきっとおられるでしょう。

私は斎藤さんに教えられて初めて読みました。ですから、大人になって、今初めて読んでも、とても面白い作品だと確信を持っておすすめできます。

子どもの頃、こういうミスをしたり、ウソをついたりしたことのある人は多いと思います。自分のせいで大変なことになるかもと思いながら、なんとか回避できるよう、祈るような気持ちになったことのある人も多いと思います。

途中に出てくるおじさんがいいですよね。「おらは　神さまほとけさまを信じてわるいことはなぬひとつしねえ」「んだから　なにがおこってもこわいことはねえ大地震がおきてもなにがあっても　おらだけはぶじというわけだ」と言い、火事になっても、「きっとどっかから水がおちてきて火がきえるだべ」と主人公の女の子に言います。不安なときに、こんな力強いことを大人に言われたら、すがるように信じてしまいますよね。

ところが、現実には、火事ですべてが燃え尽《つ》くしてから、雨が降ってきます。「くそ、いまごろふりだしてきやがって！」というのが、なんともきついです。

斎藤さんは、子どもの頃に読んだとき、「本当に怖かったんですよ。あんまりリアルで刺さるようで、友達や姉にも、『ほら見て、これ、すごいよ』なんて気軽に言えない感じ」だったそう。「危機が奇跡的に回避されるなんてことはないんだなと思いました。自分も粗忽《そこつ》なので、何かやらかすかもしれない。その時、とんでもない結果が待っているかもしれない。決定的なミスをしてしまった場合に、僥倖《ぎょうこう》を願っても無理なのだと思いました」とのことで、今の自分にも「もしかしたらあのマンガの影響もあったかもしれないですね……。そう思うとすごいです」と語っておられました。

掲載当時、ダンボール箱いっぱいの手紙やハガキが届き、「こんなに反響があった作品は初めて！」と編集部の人たちが驚いたそうです。

瞳《ひとみ》に星を浮かべた少女たちが恋愛をしていた当時の少女漫画雑誌に、この内容が掲載されたということ自体が驚きですが、読んだほうも、いつもは書かない人まで手紙やハガキを書きたくなるほど衝撃だったんですね。

なお、この作品をぜひ掲載したいと思いましたが、問題は原稿が残っているかどうかでした。作者の直野祥子さんをお探しして、お会いしたとき、「阪神・淡路大震災で実家が崩壊し、初期の画稿の多くが失われた」とのことで、ああっと思いましたが、この作品は直野さんが雑誌の切り抜きを別に保存してくださっていました。

それを今回、掲載させていただきました。奇跡的に残っていて、本当によかったです。

（直野祥子さんのお名前の読み方が、マンガでは「よしこ」、著者プロフィールでは「しょうこ」となっていますが、これは「『よしこ』でスタートしましたが、みなさんが『しょうこ』と呼んでくださり、なんとなく『しょうこ』になってしまいました」とのことです）

●原民喜《はらたみき》「気絶人形」

原民喜は、広島で被爆し、その体験から、詩「原爆小景」や小説『夏の花』などの作品を残したことで有名です。

それらがあまりに有名で、他の作品がかえって陰《かげ》になってしまっているところがありますが、じつはとても素晴らしい童話も書いています。

「気絶人形」は、タイトルが刺激的ですが、中身はじつに繊細です。

みんなが楽しそうにしているとき、自分だけは苦しいということありますよね。

現実への怖れ、過敏さゆえの苦しみ……。

「ああ、この人形は自分だ！」と感じる方も多いでしょう。

原民喜自身も、とても繊細な人であったようです。人にまともに挨拶すらできなかったそうですから、今ならコミュ障と呼ばれてしまっていたことでしょう。

童話の最後で、人形にはひとりの少女の手が差し伸べられます。人形は、その温かい手のなかで安心します。

原民喜も、妻の貞恵という理解者を得て、守ってもらいます。出先には、妻に同行してもらって、すべて代わりに話してもらって、自分は黙っているということもあったようです。

しかし、その妻が病死してしまい、さらに広島で被爆してしまい、最後は自殺してしまいます。

原民喜の童話は、青空文庫でも読めますし、『原民喜童話集』（イニュニック）という本がおすすめです。内容にふさわしい、美しいレイアウトで読むことができます。

原民喜自身については、梯久美子・著『原民喜　死と愛と孤独の肖像』（岩波新書）という画期的な本が出て、原民喜の名が広く知られるようになりました。

●李清俊（イ・チョンジュン）「テレビの受信料とパンツ」

『絶望図書館』では、李清俊の「虫の話」がとても話題になりました。

今回も同じ李清俊ですが、中身はまったくちがいます。じつに幅広い作家だと、驚かれることと思います。

ただ、その衝撃ということに関しては同じです。この重い手応えこそ、李清俊のよさだと思います。「何だか得体の知れない力があります」と斎藤真理子さんがおっしゃっていましたが、まったくです。

作品紹介のところにも書きましたが、私は思春期の頃、みんなが「大人はわかってくれない」とばかりを言うのが不思議でした。それよりも、「大人はわからない」ということのほうが、よほど怖かったからです。そんなことはなかったですか？

たとえば、単純なところでも、お金の亡者のようであったり、少しでも地位を上げるために必死だったり、お酒やギャンブルにどっぷりひたったり。

そして、もっと言葉にできないような、わけのわからなさ。不思議な執着《しゅうちゃく》や妄念《もうねん》。子どもには、なぜそんなことに、それほど執着したり、おかしなことを考えたりするのか、わかりませんでした。

自分もいつか、あんなわけのわからない存在になっていくのかと思うと、ぞっともしました。

そういう怖ろしさを、この作品は見事に描いてくれています。あの頃、こういう作品が読みたかったと、本当に思いました。

この作品を日本で初めて、しかも斎藤真理子さんの翻訳でご紹介できることを、とても嬉しく思います。

斎藤さんは「私の覚えているかぎり、親が（老人とか病人ではなく）おしっこを漏らす結末で終わる小説って読んだことがないかもしれません」とおっしゃってましたが、たしかにそうですね。

なお、私は子どもの側から読みましたが、この本の編集者であり、翻訳者でもある品川亮《りょう》さんは、「私はお父さんの気持ちの方にシンクロしてしまいました。家族内で父親の心理をあそこまで腑分《ふわ》けするのが面白いです。嫁と子どもに追いつめられるお父さんがかわいそう…」とのことで、そういう読み方もあるのかと新鮮でした。

さまざまに読める作品だと思います。

●フィリップ・K・ディック「なりかわり」

SFが大好きな方もおられる一方で、SFが苦手な方もおられるでしょう。宇宙人とか、宇宙船とか、宇宙戦争とか、そんな話が出てくるだけで、もうしらけて読む気がしなくなる人もいます。

でも、そういう人でも、この短編はぜひ読んでみてください。

私はこの作品を、作家の安部公房と画家の岡本太郎の対談で知りました。その部分を引用します（『安部公房全集008』新潮社）。

安部　この前僕は、空想科学小説でおもしろいのを読んだよ。それはね、ある遊星から敵が攻めてくるんだよ。その攻め方がね、たとえば岡本太郎という人間そっくりな爆弾を作るんだ。岡本太郎を殺しちゃって、爆弾を置く。この爆弾がものすごく精巧で、爆弾の意識も、おれは岡本太郎だと思っているわけなんだ。その小説はそこからはじまるんで、はじめから爆弾なんだけど、読者はわからないんだ。で、情報が入って爆弾が逮捕されるんだ。ところがこいつは爆弾だと思っていない。そいつにとってみれば大変な誤解で、死物狂いになって逃げるわけだ。

うまく逃げおおせてたしかにおれは本当の岡本太郎じゃないか、爆弾の岡本太郎はどっかで倒れているに違いないと思う。それを発見すれば自分の罪がとけるというので、それを捜すわけだ。すると本当に死んだ岡本太郎の死骸があった。これだと思って、そら見ろここにあるじゃないか。……よかったと思うわけだ。そして調べてみると、胸の中に、かちっと白い物があった。爆弾かと思ったらあいくちか何かで殺されている。死んでいるほうが本当の岡本太郎だとわかる。じゃおれは一体何ものなんだというわけだ。ところが爆弾には合言葉があって、その合言葉を言ったら爆発することになっている。その合言葉が、おれは何ものなんだ、ということなんだ。その時に、追跡隊の重要な科学者が全部集まっていたので、全部爆発しちゃった。どう？　こういうの、ちょっといいじゃないか。

この紹介があまりにも魅力的で、タイトルも作者名も書かれてないのですが、あれこれ調べて、この作品だということをつきとめました。

濡《ぬ》れ衣《ぎぬ》で追われるというよくあるパターンかと思うと、本当に自分がロボットだったという絶望。しかも、それを自覚したときの言葉が、爆発のキーフレーズになっているという。このロボット爆弾を作った異星人は、深いですね。

なお、このオチ、落語の「粗忽長屋《そこつながや》」と、とてもよく似ています。「粗忽長屋」はこんなお話です。そそっかしい八五郎が、行き倒れで死んでいる男を見て、顔がよく似ていたために、自分が住む長屋にいる熊五郎だと間違えます。そして、熊五郎を迎えに行って、「おまえの死体なんだから、おまえがひきとれ」と説得します。熊五郎が死体を抱いて、「どうもわからなくなった」とつぶやき、「抱かれているのはたしかにおれだが、抱いているおれはいったい誰だろう?」というのがオチです。爆発はしませんが。

こういう「自分は本当に自分なのか」という不安は、洋の東西を問わず、人間にとって基本的な不安のひとつということでしょう。

なお、思春期には、精神病に近いような、さまざまな不安や妄想にとらわれるものですが、フィリップ・K・ディックはそういう不安や妄想を作品にするのがとても得意です。ご興味のある方は、ぜひ他の作品もお読みになってみてください。

●筒井康隆「走る取的《とりてき》」

私が初めてこれを読んだのは、中学生のときでした。当時も大変な衝撃を受けましたが、まだそのときは笑って読んでいました。

その後、自分が二十歳で難病になったとき、この作品のことを思い出しました。病気になるというのは、普通、なんとなく必然的な運命のようにとらえられがちです。「病気になるような体質だったんだ」というような感じで。

しかし、当人にとってみれば、まったく必然でもなんでもなく、じつに不条理で、突然、目の前にムキムキの大男が立ちはだかって、理由もなくボコボコにされるようなものです。その痛みと苦しみに、ただもう耐えるしかありません。

それはまさにこの取的に追いかけられるようなものです。殺されなかっただけ、まだよかったですが。

理由のない暴力にさらされる。これは、事故も病気もそうですし、いろんな人生の不幸な出来事も同じようなものではないでしょうか？

その理由のなさが、苦しさをいっそう耐えがたいものにします。作品の中で、亀井が「もういやだ」「どうしてこんなことになった」と泣きわめきますが、私も何度同じことを言ったかしれません。

というのは、私の個人的な読み方ですが、筒井康隆作品の中でも、トラウマになったものとしてあげる人が多いですから、それぞれに重ね合わせるところのある作品なのではないでしょうか。

●大江健三郎「運搬《うんぱん》」

大江健三郎の初期の作品です。この頃の作品を読むと、ほんとまぶしいようです。才能のきらめきというのは、こういうものかと思い知らされます。若いときに大江健三郎の小説を読んで、小説家になるのをあきらめたという人がたくさんいますが（ムツゴロウさんもたしかそんなふうなことを書いておられました）、それも無理はないと思います。

ストーリーとか内容以前に、イメージが鮮烈《せんれつ》です。荷台に仔牛《こうし》の肉を載せて、夜の道を自転車で疾走する健康な若者。それが、だんだん疲れ、精神的にも汚れ、野犬に追われ、自分たちをその仔牛同然だと感じるようになる。そのやりきれなさ。

「挫折《ざせつ》の最初のきざしは不意の発作のようにすばやく芽ぶき、たちまち逞《たくま》しく根をはびこらせる。そしてそれを拒否することが絶望的に難しいときもあるのだ」

私は「徒労《とろう》」というものを、この作品を通じて学んだような気がします。まだ徒労を体験していない若いときに、将来への大きな不安として。

大江健三郎の作品の中でも、とくにそのイメージが焼き付いて、消えることのない作品です。

●フラナリー・オコナー「田舎の善人」

大人になって読んでもトラウマな物語の代表は、フラナリー・オコナーと深沢七郎の作品ではないでしょうか？

その二人の作品を並べてみました。ちょっと濃《こ》すぎるかもしれませんが。

この「田舎の善人」はラストがあまりにも意外で残酷で、気分が悪くなるほどですが、作者のフラナリー・オコナー自身がこう書いています。

「あの物語を書きはじめたとき、私は、木の義足の博士が中に出てくることは知らなかった。私はただ、ある朝、自分がいくぶんは知っている二人の女について書いていただけで、そのうちいつのまにか、片方の女に木の義足をつけた娘を与えていたのである。物語が進行していくうち、聖書のセールスマンを入れることになったが、その男をどうするかは見当もついていなかった。男が義足を盗むだろうなどということは、実際に男が盗みをおこなう十行か十二行前までわからなかったのである。しかし、これがやがて起こることだとわかったとき、私は、それが避けられぬものだと悟ったのだった。あの物語は、読者に衝撃を与えるが、その原因の一つに、あれは作者にとっても衝撃だったということがあると思う」（春秋社『秘義と習俗　フラナリー・オコナー全エッセイ集』上杉明・訳）

作者にも「男が義足を盗むだろうなどということは、実際に男が盗みをおこなう十行か十二行前までわからなかった」というのは意外です。

この箇所は、作家のレイモンド・カーヴァーも「書くことについて」という文章の中で引用しています（中央公論新社『ファイアズ（炎）　村上春樹翻訳ライブラリー』所収）。

義足ではなくても、誰にでも弱味はあります。その弱味のせいで、心の歪《ゆが》みも生じてしまいがちです。

そのことが、このような残酷な結果を招いてしまうこともあるのでしょう。私もいろいろ歪みがあるはずで、ぞっとさせられます。

なお、この短編に出てくる義足のハルガは、心臓の病気で長く生きられないと思っていますが、フラナリー・オコナー自身も、病気で長くは生きられないと思っていて、この短編を含む短篇集『善人はなかなかいない』が出版された一九五五年頃から、松葉杖を使うようになっていたそうです。

この本の巻末にもフラナリー・オコナーの言葉を引用してあります。これも『秘義と習俗　フラナリー・オコナー全エッセイ集』にある言葉です。

●深沢七郎「絢爛《けんらん》の椅子」

小説の主人公というのは、たいていある程度、知的で理路整然としています。連続殺人犯で、とんでもない異常性があったりしても、異常な理屈というだけで、やはりどこか筋は通っています。

これは、作家にはある程度、知的な人が多いというせいもあるでしょうし、文章で何か書くときには、理路整然とさせないと書けないということもあります。

ところが、知的でない、理路整然としていない人物の内面を見事に描くことができる、とても珍しい作家が、二人だけいます。それがフラナリー・オコナーと深沢七郎ではないかと思うのです。

この短篇の主人公は、女性を連続して殺害します。その内面は、理路整然としておらず、もやもやしていて、なぜ殺人を犯すのかも、ちゃんとは理解できません。きちんと理解することが難しい内面を持った人間がたしかにいると実感させられて、そのことにぞっとさせられます。

私たちは、理解できないような犯罪を実行する人のことを、なんとか理解しようとします。家庭環境とか社会状況とかさまざまなところに原因を探します。しかし、本当に理解できない人というのも、存在するのではないでしょうか？

脚本家の山田太一が「見知らぬ人々」というエッセイの中でこう書いています（中公文庫『街への挨拶』所収）。

「他人というものには、どうしても理解できないものがあるということへの、おびえをなくしているのではないか、と思う」

「『世の中いろんな人がいる』という言葉にもっともっとだれもがおびえて、あたりを見まわしてもいいのではないか」

若い頃に読めば、なんだこいつと思うだけの短編かもしれませんが、大人になって読むと、本当に怖くてしかたない短編だと思います。

●ドストエフスキー「不思議な客」（『カラマーゾフの兄弟』より）

『カラマーゾフの兄弟』を読むのを、私は何度挫折《ざせつ》したかしれません。冒頭の「作者より」という、まえがきの途中で、もう挫折したことさえあります。

でも、ついに読み終えてみると、やはり評判通り、本当に面白い大長編です。さまざまな楽しみ方ができます。中に入っているエピソードのひとつひとつを楽しむということもできます。

中でも私の心に強く残ったのが、このエピソードです。これ、すごく理不尽じゃないですか？　自分から秘密を打ち明けておいて、「おれの秘密を知っているのは、あいつだけだ」と、打ち明けた相手を殺そうとする。

こういう心理を描けるのは、さすがドストエフスキーだと思います。ひどく矛盾していますが、たしかにありうることです。

なお、途中に宗教的な内容が出てきますが、そこは理解できなくても、まったく問題ありませんので、気にせずにお読みください。

翻訳は秋草俊一郎さんです。『ナボコフ　訳すのは「私」』（東京大学出版会）という本を読んで、元が博士論文とは思えない面白さにびっくりし、以来、勝手に尊敬していたのですが、今回ついに翻訳をお願いすることができました。ドストエフスキーの「不思議な客」はいつかアンソロジーに入れたいと思っていた作品で、そのときはぜひ秋草さんでと願っていました。その願いがかないました。

なお、『カラマーゾフの兄弟』は、そのミステリー部分だけを取り出しても成り立ちますし、とっても面白いんです。じつは近々、そういう本を春秋社という出版社から出す予定です。タイトルは『カラマーゾフの兄弟　ミステリー・カット版』(仮題)というタイトルになる予定です。ご期待ください。

●白土三平「野犬」

人間はつい、動物に対しても、人間あつかいをして、心が通じて、わかりあえる気がしてしまいがちです。しかも、自分がむこうを好きなんだから、相手もきっと自分を好きでいてくれると思い込んでしまいがちです。

そういう勝手な思いを、これほど完膚《かんぷ》なきまでにたたきつぶす作品は他にないでしょう。

とくにラスト。電車に飛び込んで死ぬのは少年だけで、犬は逃げてしまっています。少年は犬を捨てるのがイヤでいっしょに死のうとするのですが、犬のほうは、そんなのは知ったことではないわけです。

「犬には犬の世界があって、何人もその中にはいることは、できない」

最後の言葉の厳しさが、さすが白土三平です。

少年が主人公ですが、子どもの頃に読めば、「それでも、ぼくとポチだけは特別だ」などと思ってしまうかもしれません。

この話がしみじみしみるのは、むしろ中年になってからでしょう。いろんな思いをしているからこそ、少年の気持ちも、犬の気持ちも、そして野良犬の気持ちも、それぞれに共感するところがあり、「自由」に対する思いも複雑になっているはずです。

少年は「おいらの気持ちなんか　わかってくれないんだ。サブ　おまえだけだ。とうちゃんなんか　なんだ…」と言っていますが、犬のサブのほうが、よっぽどわかってくれていないという、このかなしみ。年齢を重ねるほど、このさびしさが胸にこたえるように思います。

●夏目漱石「首懸《くびかけ》の松」（『吾輩は猫である』より）

これのどこがトラウマ文学なんだと思う人もあるかもしれませんが、私はとっても心に残っている話です。

まずこの、枝ぶりがよくて首がくくりたくなる松というのが面白いです。こういう名所というのは実際にあるもので、昭和の落語家の六代目三遊亭圓生も「ちきり伊勢屋」という噺《はなし》の中で語っていましたが、昔、喰違《くいちがい》（今の東京都千代田区紀尾井町の清水谷公園のあたりらしいです）というところは、首くくりの名所で、首くくりがあると「ああ、喰違かい」と言ったくらいだそうです。

今も自殺の名所というのは各地にありますね。私はつねづね不思議でした。観光ではあるまいし、自殺したくなったとき、名所に行く人が多いのはなぜなのか？もしかすると、死ぬつもりで行ったのではなくても、そこに行くと、つい死にたくなってくる、そういうところが自殺の名所なのかもしれませんね。

また、このふらふらと死にたくなるという感じは、私にも経験があります。腸閉塞《ちょうへいそく》になったとき、お腹《なか》の痛みに苦しみながら、街をさまよい歩きました。歩くことで腸を動かすのが、唯一できることだからです。

道行く人たちは、みんな行き先があって歩いています。私のように、腸閉塞のために、行くあてもなく歩いている人はいないだろうなあと思いました。

そのとき、私はつい、左右もよくたしかめずに道を横切っていました。いつもなら、私はすごく確認するほうです。車に轢《ひ》かれて死ぬなんて絶対にイヤだからです。ところが、このときは、ろくに確認していないことに、自分で後から気がついて、怖くなりました。それはうっかりではなく、やはり死に少し引き寄せられていたのだと思います。難病の上に、腸閉塞になったりする自分に絶望して、本当に死にたいわけでは決してないけれど、なんとなくふらふらとしてしまったのだと思います。

自殺ではないけれど、こうしてふらふらと引き寄せられて死んでしまう人もけっこういるのではないかと、そのとき思いました。

この「首懸の松」の話、くだらない雑談なわけですが、さすが夏目漱石で、なかなか深いのではないかとも思うのです。

●ソルジェニーツィン「たき火とアリ」

子どもの頃、飲み水を手に入れるだけで大変なアフリカのどこかとか、とんでもなく寒くて生きるのが大変な北のほうの国の村とか、そういうドキュメンタリーをテレビで見たときに、「別の土地に行って生きるのは大変だろうけど、それでもここにいるよりは大変ではないのでは？」と不思議な気がしたものです。

しかし、実際には、人はなかなか動けないものです。こんな国に、こんな町に、こんな家庭にいないほうがいいとわかっていても、なかなか出ていけるものではありません。チャンスがあっても、戻って来たりしてしまいます。

老齢になると、その思いは、さらに強くなるのではないでしょうか？

収容所に送られ、さらに国外追放され、二十年後に帰国したという、ソルジェニーツィンの経歴を知ると、この物語は、ああ祖国のことを言っているんだろうなあ、ということになります。

でも、それだけではないでしょう。その他にもいろんなことにあてはまりそうです。たき火とアリというのがまたいいですね。たき火というのは、今はあまり見なくなりましたが、いいものです。火を見ているだけで、なんとも言えない気持ちになります。アリというのは、とても小さな生き物で、それだけに、命そのもののような感じさえします。

この味わい深い、でも怖い一編で、このアンソロジーの締《し》めくくりとしたいと思いました。

●アンソロジー礼讃《らいさん》

私はアンソロジーというものをとても愛しています。

こんなにいいものはないと思っています。

お手軽なお試しセットで、いろいろな作家の作品と出会い、そこで好きな作家を見つけるというのは、とても世界がひろがることだと思っています。

私自身、いま好きな作家のほとんどは、アンソロジーで知りました。

そういう出会いが、この本を手にしてくださっている皆様にも訪れることを願っています。

『絶望名人カフカの人生論』以来、何冊もの本を共に作り、今回も編集と翻訳を引き受けてくださった品川亮さん、『絶望図書館』に引き続き、ちくま文庫でのアンソロジーの企画を実現してくださった筑摩書房の山本充《みつる》さんには、ただただ感謝の気持ちでいっぱいです。

斎藤真理子さん、秋草俊一郎さんに翻訳を快諾《かいだく》していただけたのも、本当に嬉しいことでした。

そして、作品の掲載をご承諾《しょうだく》くださった著作権者の皆様、各出版社の皆様、誠にありがとうございました。お返事をドキドキして待って、ご許可いただけたときの喜びはとても大きなものです。

最後に、今、この本を読んでくださっている皆様に、心より御礼を申しあげます。

この妙な文学館に、ようこそおこしくださいました。

またお会いできることを願っています。

底本一覧　＊読みにくい漢字には新たにふりがなをつけました。

●直野祥子「はじめての家族旅行」（講談社『なかよし』一九七一年十月号）
●原民喜「気絶人形」（青空文庫）
●李清俊「テレビの受信料とパンツ（낮은 목소리로）」（『이청준 전집10』문학과지성사 2015년）
●フィリップ・K・ディック「なりかわり（Impostor）」（Philip K. Dick (1953) *Astounding*, June.）
●筒井康隆「走る取的」（新潮社　新潮文庫『懲戒の部屋1』）
●大江健三郎「運搬」（新潮社　新潮文庫『見るまえに跳べ』）
●フラナリー・オコナー「田舎の善人（Good Country People）」（Flannery O'Connor (1955) *A Good Man Is Hard to Find*, Harcourt, Brace & Company.）
●深沢七郎「絢爛の椅子」（筑摩書房『深沢七郎集　第二巻』）
●ドストエフスキー「不思議な客」（*Достоевский Ф.М.* Братья Карамазовы // Полное собрание сочинений в тридцати томах. Т. 15. Под ред. В.Г. Базанова. Ленинград, 1976.）
●白土三平「野犬」（小学館『ビッグコミック』一九六八年四月号）
●夏目漱石「首懸の松」（青空文庫『吾輩は猫である』）
●ソルジェニーツィン「たき火とアリ」（*Солженицын А.И.* Костёр и муравьи // Рассказы и крохотки // Собрание сочинений в тридцати томах. Т. 1. Под ред. Н. Солженицыны. М., 2007.）

秋草俊一郎（あきくさ・しゅんいちろう）
文学研究者、翻訳業。著書に『ナボコフ　訳すのは「私」』（東京大学出版会）、『アメリカのナボコフ』（慶應義塾大学出版会）。訳書にクルジジャノフスキイ『未来の回想』（松籟社）、バーキン『出身国』（群像社）、『ナボコフの塊』（編訳、作品社）、モレッティ『遠読』（共訳、みすず書房）、アプター『翻訳地帯』（共訳、慶應義塾大学出版会）など。

斎藤真理子（さいとう・まりこ）
翻訳者。訳書に『カステラ』（パク・ミンギュ著、ヒョン・ジェフンとの共訳、クレイン）、『こびとが打ち上げた小さなボール』（チョ・セヒ著、河出書房新社）、『ピンポン』（パク・ミンギュ著、白水社）、『誰でもない』（ファン・ジョンウン著、晶文社）、『フィフティ・ピープル』（チョン・セラン著、亜紀書房）など。『カステラ』で第一回日本翻訳大賞受賞。

品川亮（しながわ・りょう）
文筆、編集、映像制作業。著書に『〈帰国子女〉という日本人』（彩流社）、共編著に『ゼロ年代プラスの映画』（河出書房新社）など。『絶望図書館』（ちくま文庫）、『絶望書店』（河出書房新社）では英米文学作品の翻訳を担当。映像作品に『H・P・ラヴクラフトのダニッチ・ホラーその他の物語』（東映アニメ）などがある。雑誌『STUDIO VOICE』元編集長。

小説を書くことは、恐《おそ》ろしい経験である。
髪《かみ》は抜け落ち、
歯がボロボロになることがよくある。
創作は、
現実への突入なのであって、
体にひどくこたえるものなのだ。

フラナリー・オコナー

編集付記
本書は、ちくま文庫のためのオリジナル編集である。

ちくま文庫

トラウマ文学館《ぶんがくかん》

――ひどすぎるけど無視《むし》できない12の物語《ものがたり》

二〇一九年二月十日　第一刷発行
二〇二五年三月十日　第二刷発行

編　者　頭木弘樹（かしらぎ・ひろき）
発行者　増田健史
発行所　株式会社　筑摩書房
東京都台東区蔵前二―五―三　〒一一一―八七五五
電話番号　〇三―五六八七―二六〇一（代表）
装幀者　安野光雅
印刷所　三松堂印刷株式会社
製本所　三松堂印刷株式会社

ISBN978-4-480-43562-0　C0193